茉莉为远客

2023年当代散文20家

张莉 主编

CNS PUBLISHING & MEDIA
湖南文艺出版社
HUNAN LITERATURE AND ART PUBLISHING HOUSE

图书在版编目（CIP）数据

茉莉为远客：2023年当代散文20家 / 张莉主编. -- 长沙：湖南文艺出版社，2024.4
ISBN 978-7-5726-1699-0

Ⅰ. ①茉… Ⅱ. ①张… Ⅲ. ①散文集－中国－当代 Ⅳ. ①I267

中国国家版本馆CIP数据核字(2024)第065941号

茉莉为远客：2023年当代散文20家

MOLI WEI YUANKE：
2023 NIAN DANGDAI SANWEN 20 JIA

主　　编　张　莉
出 版 人　陈新文
责任编辑　谢迪南　王　琦
封面设计　文　俊 | 1204设计工作室（北京）
内文排版　嘉泽文化

出版发行　湖南文艺出版社
地　　址　长沙市雨花区东二环一段508号　邮编：410014
网　　址　http://www.hnwy.net

印　　刷　长沙鸿发印务实业有限公司
版　　次　2024年6月第1版
印　　次　2024年6月第1次印刷
开　　本　880 mm × 1230 mm　1/32
印　　张　10.75
字　　数　251千字
书　　号　ISBN 978-7-5726-1699-0
定　　价　62.00元

序言

好散文的“越轨笔致”

张 莉

一

作为读者，我喜欢有“越轨的笔致”的散文作品，那种不做庸常之言的作品。“越轨的笔致”最初来自鲁迅对萧红《生死场》的评价，今天读来更像是对一种优秀作品的判断标准。

读萧红的作品，会深切认识到“越轨的笔致”这一评价的精准——这位青年作家身上流淌的是不安稳的血。似乎一拿起笔，便会凭借本能去破坏那些既有“规则”。即使是书写鲁迅本人，萧红也是如此。“鲁迅先生的笑声是明朗的，是从心里的欢喜。若有人说了什么可笑的话，鲁迅先生笑得连烟卷都拿不住了，常常是笑得咳嗽起来。”这是《回忆鲁迅先生》的开头。起笔即是真率，起笔即是日常，起笔即是深情，怀念故人的文章之所以写得如此生动、跳脱、灵性、别具一格，都是因萧红的笔致：鲁迅先生走路很轻捷；鲁迅先生不大注意人的衣裳；鲁迅先生就在躺椅上看着我；鲁迅先生在北平教书时，从不发脾气；鲁迅先生很喜欢北方饭；鲁迅先生不戴手套，不围围巾，冬天穿着黑石蓝的棉布袍子，头上戴着灰色毡帽，脚穿黑帆布胶皮底鞋；鲁迅先生坐在那和一个乡下的安静老人一样；鲁迅先生吃的是清茶，不吃别的饮料；鲁迅先生住的是大陆新村九号；鲁迅先生的书架；鲁迅先生的客厅；鲁迅先生的书桌；鲁迅先生寄书时喜欢码得齐齐的；鲁迅先生新剪了头发；鲁迅先生又咳嗽了；鲁迅先生一夜未眠……鲁迅家的居住陈设，许广平的忙碌，海婴的顽皮……鲁迅生活中的所有琐屑都永远被悉数刻在了萧红的文字里。把回忆写得细微逼真，鲜活生动，恐怕只有彼此坦诚相知、亲切相待的人之间可以做到如此。

面对人人称颂的"民族魂"，萧红书写的是通常意义上陌生的鲁迅。——后世读者发现，鲁迅在萧红文章里的某些地方"竟以脾气坏、固执而又刻薄的形象出现"（葛浩文《萧红评传》）。但是，这恰恰是萧红的魅力，她不是要写光环下的伟大人物，她要写的是生活中可亲可感的那个人。在她天真而富有活力的文字世界中，从不会遗失我们生命中那些"灰色地带"、那些被刺目的光环所忽略的"活生生"；她要书写的有音容笑貌的鲁迅，一个多重身份的人：父亲，丈夫，朋友，导师，男人，老人。情深意浓，但行文欢脱，未曾渲染过一句想念，但想念却如空气般浸在文字的肌理。正是因为这"力透纸背"的书写，在无数的回忆与缅怀里，萧红的回忆才脱颖而出：她写出了"这一个"鲁迅和鲁迅一家；她写出了立体的而不是扁平的鲁迅。八十多年来，她的回忆一枝独秀，为无数人诵读和感怀，她使历史长河中刹那的鲁迅变成了我们面前永远鲜活的那个人。

二

想到李娟的散文，这是位深受读者喜爱的散文家，“越轨的笔致”在她那里是一种别样的行文。我们只要看她的开头，便会了解她声音里的欢脱与活泼。比如“我在乡村舞会上认识了麦西拉，他是一个漂亮温和的年轻人，我一看就很喜欢他”；比如“在库委，我每天都会花大把大把的时间用来睡觉——不睡觉的话还能干什么呢？”；再比如“我听到房子后面的塑料棚布在哗啦啦地响，帐篷震动起来。不好！我顺手操起一个家伙就去赶牛”……十多年前，第一次读李娟的作品我便想到了萧红，她的叙述声音和萧红作品里的天真、自然、率性有某种神似，不过，李娟的声音更趋近清新，带着对世界的好奇和年轻姑娘的娇憨。

在那篇《我所能带给你们的事物》里，李娟讲述了给母亲和外婆买宠物兔子的故事。“我从乌鲁木齐回来，给家人买回了两只小兔子。卖兔子的人告诉我：‘这可不是普通兔子，是“袖珍兔”，永远也长不大的，吃得又少，又乖巧。’所以，一只非得卖二十块钱不可。结果，买回家不到两个月，每只兔子就长了好几公斤，比一般的家兔还大，贼肥贼肥的，肥得跳都跳不动了，只好爬着走。真是没听说过兔子还能爬着走……而且还特能吃，一天到晚三瓣嘴咔嚓咔嚓磨个不停，把我们家越吃越穷。给它什么就吃什么，毫不含糊。到了后来居然连肉也吃。兔子还吃肉？真是没听说过兔子还能吃肉……后来，果然证实了兔子是不能吃肉的，它们才吃了一次肉，就给吃死了。”行文坦率自在，生动活泼，有趣的故事内核里别有深情：

“兔子死了的时候，我妈对我说：‘以后再也别买这些东西了，你能回来，我们就很高兴了。’我外婆对我说：‘以后再也别买这些东西回来了，死了可怜得很……你回来了就好了，我很想你。’”讲到这里，叙述人引领我们看到了远方，外婆已经离开：“又记得在夏牧场上，下午的阳光浓稠沉重。两只没尾巴的小耗子在草丛里试探着拱一株草茎。世界那么大。外婆拄杖站在旁边，笑眯眯地看着。她那暂时的欢乐，因这‘暂时’而显得那样悲伤。”欢快幽默但又曲折辗转，看似真率的文本深处，是某种难以言喻的深情与忧伤。

三

刘亮程散文的魅力在于，他生成了一种独特“透视法”。这位散文家以一种空着双手进入事物的方式来书写。所谓空着双手进入，是排除“定见”“偏见”以及“庸见”等先入为主的理解方式，是使自己变成“无知”。他喜欢站在角落看世间；喜欢站在野兔、站在树木、站在风、站在狼，乃至站在不知名的小虫子身上以“无知”的方式去认识世界，某种意义上，这种“无知”便成了另一种迷人的“有知”。

《剩下的事情》是他的代表作。哪些是剩下的事情呢？“我们在坟墓旁边往下活。活着活着，就会觉得不对劲：这条路是谁留下的。那件事谁做过了。这句话谁说过。那个女人谁爱过。”剩下的事情在一些人看来不重要，但其实很重要：“如果我还有什么剩下要做的事情，那就是一棵草的事情，一粒虫的事情，一片云的事情。”要舍弃人比草木高贵的念头。人与草木是平等的。“一株草，一棵树，一片云，一只小虫……它替匆忙的我们在土中扎根，在空中驻足，在风中浅唱……”“任何一株草的死亡都是人的死亡。任何一棵树的夭折都是人的夭折。任何一粒虫的鸣叫也是人的鸣叫。”人和草木之间有内在的呼应关系。“一个人头脑中的奇怪想法让草觉得好笑，在微风中笑得前仰后合。有的哈哈大笑，有的半掩芳唇，忍俊不禁。”

空着双手去理解眼前的事物，是属于刘亮程的“越轨”，于是眼前事物便发生了颠倒和错位：铁锹是有生命的，野狼也是有思维的。草木是人，人是草木；野兔是人，人也可能就是一只野兔。都是生命本身，互有不可知的部分。于是，《寒风吹彻》中，人与寒冷的关系变得微妙：“我裹紧羊皮大衣，一动不动趴在牛车里，不敢大声吆喝牛，免得让更多的寒冷发现我。”由此，在寒冷的世界里，才能看到那些以往看不到的人，猜想他们度不过这个冬天，“他们被留住了。冬天总是一年一年地弄冷一个人，先是一条腿、一块骨头、一副表情、一种心境……而后整个人生。”——谁能看到一个人一生中的雪呢?“每个人都在自己的生命中，孤独地过冬。我们帮不了谁。”

我尤其喜欢那篇《先父》，读来让人心内柔软。“我的有一脚踩在他的脚印上，隔着厚厚的尘土。我的有一声追上他的声。我吸的有一口气，是他呼出的。”“你死去后我的一部分也在死去。”“你在世间只留下名字，我为怀念你的名字把整个人生留在世上。”这是儿子向已逝父亲的诉说，是关于逝去的“你”如何长成今日的“我”的诉说，是关于骨血的接续和情感的流淌，其中饱含了儿子对父亲最深沉的爱与思念。

四

当然，一想到“越轨的笔致”，必定要提汪曾祺那篇《跑警报》，作品写的是战乱时代的西南联大生活，警报几乎天天都有，“联大的学生见到预行警报，一般是不跑的，都要等听到空袭警报：汽笛声一短一长，才动身。新校舍北边围墙上有一个后门，出了门，过铁道（这条铁道不知起讫地点，从来也没见有火车通过），就是山野了。要走，完全来得及。——所以雷先生才会说‘现在已经有空袭警报’。只有预行警报，联大师生一般都是照常上课的”。即使是战时，年轻人也要寻找生活的滋味。“‘跑警报’是谈恋爱的机会。联大同学‘跑警报’时，成双作对的很多。空袭警报一响，男的就在新校舍的路边等着，有时还提着一袋点心吃食，宝珠梨、花生米……他等的女同学来了，‘嗨！’于是欣然并肩走出新校舍的后门。‘跑警报’说不上是同生死，共患难，但隐隐约约有那么一点危险感，和看电影、遛翠湖时不同。这一点危险感使两方的关系更加亲近了。”名为“跑警报”，写东躲西藏、慌张逃跑似乎是题中应有之意，但如果读过这篇作品我们自然要会心一笑，汪曾祺所写固然是警报飞过时的日常，但最终落在“日常”，落在作品的结尾：“不在乎”精神，那才是“永远征不服的”。紧张、沉重、欢笑、庄重，读《跑警报》的过程有如有趣的过山车之旅，这是属于汪曾祺的以轻写重，这是属于他的越轨笔致。每一次读《跑警报》，都会感叹，每部经典作品之所以能流传下来，其实都有它的“越轨的笔致”，有待我们学习，有待我们发现。

从2019年至今，编选当代散文20家已经有五年了，每年的编纂工作总会带来对散文写作的新感触，我往往会把这些新感触作为序言与读者朋友分享。编纂《茉莉为远客：2023年当代散文20家》也是如此。除了前面谈到的“越轨的笔致”，编纂年选作品时我也会想到好散文的对话性，想到好散文不应该是自言自语，而需要和读者形成某种情感共振，它需要有趣、生动、鲜活；我也想到散文的声音，每篇好散文都会生成自己的声音，相比而言，今天我们更喜欢那些有日常声音的作品，会认识到好的散文作者都用真嗓子说话，而不用假嗓子发声。

之所以从几百篇散文中挑选出这二十篇作品，也多半是因为这二十篇散文中所呈现的声音的鲜活与多样：有的洪亮，有的低沉，有的温暖，有的凛冽，有的欢快，有的深沉……正是这不同声量、不同音色、不同质感的优秀散文作品的相会，才共同构成了2023年当代散文的众语喧哗。

读这些散文对我来说意味着有趣有味的探险之旅，总会在不经意间感受到惊喜：原来这部作品里有如此丰富的内涵，原来我们的日常生活里有如此多的闪光瞬间。当然，我的阅读之旅并不孤单，这些作品是我和我的研究生易彦妮、赵泽楠、张明月、胡诗杨、刘滐德、谭镜汝、查苏娜同学共同阅读、遴选出来的，其间我们经过了多次挑选、争论、反复衡量，最后达成了共识。特别感谢龙仁青老师授权此书使用《茉莉为远客》作为年选总标题，在这个题目里，我以为暗含了一种关于远方的想象，一种明亮的期许。真心希望各位读者朋友也能和我们一样喜欢这些作品，收获阅读的美妙愉悦。

2024年2月29日

目录

所见

所感

所思

所见

北京雨燕以及行者

——对理想作家的比喻，在北京“十月文学之夜”的演讲及延伸

李敬泽

在北京的中轴线上，从永定门走向正阳门，一直走下去，直到钟鼓楼，一代一代的北京人都曾抬头看见天上那些鸟。很多很多年里，那些城楼都是北京最高的建筑，也是欧亚大陆东部这辽阔大地上最高的建筑，你仰望那飞檐翘角、金碧辉煌，阳光倾泻在琉璃瓦上，那屋脊就是世界屋脊，是一条确切的金线和界限，线之下是大地，是人间和帝国，线之上是天空，是昊天罔极。线之下是有，线之上是无。

然而，无中生有，还有那些鸟。那些玄鸟或者青鸟，它们在有和无的那条界限上盘旋，一年一度，去而复返，它们栖息在最高处，在那些城楼错综复杂的斗拱中筑巢，它们如箭镞破开蓝天，挣脱沉重的有，向空无而去。这些鸟，直到一八七〇年才获得来自人类的命名，它们叫北京雨燕。

北京雨燕，这是唯一以北京命名的野生鸟类。此鸟非凡鸟，它精巧的头颅像一枚天真的子弹，它是黑褐色的，灰色花纹隐隐闪着银光，它披着华贵的披风，在天上飞。我们一直不知道它从哪儿来，到哪儿去。现在我们知道了，那是令人惊

叹、令人敬畏的长征：每年4月，春风里它们来到北京，在高耸的城楼上筑巢产卵，然后，到了7月，它们出发了，向西北而去，此一去就要飞过欧亚大陆，直到红海，在那里拐一个弯，再沿着非洲大陆一直向南，飞到南非，这时已经是11月初了，北京已入冬天，北京雨燕却在南部非洲盛大的春天里盘旋，直到第二年的2月，它们该回来了，它们穿过非洲大陆、欧亚大陆，向着北京，向着安定门、正阳门而来。这一来一去，大约三万八千公里。赤道周长大概四万公里，也就是说，北京雨燕，它每年都要绕这个星球差不多飞上一圈儿。但这种鸟的神奇并不在这里，而在于，7月的某一天清晨，当它从正阳门飞起，扑到蓝天里，它就再也不停了，它就一直在天上飞。没想到吧？日复一日，它毫不停歇地飞，它在天上睡觉，在飞翔中睡觉，在飞翔中捕食飞虫，在飞翔中俯冲下去，掠取大河或大湖中溅起的水滴，甚至在飞翔中交配。在北京雨燕的一年中，除了雌鸟必须孵育雏鸟的两三个月，它们一直在天上，一直在飞。——我都快忘了今天的主题是文学。我确实更喜欢谈鸟，但我不得不落回地面，回到主题。如果让我找一种动物、找一种鸟来形容来比喻我理想中的作家，那么他就是北京雨燕。在北京，你沿着中轴线走过去，那些宏伟的建筑都在召唤着我们，引领我们的目光向上升起。安定门、正阳门、天安门、午门、神武门、钟鼓楼，城楼拔地而起，把你的目光、你的心领向天空。北京雨燕把你的目光拉得更远，如果它是一个作家，他就是将天空、飞翔、远方、广阔无垠的世界认定为他的根性和天命。作为命定的飞行者，他对人的想象和思考以天空与大地为尺度；他必须御风而飞，他因此坚信虚构的意义，虚构就是空无中的有，或者有中的空无，通过虚构，他将俯瞰人类精神壮阔的普遍性。

他必定会成为心怀天下的人，心事浩茫连广宇，无数的人、无尽的远方都与我有关，这不是简单地把自己融入白昼或黑夜、人间与世界，而是，一只孤独的北京雨燕抗拒着、承担着来自大地之心的引力，不让大地把它拘禁在此时此地、此身此心。

比如曹雪芹。以曹雪芹为例已经成了我的习惯，任何事我都能扯到他身上。这某种程度上是因为，我们对他所知甚少，惊鸿一瞥，白云千载空悠悠。尽管直接证据有限，但我们确信他曾经飞过，他曾经在此筑巢，我们在接近空无中想象他，他是无中的有，他在有无之间。在这个意义上，他成了后世小说的元问题之所在，一切问题都可以追溯到他，都可以在我们的猜测中得到回应。

《红楼梦》第七十回，在那个春日，“林黛玉重建桃花社 史湘云偶填柳絮词”，心中蓝天丽日，雪芹兴致大好，安排宝玉和姑娘们放风筝，一大段文章摇曳生姿。这不是曹雪芹第一次写到风筝，第五回，贾宝玉梦游太虚幻境，翻看金陵十二钗正册，只见画的是“两人放风筝，一片大海，一只大船，船中有一女子掩面泣涕之状”，有四句诗写道：“才自精明志自高，生于末世运偏消。清明涕送江边望，千里东风一梦遥。”大家都知道，这说的是探春的命，但我所留意的是那只风筝，指向大海、远方、乘千里东风而西去的风筝。

现在，我要问一个无聊的问题，那幅画里的风筝是一只什么样的风筝？好吧，你们都猜到了，那是燕子。我认为那是北京雨燕。

二十世纪四十年代中期，曾有一部据说是曹雪芹遗稿的《废艺斋集稿》面世，后来又没了下落。其中的一种是关于风筝的书，部分文字和图谱经由当时人的摹写和回忆留了下来。

这件事真真假假，在有无之间，反正原书是找不到了，信其有还是信其无，不是事实判断而是情感判断，我宁愿相信这本书是有的，因为这很像雪芹干的事，他就是这样的一个人。这本题为《南鹞北鸢考工志》的书，记叙了风筝怎么扎、怎么糊、怎么描绘图案、怎么放飞，所谓“扎、糊、绘、放”。关于风筝制作工艺的书，据我所知，只有一部宋代的《宣和风筝谱》，然后就是清代乾隆年间的这一本，所以，应该给曹雪芹颁发证书，宣布他是非物质文化遗产传承人。

在现存的《南鹞北鸢考工志》中，所有的风筝都是燕子。当然，风筝的形制多种多样，就像第七十回写的，可以是个美人，可以是大鱼、螃蟹，放个美人到天上，那是以天为纸在画画，放个大鱼、螃蟹上去，这就是以云为水。但在这本书中，燕子是模板是原型，又分为肥燕、瘦燕、比翼燕、半瘦燕、小燕、雏燕，燕爷爷、燕奶奶、燕夫妻、燕兄妹，一大家子在天上聚会。这很可能是当时风筝这个行当的惯例，从制作到售卖，燕子是基本款，甚至有人认为，北京风筝以“扎燕”为本，就是从雪芹开始。总之在雪芹这里，笼而统之，风筝就是燕子，燕子就是风筝。所以，第五回探春命里的那只风筝是什么形状？现在我告诉你，那是一只燕子。

那么，这只燕子是北京雨燕吗？“昔日王谢堂前燕，飞入寻常百姓家”，这句诗大家都很熟悉，盛衰兴亡之叹，这是古老的中国文明最深刻、最基本的一种情感，在周流代谢的人事与恒常的山川、自然之间回荡着这么一声深长的叹息。这种兴亡之叹也是曹雪芹在《红楼梦》里反复弹拨、他和他生前的读者最能共鸣同感的那根琴弦。但是，无论王谢堂前，还是寻常百姓家，一年一度来去的燕子，应该都不是北京雨燕，而是家燕。它们都叫燕，远看长得也像，但在动物学分类中，我们熟悉的家燕是雀形目燕科，而北京雨燕属于夜鹰目雨燕科，家燕和麻雀是亲戚，北京雨燕和夜鹰是亲戚，它和家燕反而没什么关系。顺便说一句，夜鹰和我们熟知的老鹰也没什么关系，所以夜鹰不是鹰，雨燕也不是燕。在寻常百姓家的屋檐下飞进飞出的燕子如果真的是昔日王谢堂前的燕子，那么，它肯定是家燕，绝不是雨燕。北京雨燕必须栖息在高峻之处，这样才有足够的高度让它飞起来，如果是寻常的屋檐，它来不及飞起就会栽到地上，这也是它们喜欢中轴线上那些高大城楼的原因。

曹雪芹扎糊绘制的那些燕子，究竟是家燕还是雨燕？这个问题是无解的。那些风筝的图案并不是写实的，而是拟人的、符号化的，赋予了各种各样的吉祥寓意。雪芹固然不知家燕和北京雨燕在动物学上的科目区别，但他是北京人，童年来到北京，在这里长大，他大概从来没有进入过我们现在称为故宫的地方，没有走进过天安门、午门。但是，正阳门和他家附近崇文门的天空上，每年晚春和初夏盘旋着的雨燕，必定是他眼中、心中的基本风景。那个时代的北京人，抬头就会看见那些燕子，然后低头走路。但有一个人，一定曾经长久注视那些燕子，那些盘旋在人间和天上的分界线上的青鸟，他就是曹雪芹，他是望着天上的人，是往天上放飞了一只又一只飞燕风筝的人，他的命里有天空、有永远高飞而不落地的鸟。

——那就是北京雨燕。然后，这样的一个作家会有一种奇异的尺度感，他把此时此地的一切都放入永恒大荒，无尽的时间和无尽的空间。他获得一种魔法般的能力，他写得越具象，也就越抽象，他写得越实，也就越虚。雪芹的前生是一只北京雨燕，他在未来再活一遍会是一个星际穿越的宇航员。说到底，他是既在而又不在的，天空或太虚或空无吸引着他，让他永久地处于对此时此刻的告别之中，是无限眷恋的，但本质上是决绝的，他痴迷于不断超越中的飞翔。

这样一个北京雨燕式的作家，会本能地拒绝在地性。比如曹雪芹，他和很多很多当代中国作家不同，他从未想过指认和确证他所在的地方。我曾经在一篇文章中谈过，曹雪芹成长于北京，《红楼梦》是北京故事，但是，在《红楼梦》中，他从未确切地描述过这座城市，我们可以推导出贾府和大观园的空间分布图，但在这部书中，你对整座城市的地理空间毫无概念，似乎是，这个人让大观园飘浮在空中，让飘浮在空中的大观园映照和指涉着广大世界、茫茫人间。

所以，如果让我为我理想中的作家选一个吉祥物、选一个标志，我选北京雨燕。但是，任何比喻都是有限的、矛盾的，比如水，上善若水，这水就是好水，以柔克刚、化育万物；水性杨花，这就不是好话，这水就是放荡的水。钱锺书把这叫作“比喻之两柄”，他在《管锥编》中引用希腊斯多噶学派哲人的话“万物各有二柄”，好比阴阳二极，而人会抓住其中一个把柄来作比喻，抓哪一头取决于人想说什么。北京雨燕作为比喻，也有另外一头的把柄：它不能落地。它在民间有一个诨号，叫“无脚鸟”，它和家燕不同，家燕的脚是三趾前、一趾后，在地面上蹦蹦跳跳，后趾一蹬就起飞；但北京雨燕完全为飞行而生，根本没有计划落地，它的四趾全部朝前，只适合抓住高处的树枝或梁木，所以有脚等于无脚，落到地上既不能走也不能飞，被风雨或伤病打落在地，那就是死亡。

这让我想起另一个飞行家，说来大名鼎鼎，就是齐天大圣、行者悟空。孙行者法号悟空，名字不是白起的，它从石头缝里蹦出来，向着天空而去，他的事迹也是一部“石头记”，是在石头中、在山的重压下、在无限的沉重中向着无限的轻、无限的远、无限的空无。一个筋斗十万八千里，大地管不住他，人间的权力和琐碎管不住他。就是这样一只猴子，戴上了金箍，跟着唐僧去取经，九九八十一难还差一难，终于望见了西天灵山。《西游记》第九十八回，唐僧师徒在玉真观歇脚，第二天启程上灵山，金顶大仙要给他们指路，悟空嘴快，说：“不必你送，老孙认得路。”大仙道：“你认得的是云路……当从本路而行。”悟空笑道：“这个讲得是，老孙虽走了几遭，只是云来云去，实不曾踏着此地。”

这段话我以为是《西游记》的一处根本所在。小时候读《西游记》，总有一个大疑惑，既然目的就是取经，孙悟空那么能飞，而且自带导航熟门熟路，一个筋斗飞过去，把经书拎回来交给师父不就得了吗？悟空快递，使命必达，何必费那么大劲呢？看到第九十八回，作者才做出了回答，飞在天上、走“云路”能解决的问题就不是问题，人之为人的问题是，他必须走“本路”，他无法直接抵达终极，人总是要死的，但日子还得一天一天过，人是在向死而去的一天一天里，在“本路”、在地上的路获得他活着的意义。所以，“云路”上取的经不是真经，在大地上用双脚一步一步走过去，在人世的苦、人生的难中走过去，这才是道成肉身，才算得了真经。

孙悟空，这伟大的行者，他的本性是飞，他也终于学会了落地，学会了在地上一步一步走，走过万里长路而成佛。现在，话说到这儿，我心里马上就有了一个像行者那样的作家，他就是杜甫。

年轻时的杜甫是凤凰，心高万仞、壮志凌云。在传世最早的那首《望岳》中，他写道："荡胸生层云，决眦入归鸟。会当凌绝顶，一览众山小。"那时是开元二十四年，杜甫二十四岁，壮游山东、河北，"放荡齐赵间，裘马颇清狂"，遥望泰山，他的目光随飞鸟而上，他的心凌绝顶而小天下。这时的杜甫，笔下是骏马，是鹰，是千里万里的风：

胡马大宛名，锋棱瘦骨成。
竹批双耳峻，风入四蹄轻。
所向无空阔，真堪托死生。
骁腾有如此，万里可横行。

（《房兵曹胡马》）

这样的速度和激情，这样的一往无前、万里横行，这样杀人如草不闻声的豪气，不是杜甫了，是李白了，这样的诗完全可以编到李太白集里。在人生的这个时节，杜甫在天宝三载认识了李白，那一年李白四十四，杜甫三十三。第二年，他们同游齐赵，杜甫写下了《赠李白》，"痛饮狂歌空度日，飞扬跋扈为谁雄"，这完全就是李白的句子。浦起龙《读杜心解》评论这首《赠李白》和另一首《画鹰》："自是年少气盛时作，都为自己写照。"杜甫写的是李白，也是自己，杜甫此时的自己，其实就是李白。

李白这个人，真是"太白"啊，他光芒四射，从路人直到天子，很少有人不被他的光芒所震慑。我相信，这个人走到哪里，都是中心都是焦点，他是诗界的"克里斯玛"人格，是诗界的皇帝和神，他生前就活在世人的仰望中，如果今晚无人，他就提一壶酒仰望自己热爱自己。

花间一壶酒，独酌无相亲。
举杯邀明月，对影成三人。
月既不解饮，影徒随我身。
暂伴月将影，行乐须及春。
我歌月徘徊，我舞影零乱。
醒时同交欢，醉后各分散。
永结无情游，相期邈云汉。

（《月下独酌》其一）

这首诗写尽了他的一生，这样一个人，他永远是少年。希腊神话里的美少年那喀索斯看着水中的影子自恋，比起李白他真是弱爆了。李白是以天地为镜，只照见自己，对影而戏、对影而歌。他和杜甫同样经历了安史之乱，天崩地裂，狼狈不堪，但在李白的诗里你看不出来，白衣胜雪，归来仍是少年，他根本不会被人世的离乱与浑浊所改变。

李白才是真正的、纯粹的北京雨燕，比曹雪芹更纯粹。他毕生不落地，他是“无脚鸟”，他是“谪仙人”，他只活在他自己那空阔无边的尺度里。无情最是李太白，他的伟大，他让杜甫、让后来人身不能至、心向往之的高格，就在于他真是不累，真是不牵挂，真是在飞，他在人世、在红尘中如此一意孤行如此飞扬跋扈放浪轻狂。据说金庸有名言：人生就该是“大闹一场，悄然离去”。金庸如果真这么说了，他心中所想的必是李白，而绝不是杜甫。李白在心里和笔下兀自大闹，他走的一直是“云路”，他就是那个大闹天宫的齐天大圣，他一生都在飞，喝醉了就高速醉驾，牛皮吹得更大，飞得更远更高。“决眦入归鸟”，杜甫眼巴巴地望着，李白就是杜甫眼里的那只鸟。

杜甫一生都深情地遥望着怀想着李白，他那么爱李白，放不下李白，他爱的其实是他心中那个曾经的自己，那个青春勃发飞在“云路”上的自己。

但一定有一个时刻，生命里的关键时刻，也是中国诗歌和中国精神的一个关键时刻,杜甫忽然想明白了,他不是李白，他做不成李白，他注定要在这泥泞的人间踽踽独行，他的路就是人的“本路”，历经横逆、失败、劳苦，艰辛地为一餐饭、一瓢饮而奔忙，为夜雨中的一把春韭、为人和人的一点温情而感动，他如此卑微，“残杯与冷炙，到处潜悲辛”，他才是卑微到了泥土里。但也就是在泥土与泥泞中，在漫漫长路上，他才看得见“三吏”、看得见“三别”，在生命和生活的根部、底部,在寒冷、逼仄中,他的心贴向别人的心,贴向他的妻子、他的孩子、他的朋友、路上那些陌生的受苦的人。他终究不是仙人，他成为负重前行的行者，背负起人世的沉重，成为诗歌中的圣人。他的路太难了，李白写《蜀道难》，难于上青天，上青天对李白又有何难？背负青天朝下看，如雨燕如苍鹰，一篇《蜀道难》滚滚而下，东流到海。而杜甫，你读一读他生命中期以后、在安史之乱爆发后的诗吧，那些诗大多写在路上，是行者之歌跋涉者之歌，是荒野之歌漫漫“本路”之歌。哪里有什么“飞扬跋扈”，哪里有“所向无空阔”，而是一步一步、步步惊心，战栗着喘息着，流淌汗水和泪水，从极度劳顿的身体中提炼出来句子。“沉郁顿挫”，这是后世对杜甫诗风最通行的直观概括，怎么能不“顿挫”，那是一个行者一个登山者的顿挫喘息，那就是生命之累之艰难苦恨。

杜甫之伟大就在于，他竟能把一切提炼为精悍的韵律、提炼为诗。他该有多么强韧的肺，多么炽热的心。他是中国文学中最伟大的行者，在他之前，只有屈原，但屈原更像是北京雨燕落在了地上，屈原的诗是雨燕落地后的悲歌绝唱。而杜甫，他是第一个走过并且写出“本路”的诗人，第一个直接面对累和喘息的诗人，第一个在累和喘息中为生命唱出意义的诗人。鲁迅说“无穷的远方、无数的人们，都和我有关”，杜甫走向远方、走进无数人，取经的行者心中觉悟，这经不是在天上写好了等他来取，这经就是他一步一步地行走在大地上写出来的。

杜甫晚年，写下《登高》，这时，杜甫五十六岁，快走不动了。留在世人眼中的杜甫形象从《望岳》开始，经过漫漫长路，最终定格于《登高》。

风急天高猿啸哀，渚清沙白鸟飞回。
无边落木萧萧下，不尽长江滚滚来。
万里悲秋常作客，百年多病独登台。
艰难苦恨繁霜鬓，潦倒新停浊酒杯。

他站到了山顶上，但他不是飞上去的，他艰难地独自登上去爬上去，万里作客、百年多病，在天地山川里，在绝对的无限中，他找到了那个有限的苍老的自己，他不再是“一览众山小”，他是坦然回到了自己的“小”。他从此为中国文学确立了一个根本的标高，他走了一路，白发浊酒，站在那里，最终，所有的中国人可能在旅途中、在路上看见他、看见自己。

现在，我们有了两个比喻，北京雨燕和行者。有的作家，比如李白和曹雪芹，他们是雨燕。有的作家，比如杜甫，他是行者。但是我刚才说过，比喻有用，也有限。任何比喻，总是聚焦和照亮了所比事物的某种特性，同时也忽略了另外一些特性。李白是纯粹的雨燕，他的持久魅力也正在这份常人没法模仿、不可企及的纯粹。而杜甫曾经是雨燕，后来落了地，他竟在地上长出了脚，一步一步走过去，这何其难啊，李白和王维那样绝顶的心智都做不到。但是，现在让我们重读一遍《登高》，杜甫身体里的那只雨燕真的飞走了吗？没有，还在，他翱翔于天之高、地之阔、江河万古，然后，他缓缓地落下，落到此时此刻、此人此心。我刚才也是越说越爽，强调杜甫作为行者的艰难苦累，但艰难苦累并不能使一个人成为诗人，我们的幸运在于，这个人是杜甫，他也是雨燕，哪里有“所向无空阔”，杜甫的生命中竟然真的一直有，在绝对的重中依然能轻，在石头缝里望见了明月，他是悲、他是欢，他是穷途末路、他是通达安泰，他能收能放能屈能伸能快能慢，由此，他才能把艰难苦累淬炼成诗。

当这么谈论杜甫时，我还掉过头去重新想到了曹雪芹。曹雪芹，我刚才说他是雨燕，但他其实同时也是行者。这个人作为作家的横绝古今，正在于他既飞在“云路”上又走在“本路”上，他的路既是“本路”又是“云路”，这不仅体现于他的实则虚之虚则实之，而且，站在他戛然而止的地方，我们已经能够隐约看出他将要前去的方向：走着走着，世间的大路走成了小路，小路走成了荒野，茫茫人海走成了孑然一人，一切有变成了一切无，飞向无限的空。《红楼梦》没有写完，实在是一大恨事，因为此情此景，古代小说里没有，后来的小说里也没有。我甚至大逆不道地怀疑，《红楼梦》写不完，其实是真的写不下去了，“云路”和“本路”越走越合不到一起，雪芹之死是把自己活活难死。

当我这么谈论杜甫和曹雪芹时，我心里想的其实是苏东坡，还有……好吧，留给你们去想吧，记起你们见过的雨燕、你们遭遇的行者。这些伟大的灵魂，在往昔的日子、现在的日子里一直陪伴着我们，他们是我们的理想作家，我们信任他们，我们确信，天上地下的路，他们替我们走过，他们将一直陪伴着我们，指引着我们。

然后，明年，春风里，去正阳门下，抬起头，迎着蓝天，去辨认杜甫、苏东坡、曹雪芹，当然，还有李白。

（《万松浦》2023 年第 1 期）

我们将死于梦醒

陈　冲

黎明时分我走出隔离酒店，月亮还高挂着，天空慢慢泛出蓝色的光，希望在夜和昼之间仿佛重新诞生。一股莫名的感激涌上心头，父亲还健在，我很快可以见到他。

一进家门，我留心到餐桌上堆满了打开的相册，走近看，大多是父母在各地海滨、河边、湖畔或者游泳池拍的。他们曾每天早上一起游泳，几十年如一日。二〇二〇年年底我离开上海前陪他们去了泳池，那天母亲下水没一会儿就累了，说想先上去。父亲哄着她多游一个来回，我还表扬了她，当时我们还不知道她已经病魔缠身。一个月后，母亲被两个救生员从池里拽上了岸，那是她最后一次游泳……

保姆说，你爸最近一直在看相片。

我望向父母的卧室，门关着。母亲离开九个月了，我仍然恍惚，好像她随时会从里面走出来。

母亲被确诊为淋巴癌之前，父亲已经知道凶多吉少了。那时快过年了，我以为他是想过了年再带她去检查。我朋友雪莱去看他们后，给我发信说，你爸爸不舍得送你妈妈去医院，他说他看得多了，这样送进去就出不来了。

父亲还是在年前把母亲送进了医院，我赶回上海时，他自己也因心脏病复发住进了同层的另一间病房。哥哥比我早五天到沪，他隔离完到医院才知道那里有了新的规定，从国外回来的人要二十八天后才能进病房探访亲人。他提议让母亲坐上轮椅推到院子里见一面，但是母亲那天坐不起来。第二天哥哥求了一个熟人，带他坐货梯上楼溜进了病房。

视频里母亲在呻吟、叫喊，她是个有忍耐精神的人，现在的疼痛一定是超过了她的极限。父亲只能沉默、无奈地坐在一旁，爱莫能助，束手无策。

我们有一个在澳大利亚的朋友，她是我表妹的大学同学，曾在平江路的家里住过一阵，我们都叫她小于。小于出国前是医院麻醉科的医生，她建议母亲用一个叫 Propofol（异丙酚）的麻醉药，让她减轻痛苦，得以睡眠，第二天可以有力气进食和承担进一步的治疗。但是母亲的医生说，医院从来没有这样用过麻醉药，无法承担这个风险（当年迈克尔·杰克逊就是打了过量的 Propofol 后死掉的）。

我给父亲打电话，能听到母亲在一旁发出痛苦的声音，我怕他耳背听不清，大声问，你能不能请医生给妈妈打麻醉药？他也大声回，不行的，你们是要她安乐死吗？说着就把电话挂了。我叫哥哥去医院，无论如何也要说服父亲。他说，我现在进不去啊。我说，要是我，就宁愿压一个枕头在妈妈头上，我宁愿她死。说着我就忍不住哭了，这些天憋在肚子里的眼泪全涌了出来。哥哥听我一哭，也哭了起来。我们两个人就那么无助无望地在电话两头哭。

第二天我又给父亲打电话，他说，你跟妈妈说说话吧。

我叫了声妈妈她就哭了，轻轻喊妹妹啊，妹妹啊，说不出别的来。我一遍又一遍地重复，妈妈你受苦了，我马上就来看你了。过一会儿，父亲接过电话，用沙哑的声音说，妈妈累了，明天再说吧。我突然心痛、内疚，他每天陪在母亲身边，看到她受折磨也一定是心力交瘁，我们凭什么在远处责怪他。

我第一次跟哥哥去医院看望母亲，父亲的助理让我们在电梯对面一间空的缓冲病房，等待父母从他们各自的病房过来跟我们聚会。

母亲坐在轮椅上被护工推过来，她低垂着头，紧闭着眼睛，瘦得形同骷髅。我胸口抽紧——有些事我们永远无法有足够的准备。她用尽全身力气紧紧抓住轮椅的手把，好像在悬崖峭壁，松开了就会一落千丈。我蹲下轻轻唤妈妈妈妈，她睁开眼看见我，就委屈地叫，妹妹啊，妹妹啊。我抱住她的头，她努力睁眼，好像有千言万语却没有力气说。我问她，妈妈要喝口水吗？她说要。我请护工端来温水和吸管，但是她吸了两口就吸不动了。我和哥哥一边一个，抚摸她紧抓着轮椅的手，她慢慢地放松了一些。

在从医院回家的车上，我怅然地望着窗外，梧桐树嫩绿的新叶在阳光里像宝石那样闪烁，一株红色的冬梅、一棵白色的白玉兰偶尔划过。路人们提着袋子进出商店，握着手机、香烟坐在树荫下，外卖小哥们在人群缝隙中穿梭……那是个再普通不过的日子。我脑子里出现了一首歌：为什么太阳依然照耀，为什么海浪拍打岩岸，难道它们不知道这是世界的末日？

父亲趿着拖鞋的脚步声让我回头，他的脚步踉跄，眼神疲乏，比半年前我离开的时候更老了。我叫爸爸，他应了一声就没有其他话说了。我指着一张相片问，你们在哪里拍的？他认真看着我的嘴形，然后说，这是丹麦海边的美人鱼铜像。这之前我并不知道父母一起去过丹麦。

其实我更想说的是：我一直都在牵挂你，你还好吗？一个人过习惯些了吗？我经常梦见妈妈，你梦见过她吗？你怎么挨过孤独的日子？但这不是我们之间可能发生的对话。父女一辈子，我们从未用语言交流过感情。除了母亲，父亲不对任何人打开心扉。我只见过他一瞬间易受伤害的样子，那是在母亲化疗了一个月以后。

那天母亲躺在硬邦邦的 CT 桌上向我和哥哥大声叫喊，我吃不消了，我真的吃不消了，你们快来救救我！医生随手拿了一件保护背心让我穿上，却没有找到第二件可以给哥哥。我们就这样犯规进了 CT 间，一边一个拉住母亲的手，在她耳边轻轻重复，马上就好了，马上就好了。父亲跟医生在隔壁的房间研究母亲的 CT 结果。父亲看过无数例类似的病人，这回轮到了他的爱人。从 CT 上看，母亲的肿瘤没有太大的改观。

回病房后，我把 CT 结果告诉了二姨和小姨。小姨发信说："根据你妈的情况，舒服地走比活着受煎熬好。你爸硬拉着她，太自私了，劝劝他吧。"她建议我直接问母亲是否想走，我却无论如何也不敢问。母亲睡着后我回信给小姨："她没有跟我说不想活。如果妈妈给我明确指示她想走的话，我会义不容辞地去完成。她虽然呻吟叫喊，但是没有说她想走。"小姨说："据说人到了那一步都有求生欲，那就要说服她进食。"

二姨也发信给我："我姐这么痛苦太可怜了。"我回："父亲就是无法让她走，要不惜代价让她活下来。他说，叫你们回来就是来跟她道个别。意思是别的不要管。"二姨说："他说道个别也就是你母亲没救了，那让她安静一些把她想干的事干完，不要再活受罪，你爸也回家，合家团圆地走到终点是对她唯一的爱护。强拉着她受非凡的苦，那是残害她，不人道啊。”

有些话太难启齿，我怕自己说不清楚，就给父亲写了一封信：“通过这段时间对妈妈的观察，她只要是醒着的时候都是非常难受的。有时稍微好些，有时很难挨。今天我和哥哥在她身边一个半小时，她坐了一会儿想躺下，躺了一会儿说还是坐起来吧，坐起来后还是不解决问题，找不到一个舒服的姿势。为了抵抗身体上承受的折磨，妈妈躺着的时候双手总是紧攥着床边的栏杆。我跟她说如果是痛，医生可以给镇痛的药。她说没有用的，我不是痛，是难过。妈妈的感觉和表达都是清晰的。护工和保姆当着她的面议论，说她整天吵，横不得竖不得，说她大便在身上……好像她是个无理取闹的小孩，是个白痴。妈妈自尊心很重，很骄傲，忍无可忍了才这样的。在她这个岁数，在目前皮包骨头、生命力日益下降的情况下，这样的煎熬是否值得？为她换来的是什么？更长久的煎熬吗？”

我郑重其事地把信交给父亲，他读完后什么也没有说，把信折好放回信封里还给我。我不罢休，鼓起勇气跟他说，妈妈太苦了，不要治疗了。父亲不看我，也不作声。我说，我们接她回家吧，能不能找到足够的吗啡？我们陪着她，给她打针让她走。父亲还是不看我，停顿了片刻后他说，哪里去找那么大的剂量？今天我去陪她，让她多吃点，她说想跟我一道回家……此时父亲哽咽了，眼睛红了，泪水在眼眶里涌动，但是他没有让它流下来。他说，你们回家吧。那一刻，父亲犀牛般的盔甲破裂了，暴露了他跳动的心脏。

我每天上午去病房陪着母亲煎熬，夜里神志恍惚地幻想如何去解救她。一天吃早饭的时候我跟哥哥说，我还有二十八片安眠药，今天带去医院，看看有什么机会喂给妈妈。哥哥说，那怎么可以？你又不知道吃了安眠药以后会发生什么情况，说不定她更难受，再说被人发现了你要坐牢的。

母亲的病床靠窗，朝南，病友的床靠门，拉上了白帘子。温暖的阳光从窗口照进来，把我的影子投在墙上。我凑到母亲耳边问，妈妈，你有什么需要我做的事吗？妈妈，你有任何愿望我都会拼命为你实现的。她说，你跟我一起祷告，要记得祷告。

记得大概在七八年前，母亲坐在卧房的小书桌前发呆，一本打开的书上画满了线，她的健忘症已经发展到无法享受阅读了。我走过去摸摸她的肩膀，她转头说，活着很没劲，没什么可开心的事。不记得我说了什么，也许什么都没说出来。她接着轻描淡写地说，我不会自杀，因为我不能这样对待你爸爸。

还有一次，我在屋里找不到她，觉得奇怪，因为母亲除了跟父亲去游泳一般不会出门的。一股风吹到我的脸上，窗帘飘起来，我这才发现阳台的门敞开着，她靠在阳台的栏杆上，稀疏的头发被风吹得很乱。我走过去叫她，她的眼神从很远的地方收回来。几十年前刚搬进这个公寓的时候，她说喜欢这个阳台，但是让我们千万不要用力靠在栏杆上，万一是豆腐渣工程，掉下去就没命了。我直觉到母亲在思量生死，轻轻把她拉回屋里，说，我想听你弹钢琴。

母亲自始至终没有提出要提前结束这场磨难，那是求生的本能吗？还是爱？

父亲打开钱包，问，你需要人民币吗？我看到里面多了一张母亲年轻时的照片，那是他按照钱包的尺寸印出来的。这是他自己在家里打印的吗？还是去外面专业的地方印出来的？

我也有一张同样的，那张是父亲自己放大后染了色的。照片里母亲大概二十岁出头，我从没见过另一个女人有如此天然和宁静的美丽，有如此深邃和神秘的眼神。母亲走后我配了镜框，放在了换衣间的橱柜上，每天可以看到。

有时在完全莫名的情形下——或许半夜三更惊醒过来，或许大白天在微波炉前热午饭，或许傍晚在淋浴时哼歌——我眼前会出现母亲骨瘦如柴的身体，被静脉针扎得一片片青紫。我想，父亲选了这张照片不是为了记住，而是为了忘掉——他想用母亲最美好的样子去冲淡她被病魔摧残的记忆。

化疗期间母亲经常拔掉点滴管，胳膊手背上的静脉血管全都无法再用了，必须把点滴装置埋在皮下，从颈动脉输液。这个小手术平时只需局部麻醉，但是因为母亲在清醒的情况下不会配合手术，所以必须用全麻。父亲担心全麻的风险，跟医生说，我可以在手术室里按住她。但医生说，你一个人不可能按住她的头和双肩，她挣扎时带来的风险会高过全麻。

我不信教，对自己和宗教都抱有同样怀疑的态度。但是母亲病重的那十个月，我每晚在黑暗中祷告，求上帝保佑她。回想起来，那些时刻我并不“虔诚”，有时会在心里大喊：你到底要她怎么样？你为什么这样折磨她？你为什么不阻止我爸爸？

一天，哥哥和我跟往日一样到医院探望父母。母亲突然精神了许多，她吃了半个我们带去的苹果，还跟着哥哥手机里的音乐唱了《田纳西华尔兹》。父亲意味深长地看了我一眼，他坚持治疗的信念和承受力终于点亮了希望的火苗——也许母亲的病能得到治愈。从那天开始，她奇迹般地好转起来。

我生日那天，正在重庆拍摄《忠犬八公》，父亲打电话给我，好像完全不记得生日的事。他说，妈妈想跟你讲讲话，我要去楼下办公室给病人会诊。

母亲问，妹妹你在哪里？我说，我在重庆拍戏，你记得重庆吗？你记得在歌乐山的事吗？她说，在歌乐山的时候最开心了。她无法更具体地表述，我便提醒她，记得姚牧师吗？她说，姚牧师最好了，教我唱好多歌。我又问，圣光中学里面有教堂吗？她愣了一会儿后说，我们只要有几个人凑在一起就是教堂了。母亲失忆以后，经常用各种巧妙的方式来掩盖自己头脑的空白。我不知道她的回答是在搪塞我，还是她在头脑里看到了那片雾蒙蒙的竹林，听到了回荡在山谷的祈祷和歌声？我不禁感动，这是一个多美好的回答。

我跟母亲说了再见，还没来得及关机就听到她在那头自言自语。原来她不懂怎么关父亲的手机,不知道还跟我连着线。母亲发出各种困惑的呻吟，好像不知道她接下来将面对什么，该干什么。然后，她开始急促地祷告。待她停下片刻，我轻轻叫了声妈妈。她慌忙地问，妹妹？你在哪里？我说，在重庆拍戏，在跟你通电话，我们一起祷告吧。我按照她曾经教我的祷文说：亲爱的主，感谢你所给予我们的一切，求你饶恕我们的罪过，指引我们的言行，听我们的祈祷。求你赐给我们平安、健康、力量、智慧和勇气，与我们同在，求你保佑妈妈……母亲马上添了一句：亲爱的主，我把妹妹交给你，求你保佑她家庭美满事业成功，求你指引她，做你的好孩子，不做你不喜欢的事。那天我六十岁，却还是个孩子——母亲的，上帝的。那是我所有生日中最难忘的礼物。

从重庆回来后，我每天上午陪母亲在病房里唱歌，父亲也在一旁听着，有时眼光变得遥远。记忆里那些母亲摆脱了苦难的日子，屋里总是充满了阳光。窗户很大，太阳照在她的脸上，她专注的歌声充满了少女的渴望：小鸟在歌唱，野花在开放，阳光下面湖水已入梦乡，虽然春天能使忧愁的心欢畅，破碎的心灵再也见不到春光。我走山路，你走平原，我要比你先到苏格兰。但我和我爱人永不能再相见，在那最美丽的罗梦湖岸上……她走后我才知道那是一首苏格兰民谣，叫《罗梦湖》。

有一天，母亲在唱《在那遥远的地方》，唱到“我愿她拿着细细的皮鞭，不断轻轻打在我身上”的时候，她突然说，这句倒是蛮性感的。我惊讶不已，如果没有音乐伴随着这词，她绝对没有能力产生这样的联想。我再一次被音乐的神秘所迷惑，我猜它始于人脑最原始的中枢，是先于语言的东西？音乐通过母亲脑中已经病变的边缘通路穿刺到她已经萎缩了的海马体、杏仁核，刹那间的感官记忆，像一次短路的火花，照亮她暗淡的意识，那个时刻她感受到了喜悦。

母亲总是早上四点就起来去父亲病房找他，搞得他不够睡，很疲劳。我跟她说，你早上千万不要那么早就去找爸爸，他休息不好身体会垮的。她很惭愧地答应，明天让他睡饱，但是到第二天就忘记了，又一大早去找他。有时候，母亲还会当着医生护士的面跟父亲发脾气。他自己也是个脾气很大的人，但这种时候只好把她当小孩哄，从不怪她。我想起《本杰明·巴顿奇事》里布拉德·皮特演的角色，在生命的尾声变成一个婴儿，躺在恋人怀里。

母亲去世那天早上，父亲看到她痉挛的样子，脸色灰白，差点摔倒在地，哥哥请驾驶员送他回家躺到床上。那一晚父亲彻夜未眠，但是第二天早上他还是去了办公室。那之后的两周他都失眠，但是每天坚持上班。最爱的人不在了，七十年共同的记忆、日常生活中的“日常”也都随之消失。但最爱的工作还在，它像地心引力那样将父亲安全地拴在一个熟悉的地方。

早上七点三刻，父亲跟我说，我上班去了。他的语气严肃、平静，眼睛里流露出活力。

他从上海医学院毕业的时候，被分配到了一个犯罪研究所，由苏联专家培训破案。那是安全局研究所的前身，工作性质的政治性很强。

报到的时候，父亲看到另外几位都是政法学院毕业的人，就跟负责人说，我只会当医生，不适合做破案工作。负责人说，我们破案有爆炸、燃烧、痕迹方面的工作，需要懂物理化学的人才。父亲说，我是医学系的，没有学过什么物理化学，药学系的人这方面也许更强一些。但是那个负责人还是没有被说服，父亲只好硬了头皮说，我还有一个问题，你们在档案里有没有看见，我当过反革命。负责人一个电话打到上医，结果档案的确如此，他就让上医马上换一个人来。

当时有两个没人愿意去的科，一个是组织胚胎科，另一个是放射科，而最没人想去的就是放射科，当年只有一台拍胸片的机器，什么其他设备都没有。父亲被退回学校后就自告奋勇去了放射科，那是一九五六年，他二十五岁，拿到第一个月的工资后，他直接骑车去南京路为母亲和自己各买了一条裤子。不知为什么，他们多次说起这件事，仿佛那是生命中十分特殊的一天。六十六年过去了，华山医院放射科早已鸟枪换了大炮，九十一岁的父亲仍然在那里为人看病。

记得一次，母亲需要去华山分院的PET中心做全身扫描，天不亮我和驾驶员就赶到病房去接父母。父亲还在洗漱，他说，不用那么早就去。我说，昨天医生关照了一定要在六点钟前到，不然就要排长队等很长时间，妈妈会太累。他说，不会的。到了 PET 中心，父亲熟门熟路，跟那里的医生们聊起中心的各种人和事，我这才想到他是中国放射学的元老之一，是国内应用 CT、MRI、DR 和 DSA 等先进设备和技术的开拓者。父亲桃李满天下，到 PET 中心就像回到老家。

母亲开始第三轮化疗以后，我跟父亲说了我即将回美国的计划。他知道这事迟早会发生，但还是瘫在椅子上半天没说话。然后他说，不能多陪你妈妈几天了？我说，我四个多月没回家了，趁妈妈现在还稳定我先回去一下。他说，现在从美国再回上海的话，要隔离三个礼拜了，你知道吧？我说我也听说了。父亲说，万一她发生什么意外，你赶都赶不到。说完，他打开手提电脑阅读起影像学的文献，哪怕住院他都从未耽误过对专业知识的学习和思考。我看着他的背影，感到他的孤独和疲劳。

患心脏病的父亲，照顾着患失忆和癌症的母亲。如此艰难的时候，孩子都不能在他身边。当年把我们送去了那么远的地方，他有没有后悔？几年前有一次，好像是父亲需要处理什么复杂的事务，令他烦恼和疲惫。他跟驾驶员说，小孩都是白养的，一点用都没有的。上海封控期间，父亲的日子非常难熬，他不会用微信，更不懂怎么在网上抢菜。我很久都买不到回沪的机票，最后买到了又被熔断了两次。父亲耳背，我怕电话讲不清楚，就写了微信请表弟转告。父亲看完后说，大概都是借口。

我奶奶父母的坟在老家江西南昌郊外。记得父亲跟我说过，在二十世纪九十年代的时候，当地政府要在坟地上面建公路。父亲接到通知后去那里迁祖坟。按当地习俗，挖坟时请了一位风水先生同去。挖开后，父亲看到坟边小溪的水不知在哪年哪月改了道，他祖父母的棺材已经浸泡在地下水里。棺材被抬起后有六条鱼在水里慢吞吞地游。再仔细看，父亲发现因为它们一辈子没有见过日光，所以眼睛是瞎的。算命先生看到这个景象，考虑了一下说，要把家里的六个小辈送到国外去。父亲有些震惊，奶奶这条线下来到我这辈，一共有八个后裔，其中有六个在国外生活。也许父亲埋怨的是命运，而不是我们的不孝。

航班是晚上起飞，白天我最后一次去医院陪父母。我们跟往常一样在病房里唱歌，然后一起吃午饭。母亲吃了几口就不想吃了，父亲从他的小冰箱里拿出一块栗子蛋糕，说，阿中啊，甜品。母亲便笑眯眯地接过来吃。我好奇，在六十六年的婚姻里，他们有过别的渴望吗——那些互相无法满足的渴望？那似乎是人之常情。他们也一定有过对方无法分享的欣喜、无法分担的痛苦，或者在孤独难挨时的诱惑？我大概永远都不会得到答案。

从病房回到家里，猫咪围着我叫，我蹲下来摸它。它刚来父母家时，送猫的朋友常来问问它的情况，母亲会说，这只猫聪明得不得了，都可以当我的研究生了。或者，这只猫懂事得不得了，以后我们不行了就全靠它了。这些年来，父母看电视的时候，它总爱在父亲的膝上躺着；母亲弹钢琴的时候，它总爱在琴凳的一端坐着；我每次开门，它都迎上来叫我，用脸蹭我的裤腿。猫咪被撸得舒服了，睁开眼睛深情地望着我，懒洋洋的身体呼噜呼噜作响。家里还剩一罐鱼肉罐头，我打开给它，它吃得很香，完后仔细地舔自己的毛，完全不知道我将不得不把它送去一个陌生的地方。所有的爱从一开始就在走向终将的失去，连猫也无法避免这必然的命运。

父亲现在很少在餐桌吃饭，早饭一般在书房的电脑前边写书边吃，午饭和晚饭就在电视机前边看剧边吃。一天，他难得跟我一起在餐桌吃饭，想到了猫咪，跟我说，猫咪现在可以回来了。我说，先不急，你一个人在上海，我和哥哥都很不放心，疫情期间来回飞实在太困难了，你还是来美国跟我们住一段吧。他说，我最近在研究脑部毛细血管病的预防和治疗，太忙了走不开。疫情一结束我还要去老挝，国家领导交给我的任务还没完成。

父亲内心深处有着强烈的流浪癖，十分向往远方和未知。二十世纪七十年代，他带了一个医疗队去多哥工作，途中在巴黎停留了一天。那是他第一次离开中国，被世界的丰富和宽广所震撼。也许，流浪的种子就是那时埋入了他的心田。

医疗队宿舍里的用水质量很差，父亲就每天跟同事一起，带着大桶去爬山，再把山里的泉水一桶桶地运回宿舍，他说那是他这辈子喝过最甘甜的水。当地一个酋长的大老婆常找父亲看病，酋长也就成了父亲的朋友。大老婆住在泥巴和干草糊的房子里，窗帘和床单都是各国访问者送给酋长的国旗。

多哥非常贫穷，但是在那里父亲远离了国内的政治运动，尝到了自由的味道。几个月后，他就向驻多哥中国大使馆申请把我们全家都调去多哥，理由是作为医生他可以比官方更有效地了解当地民情，促进中多友谊。我们一家差点成了多哥人，幸好大使馆没有批准他的要求。

二十世纪八九十年代父亲每年十一月都到美国参加放射学的年会，他还常去欧洲各国考察交流，为华山医院带回了世界最先进的医疗技术和设备。澳门回归后，他带领华山的医疗队，为澳门卫生司所属的多家医院发展和培养医疗骨干。随着母亲失忆症的加深，他就越来越走不开了。偶尔，他会带着母亲去离上海不太远的城市参观和讲课。有几次，趁我或者哥哥在上海的时候，他把母亲交给我们照顾，然后飞去外地出差。现在，父亲念念不忘的是老挝。

大约在六七年前，父亲告诉我，中央批示成立了中国精准医疗战略专家组，我的影像中心就是研究“精准医学和精准影像学”的。有个老挝人来华山医院参观访问，邀请我去为他们建立一个精准医疗的医院，这个老挝人以前是国家领导在高中的同学，现在领导把这个项目交给我去做。老挝天气热，我要去裁缝店做两套麻布西装。说着，他拿出一张他们在华山医院的合影给我看，老挝人身穿米白竖领上衣，斜披着一条五彩缤纷的肩带，父亲身穿一件大红色的衬衣，容光焕发。

后来疫情席卷全球，再后来母亲病倒，老挝之旅就此搁浅。母亲走后，父亲越来越沉默不语，唯独在提到老挝的时候，他会提起精神来说话。中老铁路开通后，他多次在地图上仔细安排从上海去万象的路线，说，现在我可以坐火车去了，顺便一路玩玩。

我说，老挝疫情一直没有间断过，现在已经与病毒共存，你这个年纪去太危险了。他说，那个老挝人去年中风瘫痪，最近死掉了。我说，那就不要再想去老挝的事了。他说，他死之前把建医院的事交给了一个朋友，我们联系过了。我答应了为他们建医院，以后还是要去的。

这事听上去越来越玄了，我和哥哥都不能确信它是否存在，但我们也不能说它不是件真事。父亲的确是极其优秀的医院创业和管理专家，在他当院长的十一年中，华山医院取得了突飞猛进的发展，并以全市最高分被评为三级甲等医院；老挝是中国一衣带水的邻国，一个社会主义国家，领导派父亲去那里投资建医院也没有不自然的地方。父亲坚持说，老挝的医院一定会建的。

我想起弗吉尼亚·伍尔芙在《奥兰多》中的一段话，大意是：幻想对于灵魂就像大气层对于地球。如果没有了那层温柔的空气，万物将失去生灵与色彩，大地将变成一片灰烬，滚烫的鹅卵石将灼焦我们的脚底。实话说，到那时我们就完蛋了。生命是一场梦，我们将死于梦醒。谁剥夺了我们的梦，就剥夺了我们的生命。

也许老挝之梦对于父亲就像大气层对于生命。谁知道呢？说不定真的有一天，他会带着我和哥哥坐上中老列车，去那里陡峭的高山、狭窄的河谷、茂密的森林中探险；真的有一天，他将完成国家领导人交给他的任务，为老挝建造出一个最现代化的医院。

也许“我们是谁”这个问题的核心，就包含在我们所有的梦想和那些一厢情愿的神奇念头里，毕竟我们最强烈的渴望和恐惧都源于和坐落其中。梦想比现实中发生的事更真实地谱写了我们的传记。

父亲每天下午把自己关在卧房里四五个小时，有时更长，天黑了也不出来。他在里面想什么，干什么？我无法知道，只能想象他是在与悲伤对话。悲伤说，陈星荣，你不可能像爱张安中那样爱任何人了。父亲说，是这样的。悲伤说，也没有人会像她那样爱你了。父亲说，是不会有了。悲伤说，你再也听不到她唱《当我们年轻的时候》了。父亲跪下来，说，我投降，你饶了我吧……

琼·狄迪恩在女儿和丈夫相继死去之后写了《奇想之年》一书，她说悲伤像风暴中的浪涛，打得你膝盖发软，眼睛昏黑。也许在一波巨浪平息下来的间隙，他去打印了那张母亲的照片，放到钱夹里。走出卧房时，他是个刚从海啸中幸存下来的人。

年轻人也许可以从失去中找到意义，在治愈中得到成长，他们的面前还有着很长的路和其他的爱。对于九十一岁的父亲，失去相濡以沫近七十年的老伴，无论从哪个角度看都是令人绝望的事。从母亲确诊到十个月后去世，从她去世到今天，父亲到底有过多少幸福的时刻使他如此顽强地生活？当他从折磨中得到喘息的时候吗？好比漫长黑夜后黎明的曙光，好比严冬过后万物复苏的景象。

整理母亲的橱柜时，我发现一个文件夹，上面写着“妹妹资料”，里面是我一九八一年申请出国的文件和信件。其中有一封父亲为我写给有关领导的信，密密麻麻三页纸，写在华山医院的信笺上，一共修改、抄写了四遍。我完全忘记了这回事。我的申请遇到了阻碍，得不到批准。当时父亲在纽约做访问学者，为了我的人生能有更开阔的地平线，他特地提前回国来帮我奔走。信写于一九八一年四月五日，我于一九八一年八月二十六日飞往纽约。那天父亲说，你今天下午走吧？我睡午觉不去送你了。我说，哦，那我不吵醒你。

留学四年后回家，父亲照例没有去接我，但是我出现在他面前的那一刻，他情不自禁将我一把抱起来。我双脚离地悬在他的怀抱里，片刻，感到惊喜、幸福和莫名的尴尬。那是我成年以后他唯一一次抱我。父亲从没说过，不过我知道他一定是非常想念我的。

又到了离开的日子，我和父亲一起无言地吃早饭，他吃两个鸡蛋白喝一杯西瓜汁，然后吞下每天早上该吃的药和维生素；我吃两个苹果喝一瓶酸奶，再把他给我的维生素吞下去。早饭后他就回到电脑前看脑部核磁共振的图像，母亲的健忘症给他带来很大的刺激，使他对脑部毛细血管走火入魔。我一个人呆坐在那里，不知怎样让他知道我很爱他。我与父亲有太多没说的话。

朋友在微信里建议："你给他留张条子，回忆些过去难忘的细节，放在他会看见的地方。"我回："好的，我试试。"

我没有给他留条子——又一次屈服于惯性，还是天性？

飞机开始升高，窗外渐远的灯火和渐厚的云层仿佛奇妙的海底世界，父亲大红色的泳帽出现在我的脑海，它在水里时而浮起时而沉没，不管池子里人多人少，不管他游到哪个角落，我都能从眼梢看见那团红色。不知父亲有没有留意我的蓝泳帽，感觉到某种心照不宣的亲情？

（《上海文学》2023 年第 1 期）

光在遥远处波动

胡学文

1

多年前的那个下午，我和弟弟站在不足半人高的黄土墙上，努力地伸着脖子，遥望远方。那是连接祖母家与我家院子的一段墙，风剥雨蚀，容颜老旧，但仍结实如初。除了鸟雀，鸡也常常飞跳上下,迈着骄傲的步子,放肆地拉出稀湿的粪便，好像向喜鹊麻雀们宣示，这是它们的领地。鹞鹰会在村庄上空盘旋，虽然俯冲而下叼猎而去的事一年只发生一两起，但足以令鸡群心惊胆战。鸡的视力似乎不弱于鹰，能看见还是一个黑点的鹞鹰，也许是第六感觉。它们咯叫着互相报警，但逃离的速度实在赶不上利箭。一只鸡被叼离，更多的鸡安然无恙，但魂飞魄散,它们更喜欢窝在院子的角落。那时节墙头空空荡荡，只有风走来走去。

我尚未读小学，弟弟小我三岁。我没打算让他站到墙头上，我看就足够了。他非要上，我说那你搬块石头来吧。目之所及，没有他搬得动的石头。我故意难他，没料他后退几步，加速奔跑，一跳一扒，噌地蹿上来，我扶他，他扯我，摇晃了一下，一高一矮同时站稳。

曾读过一篇题为《墙》的微小说，病室中靠窗的老人每天给靠墙的那位讲述窗外的景致，街道、公园、行人……靠墙的那位心生奢望，待他终于有机会把自己的病床挪至窗边，看到的只是半截光秃秃的矮墙。

我和弟弟看到的同样乏味。如血的夕阳涂抹着烟囱、房顶、屋檐、归巢的燕子，甚至炊烟也被染了，变幻着奇异的色彩。早春，小草发芽，杨柳泛绿，大地一派生机。但我和弟弟对这些没有丝毫兴趣，那图景没有唤起我们点滴遐想。我和弟弟在等母亲归来，只要她的身影闪现，站在墙头的我们可立即看见。无关思恋，只因我们饿了。早就饿了，此时双腿发软，彼此能听见肚子里的声响,像冒着大大小小的气泡,咕咕噜噜。只有母亲能喂饱我们，灭掉此起彼伏的泡泡。

我早就尝够了等待的滋味，渴盼、煎熬、欢喜，并非始于那个下午。饿了，首先想到的是母亲。有时在街角等，有时在村口盼。还不敢上房，几年后我才生出那样的胆子。

母亲回来时太阳已沉落。她在生产队干活，收工才可以往家走。天边是否彩霞飞度？我记不得了，无心观望，我和弟弟像两个瘦猴咬在母亲身后。母亲疲惫不堪，步子很急，却走不快。她双腿或比我和弟弟的更软，但未进屋就挽起了袖子。我和弟弟从不撒谎的胃这会儿也越发放肆。我们不羞,只有怨，气泡咬肠，恨不得把那声音挂在母亲耳边，好像她前世欠了我们。

母亲为我们做的是莜面鱼，蘸咸菜叶汤。先给弟弟盛汤，后给我。母亲没拿稳勺，她或是没了力气，也可能是作为助手的我碰了她的胳膊，洒了些，母亲自责而疼惜地呀了一声。

弟弟顾不及这些，他已吃上了。第一口烫了嘴，吸溜出很响的声音，莜面鱼也掉到碗里，他再度夹起，吹了吹，迫不及待地嚼起来。在旁人看来，或显没出息，但我不这么认为，于彼时的我而言，那声音动听美妙，馋舌勾涎，胜过世间所有的音乐。即便今日，我亦觉得那是至纯至真之音。

我心里像弟弟一样急，甚至比他更急，或是性格或是年龄，抑或是别的说不清楚的原因，我在动作上没那么急切。我似乎忘记了对母亲狂轰滥炸的气泡一半是从我胃里腾空而起，我学着母亲的样子，坐稳了才去挑莜面鱼。吃饱，也把筷子平顺地放在碗口上，而不是随便一丢。

《八月之光》中的莉娜坐马车去镇上时，总是光脚踏着马车底板，而用纸张包好的鞋子放在座位旁，等马车快进镇时才穿上。她长成大姑娘后，总要叫父亲把马车停在镇口，她步行进镇。她没告诉父亲真实的缘由。她认为这样一来，看见她的人，她走路遇到的人，都会相信她也是个住在城镇里的人。

在读福克纳这部埋伏着多条线索的小说时，我突然想起了多年前吃莜面鱼的情景。莉娜像极了彼时的我，或者说，我像极了莉娜。只不过，莉娜的舞台更广阔些。当然，她比我更纯真，因而可爱。由此说，我和她其实是没法比的，是我想多了。

2

我的三姑、四姑、老叔、老姑结婚时都赶上了国家的生育政策，各生两孩。伯父和大姑结婚早，伯父四子一女，大姑五女一子。婆媳、母女同时生育在乡村很常见。父亲、五叔、二姑年龄居中，均是三个孩子。多子女家庭，大的照看带管小的，是责任也是义务。

少年时代看过一部电影，名字记不得了，但故事雕刻在记忆深处，其中一个细节尤为深刻。父母早亡，姐姐抚养弟弟，某日经过水果摊，弟弟拿了一个苹果。回家后姐姐才发现，她很生气，举手要打，弟弟的哭声让她的手停在半空。一只苹果而已，可弟弟由此开始偷摸，长大后恶习难改，锒铛入狱。电影的主题很明确，老少都懂。

我上小学前，弟弟多半由我带。电影里的姐姐负有重任，且带且教，我只是带看。除了安全，其余无需操心。

村里有几口人畜共用的水井，村边还有一口浇灌用的百十多平方米的大井。淹死人的事发生不止一起。拉车的马不是匹匹好脾性，受了惊，横冲直撞，无法无天。生娃的母猪比狗还凶，某人被咬得皮开肉绽。孵蛋的母鸡也不好惹，专啄脸鼻。

母亲的嘱咐极其详尽，不能到井边，不能在路中央玩等等。她说一条我记一条。我自认是靠谱的，尽职尽责。用如今的话说，我甚至层层加码。院子里有一棵杨树，弟弟要爬，我阻止他，母亲没说不准爬树，但我怕弟弟爬到半截掉下来。弟弟不听，仍要爬，我扯住他的领子拽他，他不松手，我又掰他的手，他气鼓鼓地瞪着我，泪在眶边打转。终究没我力气大，被我拽离。

可意外隐在日常处，猝不及防。

也是春日，阳光明媚，我和弟弟原本在院子里“打宝”。乡村的玩耍方式甚多，摔跤、射弹弓、砸阎王、骑骆驼等，凭脑更要凭力，狼吃羊、八眼枪则纯粹是智力和心理的较量，因而成人也常常对弈。街头巷尾，田间地垄，捡石为子，随便一画，阵式就摆开了，且常有围观者。纳子、打宝靠的是熟能生巧。与我年龄相仿、腿有残疾的某孩娃是纳子中的东邪西毒、南帝北丐，没有一个人能赢他。他不用干任何活计，常常一个人坐在家门口。某一时期身边玩伴挺多，但自从他成为高手，谁都不和他过招了，他如以前一样孤独地守在门口。与世界的竞技相比，这些玩法似乎低级了些，难登大雅，但同样有着绽放之绝美，令人痴迷。它们还是乡村特有的器物，盛放着单调、寂寞及成长的痕迹。

所谓的宝就是用厚一点的书纸横竖叠加，折成方形，重量和样式均与元宝相去甚远，宝这个称谓实在荒谬。但不知从什么年代开始，约定俗成都这么叫。后来我想明白了，在纸张奇缺的村庄，它是有资格称为宝的。打宝即用手里的宝摔打地上的宝，使后者翻转。正面打胜算渺茫，须从侧面，借助宝翅翼扇出的风力。

我是弟弟的师傅，但他学得快，在玩上他的悟性远超于我，那日打宝我是处于劣势的。眼盯着宝，耳朵也不闲着。并非有意想听什么，完全是下意识地捕捉。鸟飞过头顶，我能判断出是布谷还是燕子。车轮从院外的街道驶过，我能从驾车人的吆喝听出是牛车还是马车。至于鸡狗猪羊，那更是完全不同的乐手。

就在这习以为常、耳熟能详的声响中，我听到了另一种异响。呜呜咽咽，似乎还有嬉闹。弟弟自然也听到了，他的手在半空举着。声音来自西北方向，弟弟和我对视一眼，没等我点头，他已往院门跑去。我没有喝止他，只是叫他慢点。弟弟停了停，我追上他，结伴往越来越大的声响处跑。

是不是太啰唆太饶舌了？或许是，大约写小说落下了后遗症。但坦白地讲，我绝无渲染什么的心思，只想踩住时间的尾巴，让它走得慢些，再慢些。

我家房屋西北有片两个院落大小的水塘，在水塘边的街上，一黄一黑两狗尾尾相交，几米外围立着三个比我略高、手持短棍的孩子。我是见过这情形的，后来在文学作品中亦读过，弟弟是第一次目睹，他半张着嘴，双眼瞪得溜圆。那场面是骇人的，两只狗不能及时分开，又不能像平时那样狂吠，几近呜咽，似有哀求，但更多的是愤怒，不能扑咬，只能用狗眼恐吓着打扰它们的敌人。我瞧出三个孩子的企图，他们想把两条热恋中的狗赶进水塘。两条狗已退至塘边，再有一点点就掉进去了。没有退路的它们吠叫声高了些，锋牙毕露。

我紧张极了，若两狗突然分开，定会报复。弟弟比我胆大，往前迈了两步，被我拽回。那三个孩子大概也被狗的凶相震住，迟疑间，两条狗顺着塘边东移，挪至空地。三个孩子没有放弃，跟了过去，但也没逼近。

弟弟还想追着看，我死死抓住他。那些身影消失后，我领着他往相反的方向走。几十米外是二队的水井，井外有墙，墙外卧着饮牲畜的长条水槽。我和弟弟绕过水井，继续向西。前行了百米左右，看到了劳作的男男女女。他们在铲土，不是一般的土，是与畜便混杂的，是乡间的肥料。弟弟先看到了母亲的身影。母亲没看到弟弟，若看见，她定会阻止。近前，弟弟突然加快速度。我没拽住他，不，根本就没拽。他满是扑向母亲的欢跃，那姿势美极了。

一个叫九的姑娘正挥舞铁锹，在那个瞬间，奔跑的弟弟经过。世界突然静止，唯有弟弟的哭声在炸裂后，一波又一波地撞击着大地。

我呆若木鸡。意识到弟弟出事了，但又不是确切地清楚，完完全全吓傻了。就那么看着人影的惶急和场面的杂乱，不知能做什么，该做什么。没人斥喝我，没人摇动我，好像我根本不存在。待人影稀疏，铲土的声音重又响起，我终于听到一个声音，还不快回去看看！双脚拔离地面时，闯了大祸的恐惧和不安才劈头盖脸地落下来。我不再是木头，而是枯干的稻草，在突然而起的风中飘摇。

两间房，里外站满了人，我悄无声息地从缝隙间钻过，看到坐在炕上的母亲抱着弟弟。父亲、二姨……大半是亲戚。没有我想象中的严重。村里的赤脚医生查看过了，弟弟的鼻子被铁锹削出了深沟，淌了很多血，但没有其他危险。这是不幸中的万幸，若九用劲儿再大些，弟弟的鼻子就保不住了。所以，我看到母亲尽管疼惜，脸上却又挂着上苍恩赐的欣喜。作为补偿，九从供销社买了一斤也可能是二斤糖块。彼此皆欢。

母亲没怪罪我，父亲没斥骂我，没有一个人责备我。我悬着的心一点儿一点儿地落稳了，但也没人理我，我仍然是不存在的。父亲开始散发糖块，每人一粒，没有我的，他看不到我。我记得二姨剥糖纸、把糖块放进嘴里的神情和样子，她的嘴抿得紧紧的，仿佛那是一只鸽子，启唇就会从嘴巴里飞掉。再后来，父亲背着弟弟去了祖母家，母亲跟在父亲后面，她似乎仍有担心，好像弟弟随时会从父亲背上掉下来。

我仍立着。没了七嘴八舌的声音，窄小的土泥屋突然空阔。我感觉自己站在原野上。只是没有风，也没有阳光。我好像明白了，父母在用忽视惩罚我，祸的根由在我。算是从轻发落吧，但彼时，我大松一口气的同时，竟莫名地涌上委屈。不是因为忽视，而是没吃到糖块。我抽抽鼻子，嗅吸着弥漫在空气中的甜香，倚靠在炕沿。我不知该干什么，直到父母回来。

几年后，弟弟再次遭劫。我和他打闹玩耍，我跑他追。我躲在房后墙与园墙的角落，在他的脚步临近时，突然闪出，并做了推的动作。我想吓吓他，仅此而已。弟弟跑得猛，我的双拳正好杵及他的嘴口。他嗷叫一声，捂住嘴巴，但捂不住血液，手很快被染红。他的两颗门牙被我杵掉了，那真是天塌地陷的感觉。弟弟大哭着往家走时，我仍晕眩着难以迈步。后来，我蹲在地上，摸索着寻找弟弟的牙齿。沙粒、石子、柴禾，我摸了个遍，可能粘着弟弟带血的唾液，触手之处皆潮乎乎的。没有弟弟的牙齿，往家移步时，忐忑的我生出一丝幻想，也许牙齿完完整整地长在弟弟的嘴巴里。立于屋门口，幻想顿时被击碎，虽然弟弟不再哭了，但他的嘴巴没合着，正中的豁口对向我，无形的炮弹飞射而出。

如果上次是从犯，此次我毫无疑问是元凶。但我没有等来相应的责罚。弟弟虽已换过乳牙，但仍有再生的可能。这是父母从他处得来的经验。我还知道，被我杵掉的牙被弟弟攥在手里。我并没因免于处罚而轻松，很长一段时间，心里敲着小鼓，直到弟弟龈间冒白。

母亲头发苍白、步履蹒跚时，我陪母亲回了一趟村庄。房屋仍在原址立着，只是矮驼了许多。院墙、园墙坍塌多年，已无痕迹，遍地杂草。拐角不存，那一幕却未被青蒿掩去，我盯视良久，心潮翻涌。

赘述此文，我猛然想及弟弟成家所建房屋，早先是场院，再早是队里积肥的地方。弟弟的鼻子就是在那儿被劈伤的，成年后疤痕仍然凸显。我无法描述自己的杂念，狼奔豕突，摧花折木。

3

我的名字含文，弟弟的名字带武，即便在乡间，亦很大众。任何人的名字都有寄寓，并不能说明什么。村庄里好几对兄弟以文武命名。我和弟弟有别，更多是性格上的不同。我内向沉静，弟弟外向急躁。我坐得住，而弟弟屁股总是不稳。贪玩的时候还没什么，上学就惨了。

弟弟惹父亲生气多于我，大半的原因和读书有关。如果他确实愚钝，被判定不是那块料，父母也不会强求他。可生活中他是灵泼的，如鱼在水。数学次次不及格，打牌算得比谁都快，且准确无误。他是打宝常胜将军，所获与人交换作业本，然后卖了作业本买糖。村里家风各异，某娃用刀刺伤兄长，其父夸其有出息，可成大器。同宗之间锹劈镰砍，头破血流的事时有发生，并不为怪。如果生在那样的家庭，弟弟或被赞赏甚至被炫耀。但在我家，弟弟所为乃是劣迹昭昭，斥责在所难免。彼时我毫无疑问认为父母是对的，就是现在我也不认为那是错的。只是想，如果评判的标准更多些，虽不能水丰草茂，但定多几分色彩。

我没有叛逆期，不但没有，我把身上可能成为刺的凸起拔得干干净净。乖顺、听话，还有与此相关联的胆怯、温弱。我自小怕狗，被狗追过几次后，就更怕。在乡村怕狗，如铁链拴脚。好在不是每条狗都那么凶，尤其街上蹿来蹿去公然欢爱的狗，基本没有攻击性，凶的是看家护院那些。俗语说惹不起躲得起，这句话只有一半正确，相当多的时候，必须面对。父母常指派我借东西，筛子、簸箕、箩筐……还有补袜子用的木楦，做鞋用的鞋样，一借一还，至少两次。有一年冬天，我连跑七家，才要回属于我家被借来借去的饸饹床。借还东西，我极发愁，但从未拗违。起先我总是带根棍子，狗见到棍往往吠叫更凶，但有防身器物，它们亦不敢轻易扑上来。随后主人露面，对峙不再。后来，我用另外的方式，提前掰一块馒头或几个莜面窝窝，待狗近前便丢过去。虽不足以饱腹，但它们能觉出我是友善的，会放我通行。当然，并非次次灵验，有的狗不吃这一套，吞了食物照样吠，那样就只能等了。

没有叛逆期，或许遗憾，但我想无关对错。一花一木，迎雨润露，沐光摇风，皆自然造就。

弟弟毫无疑问是有的，那时，我正读初中，多住在学校，没有亲睹，诸事多由外祖母转述。父亲早出晚归，管教弟弟的重任由母亲承担，冲突亦发生在他和母亲之间。

要说也没什么，弟弟和我也吵闹过，但不要说他动刀，连念头也未有，只是于我家而言，他越界大了。比如，他偷家里的鸡蛋换糖吃。

我也偷过，比如偷吃母亲藏在柜中的白糖。弟弟也偷吃了，先于我。我一眼就看穿了，他不停地舔嘴唇，好像甜味有根，舔舔就会长出来。我偷吃完，要用勺子把糖罐搅一搅，以伪造现场。而弟弟不同，舀挖的痕迹清晰地留存。慌张，或也不在乎。其实伪装与否，母亲都会发现的，她不揭穿而已。

一勺糖和两颗鸡蛋没有本质的不同，且都是自家行为，但在母亲看来，后者程度远甚于前者。

鸡蛋我也偷过的，此案甚曲。我的一位表哥从家里偷了八颗鸡蛋，他心眼儿多，没亲自去供销社，也没派自己的弟弟，而是叫我去，我按他的吩咐把卖鸡蛋的钱悉数买了蜜枣。当我把用纸包的蜜枣交给等在门外的他时，他抓出一粒给我，作为赏谢，便转身往供销社后的林带走。那是我第一次吃蜜枣，感觉骨头里都渗了蜜，不由自主地尾随。表哥停住，我眼巴巴地望着他。他又给我一粒，叫我不要再跟，然后又嘱我绝对不能告诉二姨。我郑重地点头，同时有了同谋的不安。亦感惊骇和困惑，表哥偷八颗鸡蛋，就不怕二姨发现吗？胆大包天，还真是呢。

我替表哥守住了秘密，更重要的是二姨从未找我询问，她没察觉，抑或不当回事。我抵不过蜜枣的诱惑，从家里偷拿了一颗鸡蛋。白糖一口就吞掉了，可鸡蛋不同，需要到供销社换。那一公里的路，我走出一身大汗。心和握在手里的鸡蛋壳一样，又薄又脆，似乎一碰即碎。走到供销社门口，我终是退缩，蛋归原地，未遂之窃。我没有表哥的胆量，更怕毁了作为好孩子的形象。

母亲训斥弟弟，不能说是错的，一只苹果可以让少年最终成为盗贼，两颗鸡蛋更有可能。那是作为母亲疼爱儿女的方式。弟弟亦非大错，若生在二姨家，不值一提。但他到底是我弟弟，我家有自己的规矩。弟弟不服，母亲气极打他，他竟然还手。这是我和弟弟的又一不同。我虽老实，但亦常常闯祸，比如弄坏父亲的钻头，他要揍我，我撒腿就跑，在村外游荡或藏匿某处，待母亲来寻，我就知道父亲的气消了。

弟弟的叛逆期并不长，人生的逗号而已。沧桑覆脸，桩桩件件在母亲那里有了另一种表述。基本可概括为她做得过分，弟弟不服，与她顶撞。非词语的丰富和浩瀚，而是时间浸润，心目开阔，屑小、细碎有了不同的体积、重量和温度。

4

“娘，烙顿油饼吧，求你了，我的好娘！”

“娘，烙顿油饼吧，我馋得不行了，你瞧瞧，舌头都短了。”

“娘，行行好，你就烙一顿吧。”

我在拙作同一章节写这三句话时，刀刀见骨，痛彻心扉。然而亦有自虐的快感，并非迷恋疼痛，而是行至纵深，恍如梦中情境。

在人类历史上，饥荒与战争、瘟疫一样凄惨恐怖，如欧洲中世纪大饥荒，十九世纪中叶的爱尔兰饥荒等，尸横遍野，腥味冲天。关于这方面的记载甚多，既有史料，也有个人笔记。

与灾难中的人众相比，我与弟弟所经历的根本不值一提。二十世纪七十年代前生人，谁没尝过饥饿的滋味呢？但我并非晾晒、比拼凄惨，而是抚摸附于其上的讯息和记忆。只有把石子投掷山崖，才能听闻击落的回荡。

进入腊月，村里常飘着浓烈的香气。炸麻花、炸麻叶、炸果蛋、炸糕……坝上胡麻油色深味重，炸出的食品色泽金黄，味道浓郁，风撕难散。喜鹊、麻雀们在枝头跳荡，追逐忽来忽去的异香。一年也就那么几天，平时没几户动油锅。但秋收时节，生产队会在脱粒的场院架起油锅，炸一次油饼，作为对连夜打场者的犒赏。这是横空长出来的节日，如巨浪翻滚，格外醒目。

一大早，母亲就把喜讯告知我和弟弟，她脸上并未挂着金灿可触的笑，有那么一点，不多，她好像怀揣宝藏，显露太多，会被人抢了去。毕竟不是由她定，有着落空的担心和忐忑。但又想与我和弟弟分享，她拿捏的是希望与失望的分寸。

秋日也很漫长的，黄昏姗姗来迟。入夜，父亲和母亲均去了场院，只有我和弟弟在家。油灯下没什么可玩的，我和弟弟专心致志地等。院外偶有声响，我们竖起耳朵，努力瞪大眼睛，似乎目光能穿透黄土墙。那不是父亲或母亲的脚步，或许是树枝的摇晃，又或许是农具倒地的声响。弟弟要出去瞅瞅，我警告无效，随他站到院子里。既听不到也闻不到。夜凉如水，片刻，缩至屋中。油饼的诱惑随着夜的加深而膨大，兴奋与焦躁相伴相生。我们又听到肚子的咕噜声，家里有剩饭可充饥，但想到母亲可能已在回来的路上，忍住了。我们的胃是留给油饼的。

母亲终于回来，但并未带回油饼。她回来是告诉我们，油饼铁定要炸的，叫我们千万别睡着。她灰扑扑的脸挂着热腾腾的笑，胜利在望的样子，连头巾上的麦壳也像鞭炮炸燃后的碎屑般沾带着喜气。

母亲走后，我和弟弟继续在想象中等待。然弟弟终是没我有耐心，也没我能支撑。他困了，上下眼皮碰过几次了。往常这个时间，早已进入梦乡。他说睡一会儿，待母亲拿回油饼再叫醒他。他没脱衣服，脑袋挨枕便睡着了。

母亲带回油饼时，我已疲困至极。没有钟表，也不知是几更，我欲叫醒酣睡的弟弟，母亲制止了我，疼惜又惋惜地说，明早吃吧。生产队炸的油饼又大又厚，没完全炸熟。吃时须小心翼翼，把没有熟的面块扯掰出来，以备二次蒸食。油饼并未因夹生而失却香味，我狼吞虎咽。吃饱，美美地睡了。次日，我穿衣服，弟弟还未醒，待我刚刚下地，他突地坐起，大声问，娘送回油饼没？他还没醒透，目光是蒙眬的。我噗嗤笑了。

娘，炸顿油饼吧。这是弟弟的声音。那时，我就读于师范，不交一分钱学费，每月还有三十斤饭票十元菜票，几乎每天早餐都有烧饼，那真是神仙般的日子。

我未亲闻弟弟这样讲，母亲也是许久之后才和我说的。每次见面她都要说，有时上午说了，下午又讲。仿佛那是一串念珠，她随时抚摸。念珠浸了她的体温和念想，渐渐变得温润晶莹。由悔痛自责到难解的困惑、假设的可能，直到平静、释然。若非她节俭度日，弟弟的婚房怎么盖得起来？逻辑不是我推而引导，是她在拨念珠的时光里一丁一点连接起来的。

弟弟的婚房拔地而起时，用乡村的定义，我跳出农门，吃上了皇粮，但我未能为父母分忧效力。婚房上檩，我回去了一趟。里里外外，亲戚们各展本事。再有几分钟就要开饭了，挂着尘土的弟弟走进屋，本欲略略休息一下，然往炕上一躺，鼾声顿起。我猛然想起和弟弟等待吃油饼的夜晚。一旁的四姑见我发怔，看着弟弟说：累透了！

5

某日清早，我在石城的公园散步，妹妹打来电话，她从未这么早打电话，我头皮怵麻，猜有大事发生了，果然她先哭出来。弟弟和弟媳打架，要离婚。我没有任何的询问、安慰，断然道，离就离了吧。妹妹的哭声戛然而止。她一定震惊和意外。弟弟的婚姻将要破裂，如天降祸，她万般担心，求助于我，我何尝不知？但那也是我真实的想法，过不下去，分开最好。我没有想于弟弟意味着什么。

“生存原来是这么回事。”这非圣贤智者之言，是一个叫克里斯默斯的人在逃亡路上的顿悟。这个约克纳帕塔法世界中的人物，遭遇坎坷。与他相比，弟弟及村庄的其他人要坦顺得多，但这并不意味着没有波折和烦忧，日常的刺更扎人。

我无意对弟弟的婚姻作界定和评判，就我的村庄而言，哪个家庭没有矛盾呢？呈露的形式不同而已。是是非非，终为烟尘。回溯过往，是因为母亲，她近十年没见过弟弟，三千多个日子，比我和弟弟等吃油饼漫长得多，她是靠回忆和讲述熬过来的。

我是母亲讲述的对象，虽然很多时候我也不耐烦，岔开或呛回，但换个时间她又说了。弟弟婚后的事多是母亲告诉我的。妹妹在那次电话后，再没提过。母亲反反复复，我慢慢明白了，这不但是往事，还是她的药。我成为忠实的听众。事件如石粒，每一次讲述都是打磨。磨砺过往的同时，也磨她自己。一切变得迥然不同。

弟弟和弟媳吵架，弟媳跑回娘家。但侄女尚未断奶，嗷嗷待哺，这就急迫了。家中唯一的自行车被我霸用，母亲和妹妹抱着侄女冒雨赶了二十余里路，但弟弟的岳母疼护女儿，拒不让母亲和妹妹进门。她们可是抱着哭叫的侄女的。母亲和妹妹心焦嘴软，央求进门。是弟弟的岳父说了话，才得以将侄女送进去。母亲第一次讲述是怨愤的，拦她和妹妹可以，竟然阻隔侄女？第二次讲述，母亲的怨愤已淡了许多，有的只是不解。第三次，母亲连困惑也没了，讲述重点不在侄女能否及时吃奶，而是评价弟弟的岳父，那可是个好人。用术语说，她跑题了。且随着讲述次数增多，越跑越远。妹妹和侄女关系好，母亲说打小就亲，然后说那趟多半是妹妹抱着侄女的。弟弟的岳父给人看守库房，不但没拿到工资，还把自己的钱借给东家，结果年年要账。母亲感叹，他人太好了，替弟弟的岳父发愁。你弟弟不会哄媳妇，母亲说，两口子打架，儿女受罪。弟弟属狗，母亲说弟弟是鸡命，啄一口吃一口。她语气平和，没怪谁，更未怨谁，讲述只因她必须讲，那不过是盛载过往的木盆。

一棵棵繁茂的树就这样生长、伸向天空，那属于母亲，也属于弟弟。种子属于弟弟，母亲亲手栽种、浇灌。成年之后，我和弟弟各奔东西，难得见面，这些树让我得以窥知他行走的姿势和痕迹。困苦、艰辛、哀痛、伤悲、喜悦、欢乐、希望、闲言及碎语，还有无法描述的那些。谁也难以择此而舍彼，生命因此而摇曳多姿。尤其回望时，树梢波光闪闪。

（《十月》2023 年第 3 期）

人们叫我机师傅

陈年喜

一

北斗七星共南辰，
日月星熬老了世上多少人。
东海岸年年添新水，
西老山层层起乌云。
人活百岁难行路，
鸟活千日难入林。
…………

刚冒出垭口，离周家园还有一段路，就听见周师傅在唱戏。他唱的是坠子戏《双孝廉》。我不太懂戏的内容，这出戏在峡河只唱过一回，是河南那边官坡乡的私人剧团来峡河的友谊演出，那一天，我正好和一群人出门去新疆，错过了机会。算起来，时间过去二十一年了。

我把摩托车停在周师傅家的院场边。车有些旧了，偏撑有些软，车倾斜得厉害，几乎要倒下去。我找了块石头垫在支撑下面。摩托车老是老点，但声浪很轻，沙沙的，小日本的货，技术不服不行。周师傅没听到摩托车声，依旧在自拉自唱，他的耳朵被机器震坏了，听力很差。我大声喊了声周师傅，他才停下来。

阳光干净得像一匹新绸面，又透又亮。四季里只有四月的阳光是最好的，不冷也不热，不薄也不厚，照在身上，像数不清的小手在挠摸。阳光摸在周师傅的头顶上，他的头顶还没有秃，也没有白，只是在头部半腰的地方有一个圈，圈痕里毛发稀疏，头皮显露，但不仔细看不明显，但我看到了，那是长期戴安全帽的结果。阳光摸在他的二胡上，让二胡更老了，只有弦是年轻的，绷得很紧，仿佛弓不动，它也在发声。我说："周师傅，几年没出门了？"他伸了一下五个指头。那是五年的意思。我把一支烟递过去，周师傅说："我好几年不抽烟了。"其实我也好几年不抽烟了，我们的肺都不行了。

我说："周师傅，今天是来听你讲故事的，给你说过的事，没忘吧？"周师傅把二胡放在门凳上，另一只门凳上蹲着一只黑底白花的猫。门前的树们草们嫩绿得要滴下汁来，黄澄澄的油菜花从垭口那边铺过来，像给垭口披了件坎肩。他说："没忘，那都是过去的事了，没多大意思。你想听，我就拣有意思的讲。"我说："你随便讲，我随便听。"他喝一口水，幽幽地讲起来。

二

老家这边的人叫我周师傅，在外面，大家不这样叫，都喊我机师傅，像都不知道我真正的姓似的。你知道，我一辈子就是开机器的，也让机器开了一辈子。我最早是开钢磨子的，给人加工面粉和粗粮。那会儿你们都还小。那时候还没有机器磨子，村里只有一盘水磨，水磨磨粮食慢，白天磨，晚上磨，都排着队等，供不上大家的嘴。我是方圆百里第一个买钢磨子的人，算起来，三十多年了。钢磨子转起来，就没水磨子啥事了。水磨坊后来改成了火纸坊，做起了火纸。这一下，山上的毛竹子阳桃藤子可派上了用场，有了火纸，那边的人也有了钱花，子孙后辈可劲儿烧。

开始没有电，钢磨子用的柴油机。机器回来那天，给机器添上油，却死活摇不燃，村里小伙子一个接着一个上手，累倒了一大片，后来找到问题，原来是忘了开油门阀。开始我也不懂机器，特别是柴油机，几百个零部件，拆下来就是一大堆铁。开始我跟着说明书摸索，慢慢地，就不用说明书了，机器在屋子里响，我在外面隔着墙听，就知道它有没有毛病，毛病出在哪里。柴油机开了三四年，后来有了电，换上了电动机，电机很少出问题，又省事又稳当。再后来电磨子多了，竞争激烈，周家园地方偏，来加工粮食的越来越少，我就懒得再侍弄它了。社会一浪高过一浪往前涌，总是淘汰旧东西，生出新东西，这是正常不过的事情，也是没办法的事情。一年后，我去了大河面给人碾房开碾子，加工锑矿石。开碾子三年，发生了很多事，有些有意思，有些没意思，我讲一讲有意思的事。

大河面离五里川不远，大河面的水就流到了五里川，最后进了洛河，洛河水最后归了黄河。碾房都建在大河边上，加工锑矿用水量很大，不建在河边不行。一河两岸全是碾房，晚上灯亮起来，人欢马叫比电影里的秦淮河还热闹。水泵从河里把水抽到碾槽和沉淀池里，一番运转后又流进河里。据说黄河唯一的清水就是洛河，那几年，洛河比黄河还黄，不但黄，还有一股化学药品味，泛着白花花泡沫十里不散。它们最后和黄土高原的泥沙屎尿混在一起越流越大，谁也分辨不出来谁是谁。

我的老板是湖南人。湖南自古出锑矿，说是中国所有的锑粉最后都卖到了湖南，不知道是不是真的。湖南老板初来大河面时，是真正的老板，他开了两个洞口，那时候，一河两岸有一百多个矿口，至少有一半出了矿石。他的两个洞口打了两年，钱挣了很多，到底有多少，只有他自己知道。老板包了个小老婆，才二十来岁，长得可秀气了，像个学生。本来还可以继续挣下去，可后来出了一件事，一下垮下去了。他垮得有些冤，但又不冤，有一天，县里有位大干部下乡检查工作，正好碰到老板也从县城下来，老板开的大奔驰，嫌干部的车占着道，跑得慢，打了一路喇叭催他快点，两车相错时，老板故意加了一把油，一股黄尘荡得遮天蔽日，一溜烟把对方甩在了身后。干部觉得受到了挑衅，很生气，对身边的工作人员说，这是谁，这么牛？工作人员说是一位矿老板。大干部说，回去给我查查这孙子干不干净。后来，一查，就把老板查得干干净净。那干部后来也出了事，吃了几年牢饭。

南方人厉害就厉害在不认命，跌倒了再爬起来。没了矿洞，没了钱，就开始架碾子加工矿石。那时候一百多矿洞除了养活了上万工人，也养了数不清的拾矿人。男男女女老老少少，背着口袋拿着小锤子铁耙子，满矿山敲敲打打，渣场上母鸡扒窝似的拾矿，拾到的矿石，都卖给了碾房。

我除了开机器，也偶尔去拾矿。渣坡上，矿车哗一声倒下来，我们哗一声拥上去。拾矿的女人也有年轻的，长得漂亮的，她们背不动，就求人帮她们背。我二十六七了，家里还没有说下一个女人，就喜欢掺在她们一块拣矿。女人手快，有时候能拾一口袋，一二百斤，我背在身上，像背了一座山，但感觉那山是绵软的，一点也不重，一点也不硌肩。

三

玲珰比我大三岁。认识她，是第二年的事了。

玲珰是哪里人，她不告诉我，我也不好问，女人出门闯荡生活，都不容易，都有难处隐处，让人知道多了反而不利。那是个阴雨天，雨也不大，是牛毛细雨，连伞也用不着。我去诊所打吊瓶，给伤口消炎。前些天碾子的碾槽漏水，矿粉顺着水流往地上流，老板让我给焊上，不焊上就扣工资。电焊是我的强项，手到擒来的事，但困难是机器不能停，锑粉价钱好得很，不能耽误机会。我从碾槽外面的破洞往里插了根钢筋棍，焊好了再截断打磨光整就好了。焊接中，从碾槽里蹦出一块矿石，砸在我头上，当时没戴安全帽，砸出了一道口子，缝了好几针。三十吨的碾子，快两米高，消化矿石像吃爆米花一样，添矿石的小子特别懒，也不敲碎，甩起膀子整块往里扔。

进了诊所门，一眼就看见了一个年轻女人，歪在床上打吊瓶。

诊所那天就两个病人，我和玲珰。当时还不知道她叫玲珰，人长得一点也不玲珰，细高个子，有模有样的，就是脸有些长。外面的雨不紧不慢地下着，河水慢慢在涨，山雾罩住了阴阳两面的山坡，山上的人家都被遮住了。公路在河那边伸向两端的远处，车水马龙的，这是一条着急忙慌的省道。小诊所不时被地下的爆破震得跳起来，又稳稳落下来，担心它散架了，可就是不散。开矿这事，成也一阵败也一阵，市场和政策决定荣辱成败，所以都在赶班加点。年轻的医生有些瞌睡了，兑好了药，让我和玲珰互相帮着换吊瓶，他睡觉去了。

玲珰也是拾矿的，而且拾了好几年，我没来之前她就来了，奇怪的是我从没见过她。一聊起来，就聊得很投缘，都有点相见恨晚的意思。打到最后一瓶，我的结束了，她的还有一半，她要撒尿，让我举着瓶子，举到厕所门口，她让我站在门外举着不要动。输液管不够长，我要半弯着腰，贴着门。我听见里面一只水龙头打开了，水喷洒得很急，唰唰的，过了一会儿，水龙头像关上了，但没关紧，滴答滴答。这是个旱厕，根本没有水龙头。

老板又添了一台新碾子，还是我一个人开，每天就特别忙，白天黑夜不能离开。不知道为啥，我有些想玲珰，想她在哪里拾矿，拾了多少，晚上和谁住在一起，吃没吃饭，谁给做饭，心想着她一定也在想我。一个早晨，我正在给机器打黄油，一个女人喊：师傅，你们老板在哪里？一听声音，是玲珰，进门来，果然是玲珰。原来她卖了矿石给老板，老板还没有给她付钱。我俩都有些惊喜。老板不在，玲珰就在碾房等他回来，我让她坐在我的床上，她摸了摸被子，笑说还是个干净人。玲珰说她要回家一趟，她妈病了。那个早上，她给我煮饭，煮的是面条。我第一次摸了一个女人的手，有些凉，硬茧里带着一点绵。

玲珰问，晚上走得开不？我本来走不开，但嘴里说，走得开，走得开。她说，我还有二三百斤矿石，品相不好看，晚上来帮我背到山下卖了。我知道拾矿的事就这样，矿石好，人争着买，矿石差了只能攒着等机会。也有人攒了一年半年，小山似的，那是在赌矿价，一般人赌不起。我连忙说行。她回头就走了，下了碾房的小路，过钢丝桥，钢丝桥有些飘忽，玲珰也在桥上飘忽起来，飘着飘着就没了影子。我回过头，看见碾子疯了似的转，碾轱辘你追我赶，也像在飘。

玲珰的住处很小，在不起眼的半山腰上，是一间彩条布棚子，一面贴着一块大石头，一面几乎悬空。彩条布有些旧了，颜色变淡了，显然住了好多年。它的四周全是这种小房子，有的大点，有的小点，有的新点，有的旧点，有的有人进来，有的有人出去。他们都是拾矿的人，像我们机师傅一样，有些人认识，有些人陌生，相互相帮又相互拆台。我从碾房里带来了一包锑矿粉，那是我偷偷攒下的，很值钱，把它们撒在矿石上，拌了拌，矿石立即好看起来。先装袋子，一共装了五袋，约有五百斤，我们开始往下面背。一袋子矿石，玲珰抓着袋口，弯一下腰，身一拧就上了肩，我要她帮着才能上肩。这一点我知道自己比不了她们，我看见过有个女人背着二百斤的矿袋子行走如飞，那不是一天两天练出来的。卖完了矿石，晚上已经很晚了，玲珰顺带从商店买了一只烧鸡，一包辣条，一包花生米，一瓶老白酒。我们开始吃东西。我心里想着碾房，怕机器出事，虽然走前给添料的交待过了，让照看着点，还是不放心。玲珰看出来了我的不安，说，一个男人，别心太细，太细了啥也干不成，只能给人打一辈子小工。我觉得她说得有道理，但还是不能不细。唉，也是心细害了人一辈子。

东西吃完了，酒也喝完了，我俩都喝得有些高。灯光照着玲珰，她脸色红扑扑的，好看极了。她穿着一件毛衣，粉绿色的，衬得胸有些高，像两座小丘，那是我向往的地方，但从来没有上去过。我二十八岁了，又像两岁八个月的孩子，心里有些难过。玲珰把我的头揽过去，贴在上面，我听到了呼呼的声音，一缓一疾的，像一条暗河在流动，像水在岸上冲撞，很有力量。她轻声说，对不起，姐不方便，姐一辈子都是不方便的人……

玲珰回老家去了，再也没有回来，她回到了哪里，没办法知道，没有人可以打听到，她是个独来独往的人。一个女人，就像一个梦，让人醒的时候少，迷糊的时候多。

四

2014 年，我上了天水。我们把往西边去叫上，那地方位置比陕西高，火车汽车都是上行的。这是我最后一次上矿山，距离最后从温州出海打鱼退下来，隔着五年。这一回，机师傅是两个人，那个人开碾子，我开空压机，不过这次不是在外面住，是在洞内。洞子太深了，矿石拉出来，材料和人进进出出，成本太高了。矿石在洞里就近开采，就近加工，只把金子带出来，就合算得多。这里很多洞口都这么干，我后来到过很多地方，也都是这么干的，尤其是矿洞开到了尾期。山外面风平浪静，地底下轰轰烈烈。这片世界很大很闹，外行的人看不见。

这是个快废了的洞子，不知道开采了多少年，每条巷道都长得没有尽头，不过，空气并不闷，说明有透气的地方，很可能很多地方都和山体打透了，或者和别的洞口打透了。秦岭真是一座大山啊，怎么也挖不完，山里面有那么多金子，还有水，就在我住的空压机房后面，就有一条暗河，除了供工队吃水，洗澡，还供碾房用水，当然主要是供碾矿用水，不然碾房也不会选定在这里。选金子用水可猛了，水小了，供不住用。这些水最后曲里拐弯流出洞子,又变成了清水,流到了大河里，但毒性还在。听说这个洞子出过金带，这一片的洞子都出过金带，金带当然很少见到，很多人干了一辈子矿，也没碰到过一回。但谁打到了，一夜就发了财。听说有的承包商打到了金带，偷偷留着，待任务完不成时，打几炮，一年采金任务一下就完成了。

我开的是一台二十立方的空压机，电机就二百千瓦，一小时要用二百度电，风压供八台风钻使用。在这以前，我开过更大的机组，这都不算什么，就是洞子里热气散不出去，我基本不用穿衣服，我们差不多都不穿衣服，天天只穿一条大裤衩子。空压机的散热窗很大，散出的热浪像一团火，那是爆破工们烘衣服的好地方。下了班，他们把湿衣服挂起来烘，上班时，穿起干衣服走。这个过程里，我认识了华子。

华子年轻，烟瘾大，我也烟瘾大，有时他抽我的，有时我抽他的。他挣得多，抽得高级，我挣得少，抽得差些，不过，都是冒一股烟，打发时间，也无所谓谁占便宜谁吃亏。华子上班时，我把风压调得高些，机器像疯牛一样吼，这样他就少受一个半个小时的罪，下来陪我抽烟。他知道我对他好，有时会给我带一只烧鸡，或一袋苹果，天水当地产苹果，花牛苹果。

有一天，我俩抽着烟，华子对我说，机师傅，想不想发财？

我说，谁不想发财，但咱没那个命呀！华子说，看你有胆子没有，你要想就有，要不想就没有。我说，这咋说，难不成有机会？他对着我的耳朵说出了一个秘密，我虽然耳朵让机器震得差不多快聋了，但还是听清楚了，那真是个发财的好机会，如果靠谱的话。当然，风险也不小，难度大。

那个晚上，其实也不知道是白天还是晚上，洞子里没日没夜，白天和晚上一个样。我调好了风压，定了时，机器平稳又有力，我俩出发了。这是一条废了很久的巷道，除了有一股水从尽头流过来，什么也没有，也不知道它流了多远，清得不能再清，细细的硫末沉淀在水底，亮闪闪的。华子早已接好了风管，备好了钻机。他抱起钻机，我抓起钻头认孔。华子说，不用太大，水桶大的窟窿就行了。他不说我也懂，我们没有那么多的时间，炸材也有限。为了降低噪声，我们在消声罩上又加装了一节塑料管，如同一只象鼻子。钻机的声音很平稳，像一片蜜蜂在飞过，但这样，声音还是在巷道传出很远。没有水泵，只能打干眼。石头真硬，钻头在石头上弹跳，在石孔里弹跳，合金钢与石头撞击爆发的火花四溅，像谁不停地打着打火机，就是不往里面进。我俩都成了白头翁。华子说，他妈的，硬就对了，石硬生金。不知道用了多长时间，总共打了十二个孔，两米的钻杆打尽了。我说会不会钻杆不够长，到不了位。我知道这是一锤子活，不可能有第二次机会。华子说，差不多，我感到底部石头变了，说明那边有氧化。我知道，他说的是矿带，是矿带上矿体长期见到空气引起的反应变化。

装填好了炸药，收拾好了机器，我把风，华子起爆。到这时候，矿山已不再用导火索了，用导爆管。一声巨响，又一声巨响，响了十二下，最后的几声变了调，变得有些空，有些远，低沉了很多。华子一阵狂喜：透了！

比水桶略粗的洞，浓烟不是向着我们这边而是向着洞的那边飞窜，仿佛那边开着抽风机。炸碎的石头有些发烫，很锋利。那是炸药猛烈爆炸的结果。我俩一前一后往上爬，空气热得喘不过气。到了。是一个空荡荡的采场，半人高，两个房间大小，天板，地板像水洗过一样。我仔细看，是用水冲洗过的，那些积水的地方还汪着水迹，水迹边有一轮锈色。有一条巷道，笔直伸向远方，到此止住，这里是它的尽头，现在，它被我们打穿了。华子一屁股瘫坐在地上，无比痛苦：他妈的，我们来晚了！我说，是不是位置错了？是不是那家伙和你说着玩的？华子说，不是的，是来晚了，别人吃掉了。

采场边上有一个笔直的天井，我半跪下身子，把头伸进去，它像一只单筒望远镜，又细又长，中间一点变形的地方也没有。除了呼呼的风，我看见天空一轮又圆又大的月亮，月亮的边上没有一丝云。一束光像一根玻璃棒子插下来，卡在半道上，被井筒子掰得有些弯曲。

五

从上船这一年起，我开始迷上了拉二胡，知道了有一个人叫阿炳，知道了《二泉映月》，那是个了不起的人，在他之前，二胡只是二胡，在他之后，二胡已不是二胡。我不想了不起，咱没有那个本事，没有那个灵性，拉二胡就是为了打发时间，解解心焦。人老了，总得有个伴。年轻人带着 DVD、MP3、MP4，还有我叫不上名字的游戏玩意，那是他们船上生活的一半，我不会玩那些。

船上用的机器还是柴油机，比起矿上用的机器也没啥不一样，一点也不复杂，有八缸的，有十二缸的，供生活用的小发电机有专用的动能，更是小菜一碟。我原来以为船上动力用的是电，上了船才知道，这东西不能用电，没有来源。我想过用烧柴油发电再转化成动力，那是脱裤子放屁，还是亏本的屁。和矿山上情况不同的是，船上的机器不能出故障，一出故障如果碰上大潮大风，会要了一船人的命。我的任务就是保证机器不出故障，油路，电路，每一个细节正常，这个活看似轻松，但一点也不轻松。在渔船上半年，我基本没有睡好过觉，大家忙的时候，玩的时候，只要机器转着，我就听它的声音。海浪的声音，船桨的声音，大鱼发出的声，机器的声音，它们有时搅和在一起，我能把它们一一分辨。桨轮碰撞在礁石上和鱼身上的声音也很容易分清。虽然矿山让我的听力很弱了，但只要捕捉到，它的分辨力还在。

这辈子也没想过能见到大海，而且一下子到了那么多的海，那么大的海。有时候想，咱哪天死了，也值了，比那些一辈子窝在一个地方的人强，咱也算是见过世面的人了。军子是我侄子，他十五岁就上船打鱼，温州，舟山，湛江，那才是真叫四海为家，前后打了十年了，在县城买了大房子，媳妇也是有文化的人，在小学里教书，在侄辈里，算是混得最好的。他经常对我说，叔，一辈子在矿山也不是办法，得挣点大些的钱，老了没钱可咋办？他的意思是让我跟着他上船出海，也是为了我着想。也确实，矿山情况越来越不行了，矿老板都出国开矿了，剩下的不是小打小闹，就是半死不活。

初上船也晕船，但只是小晕，不吐，不昏，几天就适应了，原来我命里能吃出海这碗饭，要早知道自己身体有这本事，早该出海了。我基本是个路盲，到了大海里更是东西南北不分，只知道那天早上船从温州出发，一路水天茫茫，走了一天，军子给我说快到了，也不知道是内海，还是公海，还是别国的海，我也懒得管它，船主叫干啥就干啥。

我们总共在船上待了六个月，船到过的地方数也数不过来，除了浪急浪缓，其余都差不多，日出日落都一样。每次鱼打得差不多了，舱里快满了，就有另外的船过来把它们拉回去，顺带也带来蔬菜、大米、柴油、淡水、冰块和黄色光盘，那是年轻人的爱好，他们整天放得叽叽喳喳男欢女叫。我爱在自己房子里练二胡，我拉的是豫剧过门，伴奏，也拉秦腔，秦腔比较难拉，拉得血都热起来，把自己都忘光了，有时把弦都拉断了，自己还不知道，有时候觉得自己懂得了秦腔，懂得了日月风雨，懂得了秦腔为什么发源在那种地方，有时候又觉得啥也没懂。打鱼的工人也是五湖四海的都有，有人爱听，有人不爱听。管他爱听不爱听，只要自己喜欢就拉。

船有时候也会和别国的渔船相遇，大家都会打声招呼，老板丢过去一条香烟，他们丢过来一捆手套，然后各奔东西。你说我们会不会偷偷到别国的海里打鱼，我告诉你会的，而且是经常的事。一般是晚上出发，天亮回来，一晚上能打好几万的货。谁让他们有那么大的海，那么多的鱼虾呢。被人家的海警抓住了，一般会私了，缴罚款了事。也有认罚解决不了的，那就比较麻烦，军子就是吃了这个亏。

那个晚上，风高浪急，大海黑得一点光也没有。老板说，今晚捞一票大的，明天休息一天。我们的船关了灯，满舵出发。到了一个地方，我们把网撒下去，船拖着网跑，绞车把网绞上来，鱼哗地收进舱，再撒，再跑，再绞，再收。所有人不说话，拼命干活，我紧紧盯着机器。我感觉到船体慢慢吃水了，收获不小。正忙着，老板说，不好，有船来了。我一听，果然浪有些急，一波一波往这里涌，这是船在高速行进时激起的海浪。我们边跑边收网，机器开足马力，响得要爆炸了。还是晚了，我们被抓住了。

纠缠了两天，船放行了，留下两位工人吃牢饭去了，军子就在里面。本来军子不应该去吃这个饭，轻重也轮不着他，还有人抢着去，但他坚持要去。他说划算，比干活强，说房贷可以还得快些，能早一天下船回老家。老板答应刑满回来每个人会重重补偿。

六

周师傅走的那天，军子正好回来。没有人知道周师傅是什么病，发现时，早就冰凉了。送行的乐队是山那边卢氏最好的民乐班，《百鸟朝凤》《大花轿》《寡妇哭坟》，一跑吹打，风光大葬。

送行花圈的飘带上，有的写着周师傅千古，有的写着机师傅千古，字体有大有小，都好看极了。懂行的说，那是电脑打印的。

（《花城》2023 年第 1 期）

铁方佛与船

沈念

1

干涸得太厉害了。

湖床上的坼缝，没有规则的龟裂。手可以伸进地下。已经多少天没下雨了。中间预报过有雨，却只是细雨掠过，比丝线还细，比泪水还少，都不能打湿人的嘴唇。他在干坼的大地上呼喊，又吼唱起来，呜咽哽噎，撕心裂肺。我说，小点声音。我又说，唱歌的人不许掉眼泪。

有眼泪就好了，眼泪多了就好了。

我在走向这些坼裂的时候，脑海里突然冒出两句古文："楚之南有水曰洞庭，环带五郡，淼不知其几百里"，"洞庭之远兮，亘全楚而连巨吴，路悠悠以穷塞，波淼淼而平湖"。我不是要比较记忆力的好坏，每个人都能从诗文中感受到字里行间躲着一个简单的词语："浩大"。

那个属于洞庭湖的"浩大"，在古怪极端的气候之下变了个魔术，在时空里消失了。2022 年 8 月末，旱情张牙舞爪，往年此时正是汛期，在洞庭一湖，水波潋滟才是正常，横无际涯才是正常，防洪防险才是正常，但多地江河断流，河床裸露，船舶无法运行。水运业的噩梦。洞庭湖也不能独善其身。那座我往返过无数次的洞庭湖大桥，干涸之上的桥梁，钢筋水泥的几何图形，“浮”在刺眼的烈日下，大煞风景，庞大臃肿得甚是多余。临近河堤的桥墩完全露出水面，湖中央的桥墩露出了基座，水退到了离岸一百多米的地方。岸滩上生长些寂寞的青草，在风中和干裂的大地之上更加孤独。

人可以往湖中走得更远，河床上有晒干的死鱼，你一脚他一脚，终将化为齑粉。过去无法涉足的地方，大人孩子开始了奔跑。有几个上岸的老渔民，忧郁地走在河床上，说多少年没看到也从小没听说过这样的旱情。朋友转发来一张卫星图和数据，2022 年 8 月 18 日，水体面积约为 548 平方公里，与 7 月初相比，仅一个半月时间，面积减少了约 66%。真是一场风驰电掣的“减肥”运动。

我心中的大湖瘦成了“一道闪电”，瘦成了一个叫“枯槁”的词语。

又过去一个月，9 月 24 日，中央气象台继续发布干旱黄色预警，湖南、江西多地仍持续特旱。25 日 8 时，洞庭湖标志性水文站对外宣布：长江城陵矶水位降至 19.47 米。汛期反枯，这个水位值较多年同期均值偏低了 7.88 米，大河不满小河干，中国的母亲河尚且如此，湘、资、沅、澧四水的归宿地尚且如此，湖南全境内的河湖也早已低枯得超出想象。降水少，持续高温，蒸发量增大，还有别的原因呢，人们语焉不详。

他不唱歌了，要带我去看新发现的铁方佛，河床上的“X”。

铁方佛躺在沙石里，如果不是这场干旱，它依然会被覆没水下。我一时不知要如何描述这笨重而硕大的东西。铁方佛的两头像燕尾，中间有大孔，与旁侧的燕尾两孔呼应，造型独特，从形状上确实像古代犯人脖颈上的枷具。此前，我曾在岳阳楼西东吴鲁肃的点将台前看到过 1980 年发掘出来的第一枚铁方佛，长 2.4 米，宽 1.88 米，厚 0.34 米，中间大窍直径 0.26 米，外侧燕尾上的两个小窍直径 0.12 米，三窍都是圆孔，重约 7.5 吨。我看到的是刚发现的第四枚，还有最后一枚应该是藏匿在泥沙之下。

它们为何出现在这里，又为何长成这个模样？

几位省内和本地的研究专家早在故纸堆里查证，北宋范致明《岳阳风土记》记载："江岸沙碛中有冶铁数枚，俗谓铁枷，重千斤。"明万历癸未（1583 年）张元忭撰《巴陵游览记》有言："城外有铁铸方佛五枚，陷沙碛中。"铁方佛的得名因此而来。清光绪《巴陵县志》又记载："铁械在城西门外水次，制度甚工。凡五，其一较小。"数量在历史记录中似乎有了共同的确定。很快，它的别名都冒了出来：铁纽、铁械、铁方佛，但人们还是习惯喊它岳阳楼铁枷。

看似普通的事物，有着不寻常的来历和用途。范致明猜测："古人铸铁，如燕尾相向，中有大窍，径尺许，不知何用也。或云以此压胜，辟蛟蜃之患；或以为碇石，疑其太重，非舟人所能举也；或以为置木其内，编以为栅，以御风涛，皆不可知。"

后来大家也纷纭众说：一是稳定岳阳楼的楼基；二是古代官府竖旗杆的铁座；三是船只泊岸的铁锚、锭石；四是司马炎为消灭东吴用铁链封锁湖面拦截来往船只而用来系铁链的铁锁；五是宋朝钟相、杨幺在洞庭湖组织农民起义时铸的阻船墩；六是岳飞征讨杨幺时系锁横江之物；七是镇水的厌胜之物。我倾向最后一种，朋友帮我校准读音——厌胜 [yā shèng]。释义是厌而胜之，即用法术诅咒或祈祷以达到压制人、物或魔怪的目的。可以想见，铁方佛是民间辟邪祈吉的心愿与象征。

铁方佛埋藏之处，距岳阳楼老城门不远，常年隐没水下，只有 11 月间湖水退去才会显身。五枚铁方佛最早的一枚是 1980 年发现的，42 年后第四枚发现，藏身处大概在一片相距不远的区域。水的冲刷和泥沙的移动，笨重的铁方佛也在发生位移。

世间万物各有其形，“X”形的铁枷，当它与“辟邪祈吉”关联起来，就有了合理的解释。古代凡水患处，皆谓之蛟龙作恶，道教神话中有一说法，“蛟龙喜燕畏铁”，一喜一畏，古人就先塑铁枷燕尾形状，吸引蛟龙，再用通体生铁将其镇压。

黑铁，生铁，像冰冷的谶语。湖上风物有太多的禁忌。战国时期出现的铸铁工艺，至汉代已非常成熟，但几千公斤的重物且是水中之物的并不多见。铁方佛是沉水之物，通晓水的语言，与湖中的鱼虾蚌螺水草为伍，斑驳锈蚀也未改其庄重敦实，在静默中用世间不能通行的语言讲述地老天荒的往事。

他看着我，又看着铁方佛，咧嘴笑了笑，又准备要唱起来。他的目光落在很远的地方。那个地方，是湖中心，是千里之外，水仍在流淌，水不会消失。

2

水的故事，洞庭湖的故事，很多是在船上发生的。船是渔民水上的家，吃饭、睡觉、流浪的家伙，也是几代人生活过的产房、校园、故乡和远方。

有一回，我去山间民宿住过一日，院子里一个石砌的水池，不知从哪里搬来了一条不再闯荡江湖的木船。船上火舱做饭，中舱休息，网具放在二舱，捕捞的鱼放在通舱。船舵全身上下不再油光发亮，横向的滚头、横牙，纵向的底板、托泥等，每一寸肌肤爬满被水咬过的伤疤。

民宿的中年老板是在外转了一圈回老家安居的，年轻时跟着木匠师傅学过艺，艺多不压身，没成为好木匠的他却当上了五星级酒店的大厨。这条从水上“搬”到山里的船，原来是他师傅的手艺。他就跟着师傅去过洞庭湖边上的村子造船。他说到“造”字时，刻意停顿，让它变得威武、严肃起来。在造船人的心里，造的是人的另一双手脚。

造船要择吉日进山采木，此前要备好“神福”祭祀。何为神福？鱼、肉、茶、酒和新鲜水果。造船以椿木为上选，也有樟、楮、杉、枣等其他材质，但都要配上一方椿木以示祈福。寺庙、道观周围的“神树”，是吃香火长成的，无论材质多好，都不会砍伐造船，以防“船翻人亡”，这是忌讳，也是敬畏。

师傅去世有些年了，他却还记得那间刨木花堆满的敞亮大房子，木头的芬芳令人迷醉。木头砍回后，需要另择吉日正式开工。掌墨师才是造船的大师傅，各种用料的长宽厚度皆熟稔于心。开工仪式上，掌墨师手捧一册发黄的《鲁班书》置于鲁班神像案桌上，燃烛焚香插入香炉，伏地三叩首，然后啪地拍响量木用的“界尺”，大声唱道：“开山子一向天门开，请得先师鲁班下凡来。”木匠的器具我也认得不少，他说的“开山子”就是斧头。方言来自它最早的象征和功用。

仪式结束后，船东家的宴席就通知可以开始了，所有造船工匠被请上桌喝酒吃肉。但第一杯酒先敬上座的掌墨师，他喝完众工匠才可举杯畅饮。热闹的宴席过后，屋子里就安静下来。那些日子，只有清脆的刨木声、叮叮当当的敲打声灌入耳中，东家进来递茶送水也都是小心翼翼。直到船体合成，要搭台唱戏以庆贺的时候,屋子里外又喧闹起来。戏班子如约而至，舞台就在屋门前的一棵大树底下，周边屋场的人跑来看新奇。新船通体雪白，木头“活”成了另一种生命形式，且有了优美柔韧的弧线，健壮弹性的肌肤。船壳在锁上最后一块榫木后，掌墨师要行“关头”仪式。他给船头披红戴彩，一边唱“赞词”，一边给船两侧各钉四口钉子：“钉头口，添人添口；钉二口，荣华富贵；钉三口，清吉平安；钉四口，四季发财。”话音一落，下手师傅已拎刀割开雄鸡的喉咙，血像一条红线，射在船头，鸡被投掷到舱内，掌墨师又唱道：“雄鸡进舱，快卸快装。”

新船下水，又有新的仪式。下水前一日，船舱两侧要贴上一副对联，如“九曲三弯随舵转，五湖四海任船行”“船到江心牢把舵，箭安弦上慢开弓”，也有简单如“山不碍路，水不碍船”“看风使舵，顺水推舟”。船头船尾船舱内灯烛燃照，称之“亮墩”，这时还有个小祭祀，对象是有“摇钱树”之称的桅杆以及舵和橹。船东家格外看重这些船上的事物。

他没等到师傅成为掌墨师就离开了。年轻的他看到过一条船的诞生，多少年过去，他还记得那些激动的细节、场景。偶然之机他买下了师傅亲手造的一条已废弃的木船。许多事情早已烟消云散，记忆却如此神奇地跟着他。

3

十多年前，我跟一位专注地方文化的写作者拜访过民间造船师傅老熊。水运所退休的老熊住在北门渡口的旧家属区，出门跨过马路，就是洞庭湖，朝晖夕阴，风晴雨雪，他是最熟悉这湖水的一员。几年后，他和另一位朋友合作造了一条风网船，花了两万块钱退休金，最后捐给了市博物馆。

熊师傅造过多少条船，他记不清了。造船的那些仪式过程却钉在脑子里，拔不出来也消失不了。他的父辈祖辈都是渔民，干的是脑袋拴在裤腰带上的险事。他从小就在船上摸爬滚打，一根红绳子系在腰上，红绳子限制了他的自由，也保护了他的安全。有人在背后喊过他“船拐子”，他听出不敬，却也没什么不悦，如同他照样喊着岸上卖苦力的人“箩脚子”。

湖上有多少种船？他滔滔不绝能说出二十余种，岳州铲子因其船头形似方铲而得名，大吨位有57吨，小的也有18吨，是洞庭湖里的巨无霸。尾巴通杆，艄艉有些尖翘，一般不去浪大漩急的长江。采杆长船，配上一副桨叶，只为在浅水行船。小驳船头方尾翘，一叶风帆两支摇橹。倒扒子头尾圆尖，前船身平长，艉部的舵舱像个扒子而得名。乌缸子是外来的，船体前后窄中间宽，桅长帆大，船板薄，浮力大，因其船体乌黑发亮得名。还有道林船、驳船、麻阳船、摇戟古、厢壳子，还有“大跃进”时，有人拍脑袋造了一艘八张帆的船，终究没在湖上“八面威风”起来。

老熊的祖父拥有的第一条风网船，帆是白棉布，用鷇皮染色，防腐经用，一张开风就鼓满了帆。船是选在正月初三开船的，鞭炮齐鸣，敬奉水神，起锚上移，寓意生活向上。一家人跟随一条船去往下一个地方。是漂泊、流浪，也是生活、邂逅上天的美意。很多的船家要等到过了正月十一日“船爷爷”生日出行，船头系上一朵大红绸，不动渔具，全船休息一日，祈福一年平安顺遂。

祭祀洞庭王爷才是这一天的重头戏。船上香烛点燃，船东家宰杀一只大红冠雄鸡，一边从船头走到船尾，鸡血滴于船板以示辟邪，一边念道：“神灵保佑，开船清吉太平。”这时候，人员上船要搭跳板从船腰上船，不能直接上船头。特别忌讳妇女从船头走过，也不能坐在船头，如果走了、坐了，要请师公子来“退煞”，那又是一套烦琐的仪式。

过去的日常生活，在今天看是繁文缛节。再宽大的水面，到了小小的船上，就有了很多禁忌。老熊从小耳濡目染，听老人讲过许多俗称“口风”“撞口话”的说法。

禁忌是从语言开始的。上了船，就要守船上的规矩。“八大忌语”是首先要记住的，“龙、虎、鬼、梦、翻、滚、倒、沉”，这些字眼出现在船上是犯忌。船民中姓“龙”的改称佘（蛇），或叫“扭河里”；姓“陈”“程”的，都改叫“浮”，连地名城陵矶也改称了“浮陵矶”；船主称“东家”，而不叫“老板”，老板含有陈旧易烂之意。船上说动词的时候多，有的要与日常叫法不同，“翻身”要叫“转身”，“滚水”称“开水”，“打牙祭”叫“开牙祭”。船上用具用法也讲究，碗、碟不能反着放，只能正面仰放；每天晨起做事须谨慎，打破锅碗、摔断用具会视为不吉利；饭桌上第一筷子要夹荤菜，且不许说话，这得鼓圆眼睛看清楚，无论夹到肉还是骨头都得吃下肚，是不能吐掉的，第二筷子后，才可说话和吐弃不食之物。

船在水上的路是船路，船路也是有规矩的。那时不论大小船只，过洞庭湖时，经鹿角、君山、南岳坡，都要祭祀洞庭王爷。老熊小时候看到大船上的船工司锣祭祀，船东家点燃香烛纸钱、鸣炮敬酒，司锣工先敲一长声，接着连敲四长声，船东家先叩一响头，接着长跪念道："有请洞庭王爷，开船不遇风暴，不撞险滩，保佑我船一路平安！"锣声停下，祈祷结束，起锚行进。小船是不打锣的，但燃纸钱、点香烛、跪拜祈祷的过程不能省。后来有的礼祭简化，小礼一挂短鞭、一块小肉、一杯酒，大礼一挂长鞭，杀猪宰羊。小礼是求赐平安，大礼是"还愿"神灵。

行船中的餐聚，船东家与船工同桌，喝酒、夹菜、吃饭也各有讲究。杀了一只鸡，却不是人人想吃什么就吃什么。象征财喜的鸡菌子是船东家吃的；象征抬头顺风的鸡头是撑头篙师傅吃的；吃鸡屁股的舵工师傅，表示能掌好舵。头一碗饭只能装一大瓢中间的饭，不能装锅巴，第二碗则可随便了。碗叫"赚钱"，筷子叫"拿篙子"，调羹叫"拿鸡婆"，饭瓢子叫"拿抓巴"。

山里人对山歌，水上人唱水路歌。船工、渔民多会说船谚，唱船谣。渔民挂嘴边的船谚，有驾船摆渡的经验，"三桨当不得一篙，三篙当不得一橹，三橹当不得扯帆""船到弯处必转舵，船到桥头自然直"，也有水上民间文化的集成，"单丝不搓成线，一人难撑两条船""浪再高在船底，山再高在脚底"。唱的则有渔歌、情歌、防风斗浪歌，但不能唱"牧羊调"，这个禁忌缘自流传甚广的《柳毅传书》神话，洞庭龙王之女下嫁受虐成了牧羊女，认为唱了"牧羊调"是大不敬，会使洞庭王爷发怒。

有一年夏天，太阳顶在头上晒，但到了傍晚，湖风一吹，热气迅速散去。落霞，湖水，长天，闭眼睁眼之间，颜色光泽形态，仿佛三棱镜有了万千变化。我在老君山水域的一条趸船上吃饭，渔家大嫂做了小龙虾、活水煮鱼，最后都抓一把紫苏连秆带叶丢进去。小龙虾是紫红的，颜色深，剥开的肉紧实。湖里的野生出产与河汊、养殖的味道差异很大。邻船上的一对中年兄弟过来陪酒，喝过几杯，船东家让他们唱几句。

船谣渔歌讲的是水上的情感生活，但在时代变化中这些歌谣多数失传，能留下的都成了“文化遗产”。中年兄弟看到我带头热切鼓掌，又觉得有些不好意思。弟弟薄嘴唇，桌上话多，伶牙俐齿的模样，这下也只顾埋头扒饭了。挨了一小会儿，弟弟外肘顶了顶哥哥的腰，说你唱一段岳阳《水路歌》。

长沙开船到母山，霞凝靖港丁字湾。借问铜官弯不弯？青竹云田磊石山。鹿角城陵矶下水，鸭栏芽铺石头滩。嘉鱼牌洲金口驿，黄鹤楼中吹玉笛。汉口开船往青山，借问阳罗弯不弯？阳罗不弯朝直走，团风把住双江口。双江口，口双江，好似杭州对武昌。水沙巴河兰溪堰，道士湖中水茫茫。

《水路歌》其实有一百多行，内容说的是水在湖南境内流经之地，一直流到崇明岛出海口的地理人文。哥哥嘴里的唱词，起音低尾音翘，韵味很足，就像一条欢快的河流。唱完他回肘顶了顶弟弟，意思是轮到你了。

弟弟抹了抹一张油嘴，拿腔拿调唱道：“久闻妹妹一枝花，日织绫罗夜纺纱；一日织得三丈布，哪个不想妹成家。”

渔家大嫂带头扑哧笑了起来。我听着唱词中熟悉的地名，想着属于渔民的生活情趣，看着夕阳一点点浸没水中，湖面浮光跃金，静影沉璧，风跑动起来，洞庭湖摇晃着身体，变成了天地间的一条大鱼，一直游到夜色深沉。

禁渔后的湖上没有了船，水上生活成了口头记忆。没有进行书写的记忆会漂泊，会靠岸，也会相见。站在干涸之上，也许，我要确信，因为一场大雨抵临，四季轮回，水会归来，大湖会归来。原址保护的铁方佛依旧沉没在水中，木船在湖上销声匿迹，但升级换代的现代船舶仍在波澜不惊中轰隆航行。

（《十月》2023 年第 2 期）

夜未眠

韩浩月

一

凌晨两点前后，丑时，古时又把这一时辰称鸡鸣、荒鸡，属于鸡叫第一遍的时刻，也是牛吃完草准备休息的当口。人如果在这个时候还没有睡着，也就很难入眠了，起码要等到天快亮时，才能昏然睡去。如果一个人发愁，一天当中丑时也应是愁意正浓时分，这属于一种乡村生活体验，我童年时经历过，只是幼时不知愁滋味，恐惧更多地占据了深夜惊醒后的时间。

住进城里后，极少丑时失眠，因为耳边没了鸡鸣与牛的叹息，也便没了催眠的白噪音，再加上经常听到来自各个渠道的规训：24 点之前必须睡着，否则怎样怎样，于是每天便早早地上床躺着，一般还没到半夜的时候，就酣睡了，他们称这是一种幸福，原来获得幸福这般简单。一年难得一两次因为工作的原因，加班到两三点钟，结束后来不及胡思乱想，头一挨到枕头，人就到大槐安国去了。

此时正是春天，乍暖还寒时候，很奇怪这夜没有睡意，插座上的显示灯，散发出的光芒比米粒还小，但就算这一点点微弱的光，也用物件遮住了，手机不但开了静音，还将屏幕向下扣上，这意味着我与整个世界失联了，内心坦坦荡荡，没任何惦念的人和事……但即便如此，翻来覆去调整了数个睡姿，依然睡不着。咖啡是早晨喝的，茶是中午喝的，晚上喝了酒，酒有助于睡眠，可能是喝得有点少的缘故吧，没起到催眠的作用，但也懒得起来再去倒一杯酒了，虽然酒瓶就在床头柜上。

大约就是牛吃完最后一口草的时分，楼顶突然一声巨响，把我从刚刚蓄满的睡意中惊醒，那是一把椅子砸在地板或墙上的声音，楼板薄，隔音不好，再加上楼层高，夜里静，手机掉地上摔出的声音都可以听得到，一把椅子被猛力掼到地上，不异于晴天霹雳，在这一声响之后，紧接着其他声音连贯入耳，盘子和碗，杯子与遥控器，书本和钥匙串等等，纷纷落在地上。夫妻俩在吵架。

听不懂他们两个人的地方口音，语速也快，男人的声音低沉而绝望，女人的话语淹没在哭泣声里。男人、女人为什么要吵架？在菲茨杰拉德所著的《美丽与毁灭》中可以找到答案：住在单身公寓的安东尼，等待着继承一大笔遗产，他有大量的时间与精力可供挥霍，葛罗丽亚美丽、开朗、魅力无穷，他们本无交集，但在葛罗丽亚受邀第一次走进安东尼公寓的时候，他们的命运改变了，先是爱情，后是婚姻，然后就是毁灭，他们一次次地爆发激烈争吵，吵架的起因很鸡毛蒜皮：要不要多喝一杯酒再离开酒吧？要不要挽留酒鬼朋友在家彻夜狂欢？是步行回家还是搭出租车回家？

同样在莱昂纳多和凯特主演的《革命之路》中可以找到

答案：一个是满怀野心却一直失败的男职员，一个是一心想要成名的女演员，这对夫妻有着各自不同的秘密欲望，因为道路和方向不一致，他们经常在家里发生天雷勾地火般的吵架，看这部电影时，可以多留意莱昂纳多从内心喷涌而出的怒气是如何撑粗他面部血管的，是如何流窜在他面部细胞中的，你可以清楚地观察到，一个男人崩溃的整个过程，那个时刻，莱昂纳多饰演角色的内心风暴，可以和卡特里娜飓风相媲美。

楼上的吵架在持续一个多小时后结束了，夜色深沉，像是什么都没有发生过一样。慢慢地他们熟睡了，我听到有细微的鼾声隐约传来，他们该是吵累了，但我却陷入了失眠之中。他人的烦恼如同一颗丢过来的石子，坠入湖底消失于淤泥，但湖面上的涟漪却不停扩散，平静而有规律，不断地在放大着一些什么，我躺在自己家的床上，如同躺在开阔的湖面当中，一些忧愁氤氲如月光下的水汽，可以呼之即来，但却挥之不去。

二

睡不着时，你会做什么？有一年冬天，大雪，我在故乡，傍晚时与人喝酒，酒局结束后躺在旧居的床上，那是间平房，窗户镶嵌的玻璃旧了，有些模糊但还是能看到院内的雪，路灯光起到了放大的作用，或是酒醉的缘故，一见“雪花大如席”，整个人激动起来，夜不能寐，终于在 23 点左右的时候，起床穿衣，晃晃荡荡朝城里走，准备去找初中老同学继续喝酒。

王子猷也做过这样的事情。王子猷是王羲之的儿子，在人世间活了 49 年，生前做的最后一个官职是黄门侍郎，但做着做着烦了，辞了官到山阴（今浙江绍兴）隐居。某年冬天，王子猷一觉睡醒之后，推门看见大雪纷飞，忍不住就想喝点，喝着喝着想起了左思的诗《招隐》，随口就朗诵了几句，喝酒读诗，最容易醉，不然王子猷接下来也不会做出如此荒唐又如此浪漫的事情来——他趁着酒劲推门而去，要去找他的好朋友戴逵。

戴逵住在剡县（今浙江嵊州），我用高德地图查了下，两地在今天的距离，不走高速的话约 160 里地。王子猷不是骑驴去的，也不是乘马车去的，而是乘船去的，大雪夜里，不知道他乘的船，是船夫经营的商用运营工具，还是自己动手划自家或租来的船,我感觉后者的可能性要大一点,毕竟那个时刻，船家大概率会拒绝出行，唯有一个精神焕发的酒鬼，拗不过自己的执念，无论怎样都得出行。如果是他自己划船，那就辛苦了，不但雪大迷眼，还是逆水行舟，以我在公园小湖划船的经验来看，这 160 里地够我划三天两夜的。但不管这样，《世说新语》里写的是“经宿方至”，我们也只能权且相信，王子猷划出了奥运项目赛艇或皮划艇的速度，反正他夜里睡不着，又有酒劲助力。

王子猷到达戴逵家门口的时候，万万不可能是清晨，估计再晚一会，能赶上午饭点了。他之所以没有敲门进去，对外界的解释，说是“吾本乘兴而行，兴尽而返，何必见戴”，真相有可能是觉得不好意思，本来就是一出酒后兴奋睡不着觉的冲动行为，以这样的方式结尾挺好的，要是王子猷进了门，好友必然又要拿酒来，不醉不归。虽然王子猷再喝个五迷三道地回去，也可以成为逸事，但总觉得不如现在这样，可以更好地流传千古。“雪夜访戴”，这样的傻事，一个人一辈子只能做一次。

王子猷一个人孤独地在船上，会想些什么？以我的经验看，开始时大抵是兴奋的，如果那时候有朋友圈，王子猷上船之前必先找好角度，拍一张照片发出来，亲朋好友纷纷点赞，王子猷抽空查看回复一下，起码前一个时辰时间是好熬的。等到丑时，众人纷纷听着雪声沉沉睡去，空荡荡的河面上只有船桨击水的声音，王子猷恐怕会心生后悔，但是牛皮已经吹完了，这段旅程必须得坚持到最后一刻。乘船也好，划船也好，最初的兴奋劲儿过去之后，子猷兄想必也是会打盹的，后世之人往往只记得“雪夜访戴”的旷世之景，其中的辛苦，恐怕只有他自己知道吧。

那晚我在床上辗转反侧，最终决定推门出去找老同学喝酒，这件事每每浮现于脑海，就后悔到心痛，既讨厌自己的莽撞，又责怪自己的愚蠢，非得去打扰人家。当时由于接近半夜，不能开车、骑车，也打不到车，只能步行，鞋子踩进厚厚的雪堆里，雪沫钻进鞋洞里化成了凉水，先冷后热，居然有脚心冒汗的感觉，后来才知道那是冻伤的前兆。老同学的家临街，我在街边他家窗户下喊他的名字，喊他下来，没人应答，于是就团起雪球往窗户那里扔，扔了几次之后，窗户亮了，一个人探头出来……一二十分钟后，我们坐在一家尚且营业的羊肉馆里，再往后的事情我就记不住了，据老同学说，我喝完两杯酒后，躺在人家羊肉馆的椅子上酣睡不醒，最后是他又喊来两名同学，才把我送回家。

若是我到了同学家的窗下，没有大喊大叫，拿雪球砸人家玻璃，只是小站片刻老老实实地回家躺倒，该有多好，如此，便有了古人之风，而不是落下“发酒疯”的名声。老同学知道我的性格脾气，没有怪我，但我这么多年总是怪自己。后来便想,要怪就怪我们相距太近,没有给我留好充足的醒酒时间吧。

人在深夜睡不着的时候，最好是安静地呆着，别想谁，别乱动，别打电话，只要动了心思，管不住腿，一切就都乱了。你想找一个人消耗掉你的精力，治好你的失眠，可那个人，恰好也得处于未眠之时呀，也想见你呀，只有这样，或许才有对话的可能，否则，大概率是打扰，再好的朋友也不行。

三

古代文人都睡不着，有一个算一个。不眠之时他们喜欢喝酒、踏雪、赏月、访友、写诗，反正是想方设法不让自己的脑子闲下来,导致的结果是思绪万千,更睡不着了。人在夜里，大脑的设置本身，是拒绝高频率运转的，可要真是失眠了，非但大脑不停转，反而会转得越来越快，于是，文人们为了给大脑降速，便想通过写诗这一需要专注的事情，来安抚大脑。屈原写下“思不眠以至曙。终长夜之曼曼兮，掩此哀而不去”，李白写下“举头望明月，低头思故乡”，陆游写下“徘徊欲睡复起行，三更犹凭阑干立”，白居易写下“将何还睡兴，临卧举残杯”，阮籍写下“夜中不能寐，起坐弹鸣琴”……历史如果是幅活地图，那么想象一下，万古长夜里，睡不着的文人们人头攒动，金句频出，这是多壮观的情景啊。

文人不眠会产生诗，皇帝要是睡不着，可是会掉人头的。曹操长期睡不好，按现代人的说法，属于失眠焦虑症，他那著名的偏头痛，据说就与失眠有关。所以他警告身边人：“我眠中不可妄近，近便斫人，亦不自觉。左右宜深慎此。”失眠之人睡着之后最怕风吹草动，一点响声都能够惊醒，曹操错杀吕伯奢，梦中怒斩杀侍卫，单单这两件事，就足以证实曹操的一生确实是睡不好的一生。不过也有“歪理邪说”，认为正是失眠成就了曹操，帮助他成为一代枭雄。

历史上最著名的因为睡不好觉而瞎折腾的皇帝，当属赵匡胤，宋太祖黄袍加身后，非但不能把心放到肚子里，反而经常半夜犯嘀咕，想七想八，自以为很聪明的侍卫，劝他放一把剑在枕边，以获得一些安全感，赵匡胤不干，意思是说这不等于公开承认我有病吗。睡不着的赵匡胤不读书不写诗，最大的爱好是夜半私访大臣，想去谁家去谁家，任性程度与其“香孩儿”的小名很是匹配，大臣们都知道他有这习惯，许多人睡觉仍穿正装，不敢换上便服，就怕“香孩儿”敲门。

比“雪夜访戴”知名度稍弱的“雪夜访普”，便是赵匡胤一手导演的。朝中大臣赵普知道皇帝喜欢半夜乱窜，自然也时刻准备着，但这天皇城大雪，一直下到了夜里，赵普觉得皇帝不可能会上门了，于是换上了家居服，准备睡个舒服觉，但怕啥来啥，风雪天阻挡不了赵匡胤深夜私访的想法，他还是敲响了赵普家的门。明代画家刘俊据此创作了一幅《雪夜访普图》，画面上，坐在上座的赵匡胤身材高大，或是赵普穿便服的缘故，显得矮小许多，画虽精致，但气场不对，赵匡胤的压迫感太强了，根本没有把酒言欢的和谐气氛。《宋史》中写，那晚赵匡胤还约了晋王赵光义，请“嫂嫂”（赵匡胤每进赵普家门，见到赵普夫人必开口便叫“嫂嫂”）准备了炭火烤肉，三个人吃着烤肉喝着酒，就把伐蜀大计定下了。

同为著名失眠者的海明威说：“我同情所有不想上床睡觉的人，同情所有夜里要有亮光的人。”这句话送给文人或者普通人可以，但送给皇帝们不合适，文人们不睡觉，会产出传世诗文，普通人睡不着，是琢磨生计，“夜里千条路，早起卖豆腐”，皇帝们睡不好要么搞事情，有大臣人头要落地，要么发起战争，生灵涂炭。要是历史上的皇帝，多数都能拥有一个好的睡眠，不知道人类命运会不会改写。

无眠的人，大体有两种，一种是为相思所困，一种是为前途命运担忧，世间睡不着的原因总有千千万，都可以归于这两大类。但相思这个事情，是有年龄限制的：张生夜会崔莺莺那会儿，崔莺莺 17 岁；贾宝玉和林黛玉共读《西厢记》时，贾 13 岁，林 12 岁；罗密欧爬阳台向朱丽叶倾诉衷肠时，罗密欧 16 岁，朱丽叶 14 岁；《泰坦尼克号》杰克给露丝画裸体画时，露丝 17 岁，杰克年龄未知，不过最多也就 20 岁……相思是年轻人的事情,但凡一进中年,就不会因为相思而睡不着了，考虑的多是怎么把遇到的坎跨过去，未来的日子怎么过。

趁年轻要多体会相思苦，到了 30 岁之后 50 岁之前，要更多面对生活的苦了。“贫贱夫妻百事哀”，这句古语说的其实还不是年轻人，说的是中年人。年轻人贫苦些，总还是有希望和盼头，中年人的夜，像一个巨大的瓮，四周都是黑暗，唯有瓮口处有些光亮，但伸手去够时，却总够不着。多少中年人的深夜，双眼盯着那处渺茫的光亮，喉咙却发出一阵阵深沉的叹息，那叹息，让夜色分外浓稠。

四

我人生最甜美的好眠时光，属于年轻时在工厂当工人的那两年时间。工厂是一家钢筋制造厂，有硕大无朋的生产车间，走在其中可以看见耀眼的钢花在火炉口四溅，工歇的时间我要么躺在冷床的台框上睡觉，要么躲在车间的某个无人发现的角落睡个天昏地暗，中午阳光好温度舒适的时候，还会躺在车间门口旁边，旁若无人地酣然大睡。

年轻时睡得好，在于拥有一份浑不吝似的无知，源于内心未觉醒，就像冬眠的竹笋一样，处于黑暗的地下，对外界并不知晓，一直等到土壤解冻后的那声惊雷之后，才破土而出，拼命疯长。我特别感谢拥有那段无休无止、似乎永远睡不醒的时光，想起来丝毫没有觉得生命被浪费的感觉，睡眠在那个时候像一层保护伞，良好地将似是而非的痛苦，将暴雨将至前的绝望，将钻进死胡同时的茫然，全部遮挡在了外面——在睡眠时，一切是不存在的，美梦和噩梦都没有，每一次醒来，都似重返人间，都有十几秒钟的新鲜感，就像老电脑重启后的前几分钟，运转速度总是会敏捷一些。

临近 30 岁时开始失眠，这一失眠就持续了近十年。现在已经完全想不起来，那十年的失眠时光都做了些什么。面对真正的失眠，人是无力的，喝酒、看电视、打游戏、聊天等等，都无法填补失眠留下的那片空白，失眠是一片大海，人像这片海上的孤舟，无论怎样都是没法挣脱靠岸的。

失眠是一种强烈的暗示，当你觉察到要失眠时，想要收回这个念头已经晚了，失眠就像一个轻而易举撬开你家大门的盗贼，戴着口罩和墨镜，兴致勃勃地闯进你的世界，肆无忌惮地打量你的一切，它了解你内心的缺口，总是能够一击即中，它掠夺你内心丰富的一切,直到把你变得两眼枯涩,头脑发昏，但精神却屹立不倒，大有耗到你油尽灯枯的架势。

台湾歌手郑智化在退隐歌坛前有一首歌叫《夜未眠》，

这首没能火起来的歌，唱的就是中年人的心事，歌是这样结尾的：

我回忆着回忆却不能再甜蜜
让往事如流星坠入沉重的黑夜
我等待着黎明却不能再清醒
让漫漫的长夜把我静静地撕碎

这是20世纪90年代末的吟唱，和古代文人的诗歌不同，那个时候流行歌手所代表的流行文化，已经超越了性别，可以大量使用柔性的词语，也能够更为直白地表达孤独、失落的情绪。可是，现代人的情绪变化太大也太快了，不再那么容易被创作者捕捉到，所以，那些歌写出来后，听的人也难有很强的共鸣了。而现在，中年人的生存状态与情绪状态，干脆不被注意或重视，罕见有诗或者歌，能够精准描摹那种最难刻画的心境了。

疫情三年，失眠成为常态，睡不着的时候，人会做什么呢，从午夜刷到的朋友圈看，有人在道完“晚安”后，依然在转发着一些消息，有人在表达着对这个世界的不满，火气四溢，有人在转发歌曲，借着音乐来表达此刻所想，还有许多一言不发的人，他们呼吸紧促，在暗夜里咬紧牙关。

楼上发生家庭“战争”的第二天，我和那家里的男主人在电梯里相遇，每个人手里拎着一代要扔掉的黑色垃圾袋。我们都戴着口罩，看不清对方的全貌，但凭借以前的碰面，我知道是他，看见我，他往角落里退了一步，背过身去。在电梯里保持足够的距离，是有礼貌的表现。

我问了他一句：“怎么样，还好吗？”

他没回头，愣了一两秒钟，轻声回答了我一句：“还好，打扰您了。”

我说：“好就好啊，相信将来还是一天一天往好里去的。”

（《湖南文学》2023 年第 4 期）

“有效的燃烧”——健身房手记

陈蔚文

1

据说健身的起源可追溯到旧石器时代。那时的猿人，已开始通过伸懒腰等动作来缓解身体的疼痛。当然它的发扬光大是在当代，从白领与中产阶级的生活标配走向日趋大众化。

最初我觉得自己与健身不可能产生什么关联。那是“女汉子”的爱好，而我从小到大，都是“女汉子”形象的反面。有挺长时期，我的绰号一直是“林黛玉”。

从外省生活五年后的冬天，回到我出生的城市，某次去一个带游泳馆的健身房，路过走廊的一面镜子，镜子里映出的人是如此糟糕，不仅是体形，还有神态的疲惫。经历了生育最辛苦的几年，镜中女人似乎退回到某个封闭的壳中。

我匆匆逃离了镜子。此前，我与镜子的关系也一直不怎么融洽。

我在这家健身会所办了张健身卡。我希望有一天能坦然面对镜子：这对有些人天生不用学习的事情，对另一些人需要专门学习。

“镜子不是让人变完美，而是变完整”，这句话带给我以触动。完美与完整的一字之差，实则指向两种不同追求。前者很可能让人幻灭——不管你的外部发生怎样的变化，你都没法从根本上让自己变成另外一个人，而后者才应是追求的朝向。

“做个元气充沛，清透天真，骨贵肉匀，身心均衡的人”——这是运动理想，也是人格理想。

我愿自己在走向老年当中，仍有清澈的双眼和匀停的骨肉。

2

多年前，读村上春树的《当我谈跑步时，我谈些什么》时，讶异于他是如此的专业运动者，他几十年如一日地长跑，从夏威夷的考爱岛到马萨诸塞的剑桥；从铁人三项赛到希腊马拉松……

“跑步无疑大有魅力：在个人的局限性中，可以让自己有效地燃烧——哪怕是一丁点儿，这便是跑步一事的本质，也是活着（在我来说还有写作）一事的隐喻。”

这段话击中了我。有效地燃烧，它不仅是跑步一事的本质，也是一切运动的本质。

也许每个人的体内都藏着一块炭吧，有些一辈子也没点燃过。而运动，就是去点燃这块炭，照亮身体，让它从内部生出光热。

村上说，运动可以消除脂肪、生出肌肉。然而，并非仅仅如此。“我一直有这种感觉。它的深层肯定还有更为重要的东西。但那东西究竟是什么？我自己也不知其详，连自己都不知其详的东西是无法向他人说明的。”

大概只有坚持运动的人，才懂得村上的“不知其详”。

当我成为一名长期运动者，我明白了那“不知其详”的感觉——运动是形式，也是内容本身。它改变身体的同时，对精神也产生着影响。

当一具身体更轻盈、灵活时，身处的世界仿佛也没那么沉重了。你感受到在不可控的动荡之外，为自身储备的一些力量，一种类似抽穗或拔节的力量。

3

身体天生是喜欢舒适的，当遇到累、酸痛这些感受，会本能地排斥与逃避，运动便成为一桩“苦差”。但当人坚持下去，跨过某个节点，使运动成为习惯，像跑步之于村上一样，它便融入身体与精神，成为你在人世的一项重要支撑。

有次单位组织登山活动，在走了很长一段路，体力已临界时，突然，在艰难的几步完成后，脚步变轻了些，更轻了些。有种能量像从遥远的不知名处，重新注入了身体。

接着走下去，感觉到体内某种不可言的神秘转换，那明明已临界的体力是如何又被延续的？让我想起“飞轮效应”——花费力气把车轮蹬起后，它开始自我运转，以一种惯性的能势。

这次登山经历，身体由几乎要停顿的疲累转向重新发动的瞬间，是如此神秘与“不知其详”……

若不经历之前的疲累，不到那个临界点，不会体验这一瞬。正如不登临某个高度，不会得见令人惊讶的景观。

身体的神秘还在于其看似大同，然而千差万别的构造。

有人无需练习可以双盘，有人练习多年也做不了这个体式。再有跪立抬膝的体式，我第一次看教练做，讶然之极。她跪立垫上，双手在体后撑地，背部略向后倾，脚背轻松竖起，渐至与地面垂直 90 度，双膝抬至齐胸。我试了下，双膝勉强离地一寸，脚背已是生疼。之后练习若干次，双膝始终只能离开一点地面。

每个人都带着遗传的身体密码，以同样 206 块骨头构成迥然不同的人体地质，人的复杂性正在于此。从身到心，失之毫厘异之千里。

4

易往往也是难。

譬如书法里笔画最少的字，或舞蹈里短短几个走步，譬如瑜伽中仅仅一个站姿——动作越简单，越需要调动意识，用意识去控制肌肉。有了意识的参与，身体才能从深层次调动起来，去建立身体的觉知与平衡，增强肌肉的力量。

当意识逐渐成为习惯，运动的意义才真正成立。

冥想亦是最简单的复杂。在“空”中，流动之声愈加喧哗。如何引导喧哗去向平静，需要将心、意、灵完全专注在初的静空中。仿佛训练灵魂的肌肉。相比身体的肌肉，它更无形，恣肆，更难以捕捉与调动。

“当冥想的对象笼罩着冥想者并由客体转为主体时，自我意识便消失了。”然而，我的自我从未消失，它像个难缠的孩子，紧附于我，须臾不离。

冥想是抑制心念的多变，超越世俗带给人的精神负担，摆脱所见所闻之物的干扰。但心灵的本性是——它总易被喧哗吸引，冀求一些可见可闻之物。

如何由冥想跳脱出那些驳杂，去体验清澈的纯化的喜悦？曾有一位中医与书法都颇有造诣的老先生对我说，数十年来，他和老伴每日早餐白粥佐馒头，不配任何小菜。在我看来，这未免太单调了，好歹得就点小菜吧？

“不配菜才吃得出馒头的本味。”老先生一笑，深藏功与名。

白馒头就是“纯化”的境界吧。有一天我也能吃出那味道吗？真有那天，该喜还是悲呢？

这个答案尚未确定时，“自我”仍在暗中喧哗。

5

瑜伽课休息术，老师随着轻柔音乐指导大家“放松”。

“眼皮放松”“嘴角放松”“眉头放松”……她轻声的语调仿佛一波潮水缓缓而来，使一切抵牾的松弛，使一切无意识的痉挛止歇。

当念到每个部位时，人才意识到——原来，身体从头到脚，有这么多部位一直惯性地紧绷着。当“放松”响起，呼吸平稳，那个部位才陡然惊醒般，落回它该在的位置。

原来，我们一直是在日常中这般悬置着身体的部件。

原来身心圆融就是——每个身体的部件都在它该在的位

置。

台湾导演、作家刘梓洁说到练瑜伽的感受："在每一次吐气的时候，都给自己一个机会，去找到你身体里最宽厚的部分。我以前习惯让棱角露出，越利越好，自伤伤人，称为个性。现在才渐渐知道，圆融不是乡愿，而是慈悲。也许这一切与瑜伽无关，只是年龄。"

年龄，就是让人去扩展体内宽厚的部分，而融掉棱角。放下评判，不再焦虑，像流水经过，似落叶吹拂，温和地，诚实地，与自己和外部相处。

诗人说，"一个彻底诚实的人是从不面对选择的，那条路永远会清楚无二地呈现在你的面前"。

一个诚实的人，总是让身体的每个部件待在它应当待的位置。

6

瑜伽与柔术的区别是什么？也许这是每个练过瑜伽的人会好奇的问题。

柔术以表演为主要目的，它属于杂技的一种，体式几乎是它的全部——成功的柔术要达到视觉的惊险刺激与不可思议。

瑜伽的目的则是从身心灵三方面进行修习，过程中需要体位（不以将身体弯曲到常人难以达到的位置为目的）、呼吸、冥想、放松等多种技法的配合。当这些技法最后不成为技法，与身心融为一体，才是瑜伽的练习终点。

柔韧性只是瑜伽其中很小的一部分，好的瑜伽者并不倚仗身体的柔韧性，而是靠不同部位肌肉的拮抗力量去完成体式。

“用均等而相反的力量伸展身体的一个部位离开另一个部位，借此在身体里创造出空间”是谓拮抗，在相互对抗中相互促进，或许就像写作与运动的关系——静与动、精神与身体，它们以“均等而相反的力量”互为补充，互为促进。

7

运动的吸引力还与它的场域有关。在健身房，人拥有一个脱离社会属性的“我”，卸去一切身份与符号，回到自体本身。

健身房就像一个隔断，一个绝对自我的中心，在奔涌中充满平静。“运动者”是唯一身份，正如病人在医院只有一个代号“X 床”。

我通常不与人做过深攀谈，因为不想失去做个“新人”的机会。

“化装者在消弭了自身的特定身份后获得了自由：重新指称自身、自我想象和自我探索的自由”，健身者的角色正是一种化装或者说匿名的隐身。

在健身房，我有意止步于某种带有陌生感的人际界线前。与健友们熟悉，但不知晓彼此的个人生活。

这种包含在“熟”中的陌生正是令人轻松的地方。

“熟”固然带来热络，也隐含风险，或说一些麻烦。熟要承受期望，承担破灭……熟，背负着各种责任和义务。

当越来越“熟”，熟可能开出花，也可能长出刺。

只以健身者的身份相视一笑就好。止步于更熟之前，交换一个微笑，无需知根知底。单位、家庭、朋友圈，到处是“熟”和伪装成熟的“熟”。熟已经够多了。

当在一个空间里，只享受熟带来的人与人之间的友善，而不必承担“熟”衍生的责任与义务，实在是件愉悦的事。

8

与肉体有如棉花般的本能的松懈与舒适不同，运动的舒适是从体内重新生长出的东西，一种改造后的舒适，对身体充满确认与安全感的舒适。

巩固这种安全感成为身体新的本能。

而这巩固，必然用汗水换取。没有任何捷径。

只有身体内部经历了真正的燃烧，才会产生变化——在健身这件事上，汗水是最朴素也唯一的真理。

不要轻信任何汗水以外的途径，正如别相信过于甜腻的抒情。

9

比起静态的瑜伽，有氧操、尊巴这些操课更具吸引力，它们混合着音乐、舞蹈与运动三种成分。

瑜伽像是食素，有益身心，但口感有时难免枯燥。跳操和舞蹈则如配合甜点的下午茶，从第一个音符响起，全程可享受那份自身体里迸发与释放的酣畅——那是被音乐、节奏激发出来的身体本能的律动，正如火是人类欲望的起点，节奏与旋律亦是，它抵抗步入黑暗与死亡的恐惧，抵达人类生活中发光的那部分。

人的意义由音乐开启，有如光焰之蔓延，照亮存在的伟大主题。

音乐，它使律动的身体有如齿轮与皮带的配合，在音乐的润滑中，身体产生燃烧的美妙能效。

每一次，在音乐中跳动或起舞，我都会再确认一次——起舞，的确是我生命里最喜爱的事物之一。它使我感受肉身之外，“灵”的飞升。像雪的飞扬，叶子的回旋，溪流的跌宕，更高的东西自“我”中升起。

这一刻，身体——无论美丑胖瘦，它忠实地承载着人，陪伴着人。这具身体，无论遭遇过什么，还有抒情的能力，跃动的能力，被音乐打动的能力。这是多么大的幸运！

身体是人真正的故乡，起舞，则是那张返乡的船票。

10

“人们花很多时间精力去伺候自己的身体，将它当作最高的主人；另一方面，却又不能意识到自己身体的存在，我说的是它本身的存在：身体的精力、潜能、可塑性等等。”

运动的意义即是寻找——物质的身体去寻找能量的身体，而能量的源头与本质，是信与爱。

运动最核心的目的是建立与自我的链接，通过身体助力精神的完善。当然很难，否则所有职业运动员都可能是智者。难的是在身体能量增长的同时，精神能量也同步增长——在那些与自己相处，磨炼身体的时光里，你充分地觉知、观照，把精神的步伐努力随之前移那么一点，哪怕是一丁点。

“运动除了强健一个人的体魄之外，更是一种‘文明其精神’的进阶过程。”一位运动爱好者如是说。

长期以来，运动在人们的认知中等同蛮力，等同“四肢发达”，这实是谬见。真正进入运动中才会发现，运动需要技巧与力量，同时也需要意志与智慧。很多优秀的运动员，并非只有一个极具天赋的身体，而同时有着与身体对称的理性、热忱与不乏深刻的思想，关于风险、恐惧、挑战和自我意志，我们能从他们那里得到更多启示。

若没有思考，可能一个错误动作你会做上十年或更长。同个健身房里练习同样时长的人，水平参差的原因除了身体条件，更有悟性与思考之别。

有人纯用肉身在练，而更高阶的运动是调动头脑、意识参与到肌肉练习中——当肌肉中包含了智性，肌肉才是有灵魂的肌肉。随物赋形。

11

“基本上，当你开始犹豫，你就踏上了搞砸的不归路。”这个有着凹陷眼窝，棕色皮肤的男人说。在人群中，这是一张普通的，说不上英俊的脸，但当他历经 2 小时 50 分，终于攀上一千多米的约塞米蒂国家公园半穹顶绝壁时，落日余晖中，他的脸所浮现出的几乎是某种接近于神性的东西。

他是世界著名徒手攀岩选手艾利克斯·霍诺德，拥有多项徒手攀岩世界纪录。在没有任何保护措施的情况下，他孤身徒手攀上海拔超过 900 米，垂直接近 90 米的酋长岩。

是疯子的游戏吗？他从伯克利大学退学，成为职业攀岩家。挑战的疯狂与凌驾一切的奋不顾身，只是出于一种鲁莽的荷尔蒙冲动？不，对他来说，那是经过直觉考量后的选择，是基于自我了解的精准推断与训练。如何战胜恐惧？驯服它！攀爬前，每次探路后他都会写日记，事无巨细地记下每个路段的细节，他精心考察路线，不断排除障碍，吊在绳索上反复练习所有动作，直到“一切都感觉是自动的”，而非草率的赌命。

在不断重复练习的过程中，他和陡岩之间建立了超凡的精神链接。那在观众看来恐怖的万仞绝壁，对他有了生命性。

此时，自我怀疑才是他要面临的最大危险。

当艾利克斯徒手登到岩顶，心颤悠悠提到嗓子眼的观众，似乎也在一瞬间接通了那些与强大生命意志有关的部分。我们不可能成为他，但我们看到在人类中有一个这样的他。他站上岩顶的那刻，我突然从这个西方人身上理解了“天地万物，皆为一体”的东方精神。

12

运动无法一劳永逸。只要停顿数日，它在肉体上留下的痕迹便会逐渐清零，像一块高弹海绵般弹回松散。这使得运动如同西西弗斯的推石上山，每一次结束即是新的开始。

“那个永恒的无穷动即是存在的根本。”

运动正是以这样的特性去督促人不可懈怠，保持动的常态。也正如思想，不要停下，不要陷入浑噩之中，持续地阅读与思考，才能使思想保持清明。

我庆幸多年前那个晚上，三十六岁的我去了那家带游泳池的健身馆，那面镜子里映出的自己，令我下决心走进了健身房，坚持了下来。

那面镜子，就像命运以镜子的方式闪现，使一样事物从此进入了我的生活。我已无法想象，一个数十年来从不运动的我会是怎样？当然，也许看去与现在的我并无大异，但无疑内在是不同的。

塑造人的生命的是些看似偶然的事物，但偶然中又蕴含着必然——我愿意把运动这件事物视作我生活中的一枚按钮，一个开关，一盏弧光灯。

它把另一种刻度的时间带到了跟前。

13

据说健身器械设计的初衷是为了活动关节与矫正体态，治疗重体力活所带来的身体损伤或是先天性的身体疾病。每个现代化健身房都拥有裸露的齿轮、杠杆和铰链，各种金属部件散发着冷兵器的光芒，又或让人联想刑具的恐怖。

当然也可以不依附任何器械开展健身，比如平板撑或斜板撑。三十秒，六十秒，绷紧的四肢仿佛变作树干往地面渐渐扎下去，逐渐生出须茎。闭眼，体会到盘古开天地中，他毅然化身成为神树，骨骼四肢化作树干，呼出的气息变作风云，毛发化作树叶的感受。

当然，我绝无盘古之神力，但那种手脚吸附于大地，让一股力量向下贯通的感觉或许是相似的。力传递至每个指尖，牢牢地撑起身体，生命的柔韧与延展似一棵树——枝丫朝向天空，根系扎向地下。

原来人是可以模拟一棵树的，不仅在神话中。

14

脚仍然不能离开墙完成“肩倒立”，偶尔有几秒，双脚可以离墙，但很快，脚依然要找寻墙面的支撑。向教练请教如何能做到这个体式，她的回答是调动腰腹核心，去寻找那个平衡点。我知道，这就像请教他人如何能把文章写得更好一样，答案其实全凭自己去体会，寻找。

那个可让身体不依赖任何介质竖立的“平衡点”，藏在身体的某一处，它必须协同正确的体能与发力，才能托举起身体。

我一次次试图找寻那个让脚离开墙面的“平衡点”，有些盲目。但在盲目中，兴许总会接近它的。这似深海声波般神秘幽微的存在——此刻，我在身体的内海凫游，在看似盲目中寻找一种确凿，一个回声。

还要练习多久呢？没有答案。能掌握这个体式吗？没有答案。

在一次次的寻找中，身体的边界逐渐扩展，正如人在阅读与省思中，去扩展识见的边界。

在寻找中，等待那个时刻的来临——或许它不会来临，但也没关系，寻找的过程本身有时即是目的。

15

“你健身完全就是为了名正言顺地多吃些。”朋友说。

“还是你了解我。”

运动后，我总是会吃一通。这一通不仅抵消掉方才消耗的热量，可能还增加了不少热量。和健身房那些不吃晚饭的女人比起，我辛苦上一堂课后又吃回去简直是种荒谬的行为。可算式似乎不能这么算，那该怎么算呢？我运动了，挺快乐。我正在吃，亦快乐，这是两个不交集，不可换算的各自独立的过程。

“一定要学会克制身体的本能。因为本能是一种欺骗你接受远远多于实际需求的欲望。”——这个实际需求是指饿或不饿？可美食有时是与饿或不饿无关的。它是身体在本能之上增殖的一种更高的需求。就好像，没有爱，人当然也可以活下去，但比起有爱的生活，无爱的生活显得如此空乏。

有次下瑜伽课，我在休息区吃带来的一块“提拉米苏”，健友路过，眼中全是恨其不争，“你这家伙太没意志力了，”我知道她眼中内容。她有多年没吃过晚餐，不碰甜点。面对她的恨其不争，我对她也深表同情。我想告诉她，尝点儿吧，甜点有着多么治愈的美妙！

像她一样，许多女人活在变瘦一点，然后就会变美一点的执念（幻觉）中。她们一生从未从那个体重秤上下来过，就像契诃夫笔下的别里科夫从未钻出过套子。

她们中的多数人，其实形象在他人眼中始终如一。体重秤上长期折磨她们的数字在他人看来，对她们形象的整体性其实不会起到任何影响。因为形象包含的绝不只是体重，还有线条、气质、识见等等。

窗外四季流转，美食气味温暖。这才是完整的人间生活。还有运动，如村上所说，生存的质量并非成绩、数字和名次之类固定的东西，而是包含于行为中的流动性东西。

吃与动的流动与平衡，才构成完整生命。

16

健身房，一男子走路姿势奇怪，有点像螃蟹横着走的劲儿，胳膊前后夸张晃动着——像某位肌肉发达的教练走法一样。但这男子分明身形瘦小。后来看到一个有趣说法，“假想高大背影症”：当你看到有的人明明没有壮实的背阔肌却爱端着肩膀走，估计患有此症。他们假想自己有发达的肌肉。

据说肌肉崇拜始自欧洲，在六七十年代，健身房和健身器械的普及带动了一场“肌肉文艺复兴”，造就了一批肌肉上瘾症，患有此症的人多有“猛男情结”，总怕自己体形弱小，为此焦虑。这批如今已不分亚欧的肌肉上瘾者，强烈渴望练出倒三角身材，追求六块腹肌，甚至因此抑郁，严重者自杀。这和运动上瘾症一样，类似于心理疾病。

与“肌肉上瘾症”性质对称的不就是“苗条上瘾症”吗？也许因为在女性中数量太广泛，它并没有被特殊命名。

无疑，对脂肪感到焦虑的女性远多过对肌肉焦虑的男性，她们中有不少患上“厌食症”，其后是人对身体过度、极端化改造的结果。从中反映的仍是牢固而强大的性别文化，或说性别政治对人的影响——必须承认，尽管科技与文明一直在进步，但女性作为男性审美的客体对象的这一事实也仍广泛存在。

无处不在的节食女性，她们对“瘦”有着魔怔般的狂热。她们中有不少是经济独立的自由女性，同时她们的自由又在受制——她们，并不真正地自由。

从这层意义，健身房是一个夹杂了诸多符号和诉求象征的地方。在看似生机勃勃的景象之后，存在着比“追求健康”更为复杂的文化，比如“运动”与“劳动”作为两个概念被区分开来，比如身体的消费性——利用各种器械和课程让身体变得更合乎某种古老（封建）文化的需求。

而在追求健康与迎合文化二者间，有时有着难以离析的交混，以及自欺？

某种程度上，健身表达的是一种社会身体。

17

一位代课教练把操课带得凌乱不堪，一会转圈，一会屈膝，他的动作是碎片化的，节奏强劲的音乐令人有情绪的冲动，却难以跟随舞动。脚步一再被打乱、中止，他并不知什么才是真正符合身体律动的流畅。谢天谢地，他只是来代课。

他让我想起某位作者，口才好，侃侃而谈，形成文字却晦涩，不知所云，句与句之间黏滞含糊，不知究竟想表述些什么——他的书面语就像一个乐感糟糕的人，跑调严重。

还想起一对创造“公式相声”的博士夫妻，他们骄傲而自信地认为相声应当创新，要“与时俱进”，于是乎把所谓公式理论引进相声，弄得相声不忍卒听。

每样事物中有其应遵循的规律，那个基本恒定的内核是决定一堂操课是否过瘾，一篇文字是否通顺，一个相声能否把观众逗乐的关键。

招式再花哨，没有把握那个恒定而内在的规律只能是一盘散沙。

18

有关身体的记忆。

瑜伽教练范说，她在新加坡参加一个训练营时，室友是位德国女孩。曾经是位芭蕾舞演员，有着灵活的四肢和良好的开合度，但在一次遭遇意外强暴后，她再也做不了“坐角式”——这是瑜伽中一个常见的开髋体式：双腿向两侧打开，使韧带有拉伸感。在深呼吸中，躯干向前趴下，用腹部（而不是胸部）尽量贴靠地板。

德国女孩告诉范，她的身体一夜之间突然再也回不到从前，紧张僵硬。她无法完成那个她曾轻松可以完成的“坐角式”，更完成不了很多芭蕾动作。她辞去了芭蕾舞演员的工作，开始学习瑜伽，希望有一天能恢复正常。

指导师告诉她，这个疗愈要配合心理——身体的问题不过是内在心理的投射。在冥想中，与自己对话，学会清除与放下。包括放下那份痛苦的“耻”的记忆——那不是她的错。她不该背负他人的罪恶。

身体汇聚着如此多的信息，遗忘与抵抗，缺陷与隐秘……

要继续前行，必须接纳身体以及附着其上的一切记忆，乃至耻与痛，在黎明的微光中奋力地纵身一跃，跳过那道黑色的裂谷。

19

家里收养了一只流浪猫，它时常在睡醒后照例做个“瑜伽伸展”，再迈着雍容步子去喝水进食。

一只猫咪，有着对于翻滚、攀爬、跳跃、跑动的本能渴望，它也将这渴望化作每日的行动。人同样有渴望，但在长期脑进化中迟钝了身体的渴望，更多是用大脑生成的目的性逻辑去支配身体。

“最强大脑”的优越排序使身体变得无足轻重，“体力”意味着灰尘、底层、骄阳、工厂或工地的轰鸣……

办公室里，无数高速运转的“最强大脑”之下是荒疏的身体。人们甚至希望甩掉“身体”这个可能带来麻烦的事物，好把全副精力投入大脑的“最强”。

会不会有一天，身体一再萎缩，大脑一再发达，身体最后像蝌蚪的尾巴，成为人们仅仅表示拥有过此构件的符号？到处穿梭漂浮着精明的脑袋，华丽的脑袋，与时俱进的脑袋，听从指挥的脑袋，既得利益的脑袋……

20

健身会所在市中心的某大院内，闹中取静。一楼和二楼是偌大的器械区，挨窗口有一排跑步机，运动时从窗口望去，树木葱郁，每棵都绿得那么独立、完满。

三楼是操房和瑜伽房，从一楼去向三楼是个带扇形回旋的楼梯，每次中午换好轻便的运动服走上楼，总是莫名愉快起来。

再之后，这所市区的健身中心关门了，我去了更远的一个地方上课，这个健身房临近湖边，有一整排临街的落地窗。每回上课，店长一定要进来把所有窗帘拉开——他觉得上课的会员是最好的广告。

2021年末，有次晚上拉丁舞课上到一半，转头，突然发现窗外不知何时飘起了细小雪花。路灯下，外面街道空无一人，只有雪花在阴冷空气中兀自飞旋，健身房内回响着音乐，教练在指导会员转胯，挺胸，收腹，始终不要降低头部的高度……这个话不多的中年男人，38岁时突然在公园迷上了拉丁舞，辞掉承包出租车的工作，不顾一切地学习拉丁舞，一天跳十个小时。几年后，他成为专业教练。现在他快五十了，他说会一直跳下去。

伏尔泰先生云："即使没有上帝，也要创造一个上帝。"健身或舞蹈，又或是其他爱好，就像一种宗教。

每个人都应当从自我生命中，去寻找从肉通向灵的信仰。

（《作品》2023年第4期）

所感

1999：一张驴皮

刘亮程

气味

火车驶离乌鲁木齐时天色已暗，我坐在一车厢说着维吾尔语、蒙古语和汉语河南话、甘肃话、四川话的嘈杂乘客中间，不同语言散发的气味混合在一起，闭上眼睛我也能闻出哪个气味是哪种语言发出的。后排那群四川人大声说着去年在南疆摘棉花遇到的各种事情时，空气中满是他们嘴里的大肉炒辣子味儿。他们或许就在火车站旁的川味餐馆里吃的晚饭。上车前我在那家川菜馆挨着的清真饭馆吃拌面时，辣子炒肉的味道和嘈杂的四川话从隔壁传过来。坐我对面的三个维吾尔族男人一定闻出我身上和他们一样的羊肉拌面味道，我眯着眼睛，透过一丝眼缝看车厢里的人。

前排的四个蒙古族男人，把拎来的两瓶子白酒和一包花生米堆放在餐桌上。我在这辆火车上碰到过喝酒的蒙古族人，他们喝高度白酒，低沉地说着蒙古语。若是在草原上，他们悠扬辽阔的歌声早已经唱起来了。火车上的环境让他们有点压抑。他们一直喝到半夜，把一车厢的其他语言都喝睡着了，火车到达库尔勒，他们摇晃着下车。

对面的三个维吾尔族男子要了六瓶啤酒，用牙咬开，倒在纸杯里，一人一杯转着喝。其中一个把啤酒杯朝我举了举，对我说了句维吾尔语，我对他笑笑，摇摇头，没吭声。他把我当自己的同族了。我跟他一样留着小胡子，前额的头发压住眉毛，因为清瘦而显得眼窝深陷。这是二十年前的我，眼神忧郁，看上去既像维吾尔族，又像哈萨克族和蒙古族。

我的斜对面坐着两个甘肃人，也是去南疆摘棉花的，棉花在他们说的甘肃话里，厚厚绵绵的，像是落了一层土，这是我老家的语言。他们中的一个斜眼看着我，他肯定一眼认出我是吃洋芋长大的甘肃人。我出生的前一年，父亲携家带口从甘肃金塔逃荒到新疆，在北疆沙漠边一个小村庄落脚，我在那里出生长大。我的长相中有我父亲的甘肃人相貌，又有我在西北风中长成的新疆人模样。可是，刚才对面的男人跟我说维吾尔语时，我微笑摇头的样子，可能让那个甘肃人认为自己看错了。

我不说话，他们就不知道我是谁。

做梦

火车过天山时我睡着了，我从北疆一路昏睡到南疆。醒来时火车已过库车站，对面三个男人不见了，换成两个戴头巾的年轻妇女。我赶紧摸衣服口袋，看行李架上的包。这个下意识的动作让我自己不好意思起来。邻座的人都换了，没一个眼熟的，那两个甘肃人也不见了，好像这一觉把我睡到了另一个世界。

“你做梦了。”戴黑头巾的女子用半生不熟的汉语说。

我突然想起在梦里见过这个黑头巾女子，在我没有完全闭上的一只眼睛里，一个黑头巾女子坐在对面，用她黑黑的大眼睛看我。之前我一直眯着眼睛，半醒半睡地听三个男人用维吾尔语说话，其实只有两个人在说，正对着我的那个好像不爱说话，但他一直盯着我看。这个跟我一样上嘴唇边蓄着胡子的男人，可能在我沉睡后说出的梦话中，惊讶地听出来我是一个汉人。

“你说了大半夜梦话，吵得我们都没睡觉。”女子说。

“你还像驴一样大叫，把睡着的人都叫醒了。”

车窗外一轮大月亮挂在半空，火车在穿越南疆大地。夜色里一晃而过的低矮村庄，灰色的，零星亮着的几扇窗户，像谁遗忘在深夜的家。早年我常梦见自己被人追赶，在灰暗的村巷里惊慌逃跑，整个村子没有一扇亮着的窗户，所有院门紧锁，我恐惧地跑出村子，荒野上没有月亮和星星，追我的人越来越近，仓皇中我发现自己突然长出蹄子，变成一头驴放蹚子跑起来。又好像我脱身站在后面，看见一头驴替我逃跑，追我的人在拼命追驴，眼看要追上了，我一着急发出一长串驴鸣。

“昂叽昂叽昂叽。”

母亲一听见我在梦里发出驴叫声就赶紧喊醒我。

我们家没养过驴，但邻居家有。村里家家养驴。我从小喜欢学驴叫。我能跟驴说话。我躲在草垛或土墙后面学公驴叫，能把母驴唤过来。我学母驴叫能引来一群公驴。我母亲怕我跟驴走得太近才不养驴，她最担心我长大后变成一个驴里驴气的人。

我不好意思地向黑头巾女子笑了笑，她的微笑从头巾后面浮出来，我看不清她的面容，我想那一定是一张美丽的隔在梦中的脸。

捎话

火车站广场上乱糟糟的，出租车和抢客的黑车混在一起。稍远的马路边停着一长溜毛驴车。那时毛驴在喀什城郊还有各种各样的活路，通往乡下和偏僻街巷的路还是驴和驴车的。我本来想找一辆汉族司机的车，转一圈没找到。前年我到喀什还打到一辆汉族司机开的出租车，他用一口流利的维吾尔语问我去哪。

拉我的维吾尔族司机也把我当成了本族人，他用维吾尔语问我去哪。

"艾提尕尔清真寺。"我用汉语回答。他扭头看了我一眼。

三天前，喀什文管所的老孙捎话来，说艾提尕尔清真寺边的买买提捎话给他，让他跟我说，有好东西了，赶紧去。买买提是老孙介绍给我认识的。他在清真寺旁开了家古董店，专收农民送来的老东西，又转手卖出。老孙是我在喀什购买老东西的向导，他跟喀什的古董摊贩都有联系，每当他带我去一个店，就鼓动我买他认为有价值的东西。

"这些东西错过就再没有了。"老孙说。

那时喀什老城的老东西多得没人要，在巴扎上，随处能看见摆卖的老古董。一次我在卖瓜果蔬菜的巴扎上，见一疙瘩锈在一起的铜钱跟土豆摆在一起，问了土豆的价钱，又问铜钱多少钱卖。农民说，挖土豆时一起刨出来的，要的话，跟土豆一个价。

长路

那些年我经常来喀什，早先坐班车，挤在一车厢说维吾尔语的人中间，遇到刮风时，昏天暗地，仿佛永远没有白天，我和他们一起睡着醒来。我醒来时眯着眼睛听他们大声说笑，我听不懂那些笑话的内容,但知道一定很可笑,也跟着一起笑。

有时一车人都在沉默，窗外辽阔单调的沙漠在沉默，天山光秃秃地立在右边，天上灰蒙蒙飘着尘土，这样的时间仿佛再生长不出一句笑话，车厢里也是呛人的浮土，土往人睫毛上落，把眼睛压得闭住。

突然，后排有人扯开嗓子唱起来，声音沙哑高亢，瞬间胀满车厢，又在车窗外面的荒野中回响。我听不懂歌词，但能听懂声音，那是沙漠里忧伤的歌，歌者的嗓音里弥漫着尘世的沙子。

睡着的人眨眨眼睛，在醒与睡间徘徊的当儿，歌声戛然停住。他只唱出孤单的两句，像是忘了词儿，我等他想起来再唱下去，等了不知多久，也许客车已经行驶了几十公里，扭头见那唱歌的老者已然昏昏睡去。

半车厢人睡着了，路还远呢，村庄过去是茫茫沙漠。客车不时地在一处沙丘旁或红柳丛边停下，男女左右分开，在荒野中方便。那时从乌鲁木齐到喀什，客车要走两天一夜，两个司机轮流开。乘客也轮流睡觉，同一时间，总有人和其他人睡不到一起，别人睡着时他眼睁睁望着窗外，大家都醒来时他睡了。也有人白天把觉睡光了，晚上睁大眼睛，看别人睡觉。

我强忍瞌睡，等到满车厢的鼾声响起，维吾尔语的梦话前一句后一句地说起来，语言携带的气味浓郁起来，这时候，我才迷迷糊糊睡着。

我一睡着就暴露了自己。一车人中就我一个用汉语说梦话。我平时说话轻言慢语，但梦中说话声音大。我知道当我突然说出汉语的梦话时，醒着的人会扭头看我。

喀什

我喜欢乘车离开乌鲁木齐往喀什走的感觉，仿佛走向一个深不见底的过去。

那时的喀什，在我的感觉里确实是一个大半截身子还没有走到现代的城市，它满街的汽车轱辘和人腿加起来，也没有毛驴的腿多。喀什被毛驴驮着运转，街上都是驴和驴车。我一直认为毛驴是往回走的动物，它们对去一个新地方没有兴趣，这个赶驴人都知道。他们经常遇到的事情就是，赶驴车去沙漠戈壁打柴，人在车上丢个盹，驴就调转头往回走了。我感觉当地人对未来的态度也差不多,尤其是男人们,喜欢背着手走路，你看他们脸朝前走，两只手却背在身后，操劳着过去的事情。

我的两只手也在倒腾过去的事情。我喜欢文物，他们管文物叫老东西。一次我到喀什英吉沙一个贩子家，我问，家里有老东西吗？那男人看我一眼，转身带我到屋后的葡萄架下，指着坐在荫凉处打盹的白胡子老头，说，这是我们家的老东西。

那男人跟我开过玩笑后，手伸到一堆干草下面，掏出几个坛坛罐罐来。

喀什确实是一个属于过去的地方，它的街道、巴扎、做手工的匠人和拉车的毛驴，都在离我很远的时间里。我知道回到过去的路，在世间所有道路中，我最熟悉的一条就是回去的路。人们一路留下的老东西上有时间的印记。

我一直盯着喀什的那个时间在看，它像沉在水底的一枚银币，我等待它浮上来。我看跟它有关的所有文字，看出土的那个时期的文物，我不知道想看见什么。

五块

出租车在艾提尕尔广场停住，问多少钱，司机伸出一个巴掌，我会意地笑笑，递去五块钱。上一次我从汽车站坐驴车过来，赶驴的老者也伸出一个巴掌，他望着竖立在广场上“毛主席挥手指方向”的高大塑像说：“五块，毛主席说的。”

这座毛主席像是二十世纪七十年代塑的，当时不少县市的中心都塑有一尊“毛主席挥手指方向”的高大塑像，喀什的雕像也成为这座老城最显著的地标。这尊毛主席像经过塔里木盆地几十年的风吹日晒，也越来越像喀什人了。

我在玉器店也见过雕刻的毛主席头像，怎么看都像有点当地人的长相。我想，这肯定是当地玉雕师傅的手艺。有一点当地人味道的毛主席像，或许更加让人感觉到亲切。

那些年，毛主席伸向空中的一只手，给喀什所有东西定了价。拌面、抓饭、帽子、套鞋、皮带和一公斤葡萄干等等，都是五块钱。“五块，毛主席说的。”——这句话成了全喀什的流行语，那些东西的价格过了这么多年也不变。

驴皮

老孙已经等在文物店里，店主买买提从塞满了旧铜器的柜台下抽出一卷压扁的皮子，皮子毛面朝里卷又从两头对折过来，像一个包裹，一看就有些年头了。

买买提打开对折过来的皮子，嘴里不停地说着维吾尔语。老孙翻译说，买买提说他刚收来的时候，皮子又干又脆，不敢动，喷了水，阴了几天才柔软了。

接着皮子慢慢摊开，皮面是光的，剔了毛，但边角处还留有一些黑毛。

“是张驴皮。”我说。

我原以为皮子里裹着什么贵重东西，直到一张完整的驴皮摊开在柜台上时，却没看见任何东西。

“这里。”买买提指着已经发黑的皮面让我看。我凑过去，果然看见皮子上模糊的文字。

“是回鹘文。”老孙说。

我忍住怦怦的心跳，却装出漫不经心的样子，在皮面上扫了几眼，密密麻麻的回鹘文写满一张驴皮。

老孙和买买提都知道我喜欢喀喇汗王朝时期的老东西，尤其对回鹘文书之类的东西见了就买。

我努力把心放平静，抬头问老孙：“啥内容？”

“应该是佛经。”老孙说。老孙和我一样，只能认出回鹘文字的形，并不懂啥意思。

“怎么样？”过了好一会儿，老孙问我。

“谈谈价再说吧。”我心不在焉地看旁边柜台上的东西，脑子里浮现的却是写满整张驴皮的回鹘文佛经。

买买提只会说一些简单的汉语，老孙的维吾尔语说得很溜。我故意离开点，听他们俩用维吾尔语讨价还价，我假装听不懂，其实我确实听不大懂，只听他们说一些钱的数字。

买买提说三千。

老孙说太贵。

买买提说三千卖了你有五百的排档子（好处）。

我摸摸口袋，只有一千块钱。

我正盘算着，老孙叫我，说："买买提要五千块，我降到了三千块，你看怎么样。这个东西确实罕见。"

我说："现在出土的回鹘文佛经多，不稀罕。"我让老孙给买买提翻译，说写在驴皮上的佛经不好，死驴皮是最不干净的东西，留在店里也不好。

没等老孙翻译，买买提说："你给个价，多少钱买。"买买提听懂我说的汉话了。

我把口袋里的一千块钱全掏出来摊在手里。

"我就带了一千块钱。"我把四个口袋全都底朝上翻出来让他看。

"我得留下三百块住宿和买回去的火车票，剩下的七百块钱全给你，卖我就拿走，不卖就算了。"

买买提把摊开的驴皮又卷起来。"一个毛驴子还七百块呢。"买买提嘟囔着。

老孙忙用维吾尔语跟买买提讨价。老孙说："你看，刘老师是我的老朋友，也是你的老买家，这些年买过你不少东西了，这个死驴皮嘛就便宜卖给他吧，下次他钱带多的时候，再贵一点卖给他别的东西。"

买买提说："看在你的面子，我最低一千块钱给。你的排档子嘛就没有了。"

老孙说："这个样子吧，我让他再加一百块，八百块钱成交行了。排档子的事以后再说。"

买买提无奈地点了点头，用半生不熟的汉语跟我说："看在老孙的面子，八百块，一毛都不少。"

老孙也说："你看这样吧，这个东西我也是第一次见，让别人买走就可惜了。你给他八百块吧，今晚你就住我们单位宿舍，住宿钱给你省下。你看咋样？"

我赶紧说谢谢谢谢，从手里的钱中抽出两百块，其余的全递给买买提。

巷子

老孙说单位有事先走了，我没让他陪我，我要去的地方他不知道。其实我也不知道要去哪。我背一卷干驴皮，往艾提尕尔广场后面的巷子里走，走一截抬头看看清真寺上的弯月，有一段看不见了，我就往更远的巷子走，直到又仰头看见那枚弯月。这时我脑子里浮现的却是一千年前的一座佛寺，我没想过要来找到它，就像从来不想认识我收集的文书上那些回鹘文、于阗文和龟兹文。我只是长久地琢磨和喜欢着它们不被我认识的样子。

巷子里满是往来的驴和驴车，我背一卷干枯驴皮走在其中，感觉驴都在斜眼看我。我能想到驴看见一个背着驴皮的人是什么感觉。

不时有驴鸣响起。我仔细辨认驴的叫声和音节，跟我小时候在北疆村庄听见的驴叫一模一样。驴不会随着人的口音而改变叫声，狗却会。在我们北疆村庄，河南庄子的狗会叫出拖长音的河南腔来。甘肃人村庄的狗叫声则仓促厚实，能听出甘肃话的味道。我住的村子河南人和甘肃人各一半，听叫声我就知道哪条狗是甘肃人家的，哪条狗是河南人家的。一次在乌鲁木齐跟朋友喝酒，他们都在说段子逗笑，我把这个早年的发现说给大家听，还学了河南腔和甘肃腔的狗叫，他们都以为我在讲笑话。

我对声音有特别的敏感，早年我学鸟叫，能把树上的鸟儿叫到地上来。我学乌鸦的叫声尤其像，村里常有乌鸦集结，有老人的人家都害怕乌鸦在自己家的树上叫，说不吉利。我却喜欢乌鸦，我学它啊啊的叫喊时，感觉自己是一个心在天上的高傲诗人。

我学得最像的是驴叫，如果我在这个墙角学公驴叫，一定能把那头拉车的年轻母驴叫过来，但我忍住没叫。

回来时我坐了辆带凉棚的毛驴车，赶车的老人对我笑笑，我递了两块钱给他，在巷子里看不见毛主席像，也不用给一巴掌钱。那头驴走几步，扭头看我，也许在看我抱在怀里的干驴皮。

翻译

晚上在老孙单位宿舍，我小心摊开驴皮，用放大镜逐字逐句地看，我熟悉那些回鹘文，这些年我收集了不少回鹘文古文书，但我从未试图去解读。我喜欢长久地看那些我不认识的古老文字，对其保持着难言的陌生与好奇。

老孙给我找的回鹘文学者来了，他叫库尔班，大胡子，看样子有六十多岁，汉语说得很好。老孙说库尔班老师能读懂这里出土的所有古老文字。

库尔班拿着我的放大镜看了好久，说这是由于阗文转译的回鹘文《心经》。他指着驴皮脖子左下角的最后一行字说："这里注明是于阗王新寺马主持捎给疏勒桃花寺买生主持的佛经。"

我的血再一次涌到头顶。我在多年的收集阅读中早已熟知这两个寺院的名字。当库尔班说出于阗王新寺和以此为疏勒桃花寺时，我就像在很远处听到有人说起我家乡的名字。

送走他们后我又匍匐在驴皮上，拿放大镜仔细辨认，我拿熟记于心的汉语《心经》一句句地对着回鹘文读，当对照到"究竟涅，三世诸佛"时，我猜想回鹘文中"佛"是哪个字，又担心我认识了它。我着迷的是字不被认出时的样子。

我的注意力落在边缘的皮毛上。

这张驴皮剥得很完整，从蹄子到脖子、头，整头驴的形状完美无缺，尤其令我好奇的是，它萎缩的尾巴根部，完好地保留了毛驴后阴部分，让我一眼看出这是一张小母驴的皮子。

皮子从驴脖子靠耳根处整齐割开，驴头部的毛没有剃去，能清晰地看出一头完整的驴脸。

应该是一张于阗小黑母驴的脸。

我观察过于阗驴和喀什驴，两者的差别是于阗驴毛色黑，喀什驴偏灰，但驴叫声没有差别。

我猜想这些文字应该是驴活着时刺在驴皮上的，这头小母驴身负一部《心经》，从于阗王新寺，走到疏勒桃花寺。这期间喀喇汗和于阗的拉锯战打得正酣。这头小母驴一路经历了什么？我怎样才能知道它所历经的所有故事？

倔强

从喀什回到乌鲁木齐的很长一段时间里，我的精力集中在这张驴皮上，我把之前收集的于阗、喀喇汗王朝时期的文书和器物摆在铺开的驴皮周围，每日把玩琢磨，我想象这头留下一张皮子的小黑母驴，一定看见或者驮载过这些东西。那时毛驴是主要的驮运工具，人驴形影不离，人拿过的，驴都驮过。

我想着这头小黑母驴时，时常嗓子痒痒的想放声鸣叫。我脖子伸直，脸朝上，喉管一鼓一鼓，却从没有发出过一丝声音。

有一天，我突然决定开车去和田，再到喀什，沿着这头驴走过的地方走一遍。那也是一千年前于阗国和喀喇汗王朝间拉锯交战的战场，至今留有大量麻扎和佛寺遗址。我在手绘地图上标出那时候从于阗到喀什的佛寺和麻扎的名字及具体位置，它们连接起一条一千年前的路。

可是，这一行程在半路上的库车终止了。

我被库车老城满街满巷的驴和驴车留住。那时的库车县四十万人，有四万头驴，四万辆驴车。每个周末龟兹河滩上的万驴大巴扎让我流连忘返，仿佛全世界的驴和驴车在那里聚集。我在巴扎上听驴叫，有时偷偷地跟驴一起叫。

巴扎上全是驴和人的嘈杂声，我在驴堆里闲逛，摸摸这个的脖子，拍拍那头的屁股，看没人注意，蹲下身，喊出一声驴鸣。旁边的驴立刻跟着叫起来。我小时候跟驴学的叫功，随着年壮喉粗显得愈加苍劲逼真。当我和驴一起大叫时，没有人听出满河滩的驴叫中有一声是人的，我也不觉得我是一个人在叫，只感到我和驴是一伙的。我昂起头，伸直脖子，扯开嗓门，我听见我在驴世界里的声音，比我在人间的更大更响亮。

我在库车的数年间，目睹驴车被电动三轮车替代，“昂叽昂叽”的驴叫变成“突突突”的机器声，我经历了毛驴从极盛到几乎灭绝的全过程。那是驴的末世，是驴和人在这个世界的最后交集。

我憋了一股子倔强的驴脾气，写成《凿空》这部书。

现在，人们只有在我的书中才能找到那么多的驴，听到那么昂扬的连天接地的驴叫了。

我在库车过足了一个人的驴瘾。

我以为我把驴的事情交待完了，以后我再不会写到驴，这个世界跟驴没关系了，所有路上不会有驴蹄印，田野里不会有驴叫，连天堂里也不会有往来的驴车。

可是，我的梦里还有一头驴活着。

一个夜晚我又梦见自己被追赶，我在恐惧中拼命逃跑，眼看被追上，我看见自己四蹄着地，放趟子奔跑起来，脚下是熟悉的荒野沙漠。

这一次，我清楚地看到梦中替我奔跑的那头驴的脸，白眼圈，黑眼睛，眯一个缝看我。在我早年的无数个梦中，我都只看见它奔跑的蹄子，仿佛我爬在它背上，又仿佛脱身在别处，我把恐惧和被追赶的命运扔给了它，却从来没有看见它的模样。

醒来我突然想起那张驴皮上的脸，我取下放在书架顶上好久没动的那张驴皮，小心展开，我惊讶地看见一张和梦中那头驴一模一样的脸——一张小黑母驴的脸。

我突然又有了写驴的冲动，我写过库车的万驴巴扎，写过河滩大巴扎上的万驴齐鸣。

这一次，我要写一头小黑母驴，我给它取名叫谢，我听见它的叫声了。我也听懂它在叫什么。

我写的这部书叫《捎话》。

（《天涯》2023 年第 1 期）

街市的风景诗

丁　帆

小时候，夏天躺在夜空下的竹床上乘凉，仰望银河，听大人们讲述牛郎织女的神话故事，以为男耕女织的田园牧歌就是世界上最美的生活。后来看到罗马神话中说，天上的银河起源是女神赫拉的奶水为哺育婴儿赫拉克勒斯，而喷射飞溅出来的乳汁形成，觉得这个故事太浪漫了。尤其是第一次看到意大利文艺复兴时期人文主义画家丁托莱托那幅《银河的起源》后，那朱诺喷射奶水的画面带着世俗裸体之美震撼了我。同样的银河故事，同样的人性题材的选择，其人文主题的指向却是不尽相同的。

可是，儿时我并没有知识和审美思想，总是梦想着，如果把灿烂的银河下凡到南京城的夜景里来，让它成为星罗棋布的街灯夜市，那该是多么浪漫的景象啊。因为那个时代城里的街灯甚少，相距很远的一杆路灯是死寂黑暗城市里的一盏微光。

当我后来读到郭沫若的这首诗的时候，就把南京城里的夜景当成了白昼里天上的街市。再后来，我常驻朝内大街 166

号，也没有看到北京灿烂的天上街市。每逢星期日白天便在大街小巷里串，成为二十世纪八十年代初观看北京街市的“胡同串子”。

从小住在大院的时间多，却更喜欢那种充满着新奇感的南京风俗画街景。夫子庙自不必说，除了吃喝玩乐的场景，能够诱惑人的就是花鸟市场和古玩店了。喧闹的市井风俗构成的街头风景，之所以能够吸引一个儿童，是因为那样的风景、风俗和风情是与学校和大院里枯燥的生活情境大相径庭的，异质情调的世俗生活才是一种人性本能的追求。我读到的第一篇儿童文学作品不是课本上的《高玉宝》，而是张天翼的儿童文学《罗文应的故事》，后来改编成电影《罗小林的决心》；还有《祖国的花朵》，每逢“六一”儿童节都要去看。看腻了就烦透了，因为许多儿童和我一样，都是贪玩的坏孩子，一看到街上有什么好玩的事情，就被吸引过去了。罗文应最后改正了这个缺点，可我却是屡教不改，这个缺点恐怕要被我带到棺材里去了。

长大一些，看到大人站在夫子庙旧书摊前看书，觉得这种姿态十分帅酷，是一种有文化的象征，便开始在旧书肆淘书了。看不懂古籍书，就把小人书当成了启蒙课堂。从小养成的藏书癖，就始于在旧书摊上购买大批的小人书，自以为这是一件有兴趣的事情。从翻看小人书开始，到大量的小说阅读，我沉溺在不务正业的课外阅读中，以至于发展到用手电筒在被窝里读，就着窗口的月光通宵偷读。

读英国人安德鲁斯《寻找如画美：英国的风景美学与旅游，1760—1800》，读到“有趣味的人”才能发现这些平常的风景，让人进入一种“画境游”的文化语境中，心中便豁然开朗起来。他用了一个十分令人兴奋的浪漫词语来定位这种趣味——“风景诗”，这让我激动不已。

朱状元巷

从水西门至朝天宫的路边插进一条街巷，但见路边房屋的山墙上挂着一个蓝地白字的牌子：朱状元巷。这就是那个时代南京街市最熟悉的路标，巷口有个露天的小便池，便池内积满了厚厚的黄褐色尿垢，壁上的尿结石已经积成了墙皮，随时都有掉下来的危险。那个年代南京的许多巷口都有类似的小便池，仅供男士专用，当然，也偶有妇人在此倒马子。大约走一百米后，便来到一个带门钉的剥落黑漆的大门前，门两旁有石鼓一对。跨过高高的门槛，转过照壁，里面是一个三进的大户人家房子，似乎第三进后面还有一个通往另一个大空间的地方，那里也有庭院和房子，估计过去也是属于同一户主的房地产吧。

显然，这里是公管房，三进房屋里住着六户人家，算不上是挤挤挨挨的居民区。每一进都有一个三四十平方米的天井，中间是用小青砖立着铺就的地面，只是经常泼水的窨井处泛着薄薄的绿苔，留下的是六百年前庭院的历史印痕，这也算是南京城闹市区中一个不小的院子了。

进入天井，经常看见表哥和对门的那个扎着长辫子的邻家女孩在打羽毛球，于是，老一辈的长者都在窃窃私语。我朦胧地意识到他们渴望青梅竹马的两家孩子结成秦晋之好。

记得表舅家住的是第一进东首的那间大屋，东西两家中间原本是一个大客厅，如今已经被分割成并无界线的两个隐形的厨房了。两个煤球炉、两张搁着油盐酱醋的桌子、两套扫帚拖把分列两边，两家的板壁上也都挂满了林林总总的杂物。这种对称的风物景观，一个没有分界线的公用厨房，几乎是当年南京住在这样大杂院里通篇一律的风俗风景画。

住房是一间大约三十平方米的屋子，里面放着一张大床和一张小床，中间有一道乔其纱布帘隔挡，白天拉开，晚上关闭。也许这就是二十世纪五十年代到八十年代南京城市居民家庭住房的普遍景观吧，表舅还是莫愁路小学的校长，其待遇如此这般，也算是很优渥的了。

我们家弟兄三个，没有姐妹，之所以喜欢到这里来玩耍，就是因为表哥也是独子男儿。他是五中篮球队的主力队员，当然是我们的偶像，一米八六的个头，人也十分憨厚老实，细细的眼睛，厚厚的上嘴唇微微上翘，脸上永远挂着笑容，关键是他什么体育运动都会。他带我们出门玩耍，近者去门口的康乐球店铺，教我们打康乐球；稍远去朝天宫玩耍，在广场上，他教我们玩抖嗡；远者带我们去莫愁湖公园划船，去上新河看郊区风景。他的名字叫祁山，名如其人。

每次去水西门朱状元巷，祁家表舅一声吆喝，表哥就会拎上一只铝皮大饭盒出门。我跟在他屁股后面，出了巷口，向右拐弯，就是安乐园饭店，在那里买包子点心；向左行走，两个拐弯，便来到水西门的几家鸭子店，拣排队人少的队伍买盐水鸭。那时南京市民但凡家里来了客人，蔬菜是家里做，荤菜必定是上街斩一只或半只盐水鸭。那个年月的盐水鸭真是好吃，尤其是水西门的，鸭肉之嫩，自不必说。鸭皮之下没有一点脂肪，紧贴嫩肉，柔软而带嚼劲，连那鸭卤下面或泡饭都是喷香的，因为那鸭卤里面的确漂着一层腌制的桂花呢。

二十世纪九十年代初，我在给北京出版社编辑民国旧文人写的《老南京》散文集时，看到我们南大中文系老前辈卢前（卢冀野）写的那一篇《鸭腌制史》，不觉眼前一亮。卢冀野先生是个美食家，也是一个南京通，他在文章中详细地描述了南京的鸭业，以及盐水鸭、酱鸭和一鸭多吃的制法，可见二十世纪四十年代南京尚保留着明代迁都北京带去的烤鸭技艺。“金陵之鸭名闻海内。宰鸭者在今日约有百家。鸭行在水西门外，约三十家。销鸭以冬腊月为多，每日以万计。鸭之来源，以安徽和县、含山、巢县、无为、全椒为多，六合及北京近郊占极少数。鸭客人（即鸭贩）到京即投行。鸭铺（即鸭店）上行，由行客铺共同商议。六月之鸭，养大不易，所谓早鸭，因吃麦梢，体质太嫩。腊月之鸭，因天寒亦不易孵育。八月之鸭最好，在桂花开时，故称桂花鸭。十月，冬月，谓之宿槽鸭，以稻喂养，亦甚肥美。”

他的描述应该是准确的，出了水西门就是城外，除了卖菜小贩每日清晨挑着担子进城叫卖外，那里的上新河码头商船云集，穿梭着南来北往的贩夫走卒，甚是热闹。我小时候看到那种民俗风情十分浓郁的风景时，仿佛进入了另一种世界。卢前当年是国大代表，显然深谙首都的民情风俗，并且做了田野调查，对鸭业了如指掌。如今南京坊间还保留着“水西门的盐水鸭”招牌，就是证明其来路的正宗，其制作方法为传统工艺。其实从二十世纪八十年代后，水西门的鸭子远不如“国卤”和“韩复兴”的盐水鸭好吃。尤其是“国卤”的盐水鸭，尽管无卤，却有桂花回味之齿香。卢前先生说得对，盐水鸭的选料应该在八月桂花开时，因为那时的鸭肉肥而不腻、肉质紧致，不像如今激素催肥的鸭肉寡淡而肥腻。这个道理直到几年后我在农村放鸭时才了悟。

卢前先生说，南京城里“鸭店喜用‘兴’字为市招，如韩复兴、金恒兴、魏洪兴、刘天兴、濮恒兴、蔡恒兴皆其用著者。大抵回教人占十之九，非回教者十之一”。至今尚在者，唯有韩复兴、魏洪兴两家，但是，卢前先生漏掉了一爿最著名的饭店，那就是马祥兴。马祥兴的鸭子可能在民国年间被他家显赫的四大名菜所覆盖了，但是，如今的回民却是喜欢在他家买鸭子。尽管他家的鸭子并不好吃，前来排队者却络绎不绝，也许这是信仰的力量吧。

当年与表哥一道在水西门鸭子店里买的盐水鸭，的的确确是有桂花浮动的呀。一口下去，桂花香味绕齿不绝，至今还在我的味蕾记忆中盘桓。

开饭了，只见表哥从房间的大床背后滚出了一只直径一米五左右的木质圆盘，把门口那张四仙桌拖至屋中央，圆盘往上一放，十个人上桌还十分宽绰。这虽是那个时代人们在狭小空间里的生存之道,却也是一种智慧,充满着世俗意味的氛围，让我久久眷恋。这些消逝了的旧时堂前风景，带着历史的瘿瘤之美，如今却离开了我们的文化生活视线。

表舅乃高阳酒徒，每天都是要喝几口的。一般都是普通的高粱大曲，偶有一次，他竟然从床底下摸出了五六块钱一瓶的茅台酒，边饮边高谈阔论。每喝一口都发出嗞溜的啜饮声，脸上露出无比幸福的灿烂笑容。他很少夹菜，但看得出来，那是他最幸福的时刻。就是那个时刻，他非让我尝了人生的第一口酒。

多少年后，我才知道，原来朱状元巷是明代万历年间的南京籍状元朱之蕃侍郎的府邸所在地，同时知道了他也是一个古玩收藏家。那么，朝天宫古玩市场的历史与他有无关联呢？我以为这个答案于我来说并不重要，重要的是我在这里闻到了南京街市生活风景的烟火气和烟水气，它让我觉得这样的生活才配得上一个真正的南京市民的生活风景。尽管清苦，却有另一种市井意趣。

三十多年前，当我读到叶兆言《夜泊秦淮》系列中篇小说首篇《状元境》时，就立马想起了朱状元巷的街景。小说一开头夫子庙里的街景生活情形就把我镇住了："状元境这地方脏得很。小小的一条街，鹅卵石铺的路面，黏糊糊的，总透着湿气。天刚破亮，刷马子的声音此起彼伏。挑水的汉子担着水桶，在细长的街上乱晃，极风流地走过，常有风骚的女人追在后面，骂、闹，整桶的井水便泼在路上。各色各样的污水随时破门而出。是地方就有人冲墙根撒尿。小孩子在气味最重的地方，画了不少乌龟一般的符号。状元境南去几十步，是著名的夫子庙。夫子庙，不知多少文人骚客牵肠挂肚。南京的破街小巷多，老派人的眼皮里，唯有这紧挨着繁华之地，才配有六朝的金粉和烟水气。"是的，没有这历史生存的嘈杂和烟水气，那就不是南京的人文风景了。

永别了，南京清晨的刷马子声；永别了，南京街头巷口露天便池里那悬挂着的黄色尿垢。

木料市

木料市里的民居生活情形就更类似《状元境》里的生动描写，尤其是城南一带如此烟火气、烟水气的世俗生活风景在我记忆的历史底片中屡屡曝光。

木料市就在新街口丰富路往朝天宫水西门方向斜插进去的那条长长的街巷中。与朱状元巷不同的是，这里的房屋经过改造后，临街大门的门脸变小，进去后拐上几个弯，穿越一个照壁，才能看到明清式的大房屋。同样是那种高大的几进老式房子，进与进之间早就被围墙隔断了，每一进均由一个小门出入，显得更加逼仄。天井已经被各家改造成灶披间，权作厨房。拥挤中是没有隐私可言的，所有的空间都被人和杂物占据着。这就是当时居住在新街口街巷里南京市民真实的生活风景，与当年上海普通住民居住的风景并无二致。家中都是在房内拐角处放置马桶，客人上个厕所都得去外面巷子里的公共场所排队。

虽然这里拥挤，但是，我的童年和少年时期许多星期天都在这里度过，因为母亲的大姐就在这里居住。长姐如母，她像一个母亲一样惯着自己最小的妹妹。更令一个孩子向往的是，姨娘做得一手好菜，尤其是小河虾挤出后砧成的油炸虾饼，成为家常菜一绝，温油炸成橘红色，一口咬下去，满口留香，终生荡漾在齿间。

多少年后，我终于在几十年守口如瓶中知晓了母系家族史，我惊讶姨娘曾经也是大家闺秀。当我站在她们家在县城里的两排四进几十间的旧式大房子的天井中，看到隐入烟尘中的母亲、姨娘和几个舅舅渐行渐远的历史背影，便看淡了浮云与浮生。

表姐和表妹都是与我们年龄相仿的中学生，她们羡慕大院里住洋房、用抽水马桶的生活，我却在骨子里喜欢有烟火气的街市生活，其根源就在于城里的街市是看不厌的风景，那里有许多有趣味有故事的好玩地方。当然，还有一个原因就是十分想脱离父母的管束，所以，对姨娘要求母亲把我过继过去的笑谈，我也没有吱声。

新街口的中央商场和百货公司是表姐表妹们喜欢的去处，但我却更喜欢去小街小巷里面流窜，看街边那些小地摊上的各种小玩意儿；看街头犄角旮旯象棋残局的博弈；看街头围观斗蟋蟀的精彩镜头；看街边相面算卦，听瞎子给善男信女算命时信誓旦旦的胡说；听炒爆米花的匠人踩响爆破筒那一刻，放炮巨响带来无比的快感；看街头江湖艺人舞枪弄棒表演武术；看卖大力丸的游侠拖着猴子翻筋斗，将胸脯拍得山响通红；看卖花姑娘如何把即将枯萎的白兰花洒上水，追逐路人求买的……这一切，对于我来说是新鲜有趣的风俗画的街市，它似乎有一种魔力在吸引着我。

水西门

每一年进城看国庆游行表演，是当年南京少年儿童向往的盛典。那些年母亲已经调到市日杂公司的水西门陶瓷批发部工作，于是，在水西门路边批发部的楼上看国庆游行，也算是有了一个较好的观察点。因为当年游行的中心广场是在新街口，东西南北四路人马均需在新街口交汇分流，而最好的观察点当然是在新街口中心区域的西式高楼上，但是，又有多少人能够进入那个区域呢？我们能够看到南路的游行队伍已经是很幸运的了，因为城南的游行队伍花样最多，而且旧城南的街市多，老南京人多，中学也最多。我们更希望能看到穿着洋服、吹着洋号、打着洋鼓的中学生仪仗队雄壮的方阵，这是那个时代少年英雄的集体情结。

国庆节放假前一天的九月三十号晚上，我们就住进了陶瓷批发部的那木质的旧楼上。打地铺对于我们来说是十分新鲜有趣的生活方式，睡在陈旧的木地板上的感觉真是舒服极了，和去高桥门支农时睡在仓库大通铺和稻草地铺上的感觉又有所不同。同样是新鲜，但是，城里张灯结彩的节庆氛围，以及霓虹灯影、爆竹声响、高音喇叭里的音乐声和反复播放的街市戒严命令，都让我兴奋不已，快乐得失眠。

水西门虽然是在城里，且也近市中心，但一出水西门，那就是乡下了。旧式文人当然是喜欢乡下里的一派摇曳多姿的风景，因为它更接地气。张恨水有诗云："领略六朝烟水气，莫愁湖畔结茅居。"小时候去水西门外，无非就是去莫愁湖。那时的印象，莫愁湖远比玄武湖土气多了，除了几个破旧的亭台楼阁，看到的都是湖边的柳树而已，那就是陈西滢说的散发出民国土气的"半城半乡"去处。

那个岁月，南京的孩童最先认识的树种有三，一是柳树，二是杨树，三是法桐。后来读到刘鹗的《老残游记》中形容济南"家家泉水，户户垂杨"风景赛江南的描写，不觉有点夸张。南京无论是护城河边，还是秦淮河旁，抑或各个湖泊湿地，皆有柳树成行之景。八年后看到扬州瘦西湖畔垂柳蜿蜒几里，成为一景，不觉一笑，心想，南京的柳树那才是不经意的多呢，难怪张恨水专门写了一篇《白门之杨柳》的散文。那是二十世纪四十年代的南京杨柳，与我看到的南京六十年代的处处杨柳几乎一模一样："正是你一出城门，就踏上一道古柳长堤，柳树顶尽管撑上天，它下垂的柳枝，却是拖靠了地，拂在水面，拂在行人身上。永远透不进日光的绿浪子，四处吹来水面清风，这里面就不知有夏。我曾在南京西郊上新河，经过半个夏天，我就有一个何必庐山之感。这里唯一给予人清凉的思物，就是杨柳。”这显然是一个通俗小说家浪漫夸张之描写。然而，南京但凡有水之处便有杨柳，已然是见多不怪了，可惜张恨水生活的年代，南京东郊一带的法国梧桐尚未成巨树，而二十多年后，我们看到从新街口到中山陵的法桐林荫大道已然成为南京最亮丽的风景线了。尤其是中山陵那里参天的巨树越来越粗壮，这就让南京人忘却了柳树的历史存在。

清凉山

小时候的活动范围主要是在城东南，北面行脚止于中央门，其门外却没有去过；西面走得倒是甚远，一直游到了上新河。所以，清凉山、扫叶楼、乌龙潭这一带就算是城内的去处，然而，这里的风景虽好，当年的南京人却忌讳去这些地方。你尽可以在许多地方，尤其是在挤公共汽车时，听到南京人一句最恶毒的咒语“你抢到清凉山去啊！”因为清凉山是南京从二十世纪三十年代到八十年代，长达半个世纪唯一的城中火葬场，小山间的烟囱冒出来的白烟都让人感到一丝并不清凉的感受，有点瘆人。记得十五岁那年，祖父去世，楼下来了一辆老式的英国老爷车，就是南京近十年前突然出现在街头的那种黑色的英伦 TX4 车型，旧时许多著名电影里出现的巨星都是从这种时髦车型中跨进街市的。车内十分宽敞，二十世纪六十年代南京的车辆用黑色象征着丧礼色彩，进口小轿车则几乎是绚丽的色彩，湖蓝、宝蓝居多。殡仪馆的黑色车辆的车头前镶着一大朵绸布白花与飘带，给人一种恐怖的肃杀。与出租车不同的是，它的门是从后面开的，打开以后，便从底部滑轨处抽出一副担架。司机和入殓师一起将死者抬上去，家属可以坐在死者担架两旁的长条座椅上，同往通向天堂的入口——清凉山殡仪馆。

那天，我和父亲一同去的殡仪馆，我丝毫没有恐惧，因为我和祖父同床睡了很多年。那天夜里他在脑出血中安详地逝去，我却睡得很沉，早晨起床一看，祖父鼻子里流出的一摊黑红色的血，已经干结在枕巾上……我大声呼唤，却没有一丝对死者的恐惧，也没有流泪，直到祖父被推进火化炉的时候，我才痛楚地流下了眼泪。

出门，望着一缕缕白烟升起在清凉山的小丘上，祖父的灵魂就这么随风飘去了吗？我发誓再也不来清凉山了，直到一九八〇年南京火葬场迁至石子岗，我也仍然不去那里看重建的清凉风景。又过了十几年，为了写龚贤，才破例上了清凉山上的扫叶楼。

肃杀之秋，将祖父埋葬在花神庙的黄金山私墓群中。那年墓地尚空旷，选择了一块风景较好的开阔地，筑就一块棺椁形的长方形土墓。为了让“坟亲家”尽心尽力，父亲递上了那时十分紧俏的两包大前门香烟，让其挖了一方犹如清代官帽形的坟帽子置于坟头，插上杨柳枝，方才知道南京的杨柳尚有招魂之风俗。那绿色的枝条在风中摇曳，恰似招魂的绿幡。

一九八三年父亲去世，仍然葬在这里。

二〇〇七年，黄金山为建高铁南京南站开始大规模迁坟，方知这里的私墓群竟有二十万之众，祖父和父亲的坟墓正是在南站的中央位置，于是，便奉命迁至隐龙山公墓。

谁能料到通往天堂的路也会改道呢？

（《当代》2023 年第 2 期）

母　亲

任芙康

每回探家，我醉心于两件事。一是陪伴我妈摆龙门阵，一是聚合亲朋吃转转席。

有一年，下午落屋，晚饭后跟我妈闲聊。话题刚到人来客往，我妈语气迟疑起来："芙康，给你说个事。"然后告诉我，前一阵她已经为自己选好了墓地。"早了吵。"我不假思索，脱口而出。我妈笑笑，轻声说道："这事莫得早迟，总是要去嘛。城外公墓走遍，就那塌敞亮。又是民政局承头，莫人敢搞鬼哩。"

次日上午，侄儿开车，出城往东，翻过雷音铺山顶，又跑了几分钟，便见到我妈选中的墓园。这位侄儿，文学青年，向来对我言听事行。路上一如往日健谈，此地如何世外桃源，风情故事又如何有板有眼；公墓建成数年，行情如何似春笋攀升……进得大门，序牌指路，沿右手甬道，一阶阶登上去，修剪有序的松柏，已呈林荫气象。两侧排排坟茔，虽大小有异（由价码而定），但布局齐整。徜徉其间，顿觉人生落幕，终须讲究一场。不知不觉间，竟被浓浓肃穆包裹。

来到我妈买下的地块，垒砌已告完工。位置居中，规模适度，两侧石屏拱护，栏头石狮娇憨，墓前空地可供五六人同时祭扫。与左邻右舍相比，不显富庶，亦不觉寒碜。侄儿说，“设计师”是幺姑婆自己哟，她看了四周坟墓，舍短补长，再让画出图来交墓园施工。我听过大为惊讶，返身四望，整片坟山，占尽天时、地利，一面阳坡阔大，同众多远峰近岭连接，罩满灿灿春晖。

我告诉侄儿，公墓地势不俗，你幺姑婆能干，相信她自有感应，亮亮堂堂全是风景。雷音铺一带，我其实极熟。说着指给他看，山下波光闪闪一条河，古称明月江。侄儿说他晓得，还特地走过江上石拱老桥。这一说，眼中小伙好像忘年知音，又添几分可人。此桥规模、造型、年代，项项声名远播。天津家中厅内，悬有古桥雄姿，借以映衬少年岁月，仍离我相隔不久。我曾闲笔的唯一中篇小说，便取名《悠悠明月江》，刊于《山花》杂志（贵州省文联主办）1984年第四期头条，后获客居城市文学奖。小说主人公许多细节，皆是我妈言行的还原。再试笔短篇若干，同样川东、川北的人事勾绘，悉数问世，亦有获奖。之后断然瓦盆洗手，不再捉笔染指小说。

从城里上山，不远不近。当年十六七岁光景，时常借助达州、万州间这条省道，呼朋唤友，脚踏车追逐。寒来暑往，或是携盐巴、肥皂，入农户换鸡易蛋，或是带锅盔、凉面，野餐后凫水摸鱼。反正，少年的心，总难安分，学校歇课，大街上的热闹固然要凑，亦不愿误掉这方登山临水的野趣。

此刻，立足久违的故地，眼中墓园，要山有山，要水有水，竹木葱茏，鸟鸣啾啾。一个多小时的盘桓，竟无置身坟山的沉郁，直叫人觉得，凡俗之辈，劳碌一生，最终能歇息于如此明山秀水，福分不浅，算是修来十足的终其天年。祥瑞在心，不由得佩服我妈，平常为人处世，让人说不出闲话；后事思量上，不贪恋人世，看开想透。这般货真价实的超脱，是许多老太太做不来的。

我妈小时没进过学堂，成人后扫盲班亦未读过。老人家虽是文盲，仍多少识得几字。比如“四川”，是她终生相依的祖籍；比如“北京”，是我当兵的地方；比如“天津”，是她熟悉的所在（曾两度来津）。此外，我爸我妈加上我，三人姓名的九个字，以及阿拉伯数字，她都认识。退休后，时常光顾大院传达室，有时邮递员刚走，收发尚未分拣，我妈自己动手，只消三五下，便“甄别”出我寄回的家书。

自从装上电话，我便偷懒，不再写信。我爸去世后，我会每天跟我妈通通电话。我妈嘴里，从来愁事少，乃至无；始终趣事多，盈耳也。电话打去，问她在做啥，回答往往是“打毛线”。除去夏天，春、秋、冬三季，我妈似乎都在织毛活。从年轻时起，已成她独有的业余爱好，包揽了全家的毛帽、毛袜、毛衣、毛裤。我妈擅长“盲打”，技艺出众，平针、平反针、罗纹针、元宝针，尽可玩弄于股掌，并无偿指导几代学徒。

我妈的毛线，一直打到耳聪目明的八十多岁。有回电话刚通，我开个玩笑：“又为谁忙？”我妈笑了：“小王。”保姆小王，照顾我妈，已有六年。小王不会打毛线，只会挽线团，她为自己的丈夫（在老家务农）、女儿、女婿（在广东打工）挽了数不清的线团。最后经由我妈，一针一线地，织成小王全家的冬衣。

毫无征兆，我跟我妈的电话，会在那一天戛然而止。2010年8月12日，晚10时许，从长春打电话回家。我妈和小王刚从老铁桥回来，句句喜悦，说桥上入夜就像赶场（赶集），都图河风凉快，安逸赛过空调。因第二天要去延边，通完话我便关机睡觉。清晨醒来，见老弟来过五次电话，急忙回复，得知我妈半夜脑溢血，已住进市医院重症监护室。我告别好不容易聚拢的朋友，赶去机场，飞至重庆。侄儿驾车接回达州，已是黄昏。

医院监护室开恩，破例允我探视片刻。我妈昏迷着（直到离世，再未醒来），我挨近她，叫了几声“妈”，我妈没有应我。端详她的面容，仍如往常，平和，慈祥，好像刚刚入睡。多年以来，每回同我妈聊天，喜欢看着她说话。从年纪轻轻，到上了岁数，我妈脸上，对人总是和颜悦色，遇事总是不卑不亢。寒时看去，有默默的温暖；暑时看去，是静静的清凉。见过她菜市上讨价还价，从无强买，全是商量。我妈从不佩戴任何首饰，但街头巷尾时被拦住，言辞悲切的男女，掏出祖传古董，欲救急贱卖，我妈一律抱歉笑笑，侧身闪过。她始终自觉自愿地远离“便宜”，也就从未品尝过悲喜交加的揉搓。一直觉得，从我妈脸上，能窥见她内心的干净，是那种本色的文明。而恰恰因为我妈并无文化，让我体会到文明与文化之间，虽一字之别，却画不得省事的等号。

第二天，见到主治医生，他介绍我妈病情，口气甚是悲观。晓得了预测，仍怀不甘，我将句句期待，语无伦次地表达给对方。交谈结束，医生主动握握我的手，像是给我一丝渺茫的亮光。

监护室回天无力，六天六夜后，我妈悄然而去。起初让人恍惚，有些半信半疑。很快振作起来，在兄弟协助下，操办老人的后事。送我妈去殡仪馆的途中，灵车工作人员除了司机，还有一位女生。女生干练，主动称我叔叔。我便请她将老太太当作自己的奶奶，一切事项，帮着无知的叔叔安排巴适。优秀姑娘，三五电话打出，车子尚在路上跑着，灵堂、餐食、火化时间，等等等等，全按我的想法，一一定妥。

达州殡仪馆，一间收费不菲的灵堂里，冰棺考究，我妈安卧其间。高大的立式空调，让宽敞的空间一派凉爽；四周鲜花，给一位退休职工平添尊贵。我妈去世及后续所有环节，没有通知任何领导、同事、朋友，到场者，全是我爸我妈的侄男侄女及其后辈。我家人丁兴旺，开枝散叶五六十人之众。我周知全体亲属，除花圈、挽联外，不接受所有家人随礼。一切体面，不是做来看的，而要让自身合适。亲人们冒着酷热，从四面八方赶回达州，就应该是在舒适的环境里，在恬静的悲痛里，陪伴他们素来惦念的骨肉至亲。我做着这些安排，心无不宜，更无禁忌，知道我妈只会高兴，因为也一定符合她的意愿。

整整两夜一天半的守灵，众人都不回家。即或谁有事外出，也会快去快回。围坐一起，话题全与我妈有关。又时时会有人去灵床探视，回来再报告我妈始终如一的安详，这让我特别心安，表明我妈走得虽是突然，但无牵无挂。我妈六位哥哥，她是老幺，又是唯一的妹子，从小得父母及兄长宠护。我妈成人后，投桃报李，尽其所能帮助娘家老老少少。她的去世，等于宣告，在这个地老天荒的人间，我家上一代人，均已仙逝。

屈指算算，从我当兵离家，至我妈去世，共计四十一载。只是开头三年，无缘探家，之后寻找种种机会，每年至少回去一趟。加上早先的书信，后来的电话，对父母情形，自认了如指掌。而这回阖家相伴我妈，追忆种种过往，好多竟为我闻所未闻。也只有这时才算明白，父母把我养大，我不曾有任何报答，便远走他乡。尽管岁岁回去团聚十天半月，衣来伸手，饭来张口，形同客人，依旧“隔山隔水”。这么多年，没从我妈嘴里，听到过一句抱怨，或是说些鞭策，希望我进个步、发个财。我妈对我的勉励，从来都是“要把伙食开好哟”。我妈总能抓住事物的本质，她没有文化，但她有母爱。许多川人不太介意身外之事，巴蜀俗话也是这么说的：“人行千里登上天，出息只看吃与穿。”

白昼连着夜晚，如此情境下的值守，是不曾有过的经历。我切肤有痛，此乃人生中非同寻常的忧患，但不觉得光阴漫长，也不会哀得无边无际。灵堂里，听不到通常治丧中的哭泣，现场反倒时而也有欢声，时而也有笑语。大人与孩子，都懂得人世恩情，又有各自的表达方式。斯时，我妈也一定在静听这些情景交融的往事。此情此景，让人百感交集：慈爱的妈妈，您将在晚辈心中快活地永生。

第三天，凌晨五时，是日首炉火化如期进行。清晨八时，送葬队伍已上墓园。

走进墓园办公室，为我妈办理“入住”手续时，出点岔子。负责人审看我为墓碑所写文字，刚看两眼，便摇头：“这称呼要不得嘛，既是你母亲，必得‘显妣某某大人之墓’，才合规矩哕。”我一听，知道麻烦了。如果称呼都不合格，碑上的对联、横批，须讲究平仄、对仗、音韵、寓意及老家习惯用语之类，怕更是入不得此君法眼了。忽见我一位弟弟挤到前边：“伙计，莫得问题。”负责人认出我弟，一下笑容可掬。我弟继续道：“我哥是位作家，他写的，你们放心大胆刻出来，不得出拐。”对方一听，频频点头：“哎哟哟，作家手笔，照刻、照刻。”说着向我抱拳，“得罪、得罪”。然后又轻声道：“老师如能为令堂留下一篇碑文，就更圆满了，也为我们墓园添彩哩。”

其实，守灵时我已想到碑文不可或缺，内容就写我妈莫得文化，莫得显位，莫得钱财，莫得光宗耀祖的业绩。恰恰正是她的凡俗人生，没有冒犯列祖列宗，不会愧对子孙后代。

撰写碑文，于我而言，肯定吃力。但多年经事庞杂，时而亦会滋生浅薄的自信。话说同盟会早期成员、民国金融家康心如先生，曾是渝州作为“陪都”称谓的倡言者，1969年于大陆谢世。二十世纪九十年代，康心如幼子康国雄，古稀之年，专程由京来津，邀我为其父亲的移葬撰写碑文。婉拒未遂，敬书三百余言，后经海内外康家亲友、故旧传阅认可。雕刻全文的康氏墓碑，现存京城福田公墓。

康心如先生属高端名流，有碑无文，便是缺憾，而我妈则另当别论。她的碑上，如果刻上一堆说东道西的文字，只会有损老人的素朴。思来想去，不写也罢。

上得山去，骨灰盒摆放妥帖，我妈就算迁入“新居”。从此，这片群山皆美的浩荡庭院，也就有了我妈一份。随去的墓园工匠帮助暂闭墓门。雕刻及安装事宜，他们答应加班制作，说好转天便可验收。

翌日，一场夜雨，山青天蓝，凉风习习。中午时分，按约定时辰，我们上得雷音铺，俯瞰明月江，颇有天公作美的照拂。陵园办事稳当，果然让人放心。我面朝大理石碑门正面，逐字口诵（实则校对）。右首为我妈生卒年、月、日，左首为立碑年、月、日。正中竖雕一行正楷：母亲赵碧山之墓。偏左一行小字，由我署名敬立。再读两侧花岗岩所镌对联：明月东来福延子孙，雷音西去德随先人。横批：山高水长。待我诵毕，众人叫好。自己念着还算顺嘴，亦就释然，便双膝跪地，在鞭炮声中给我妈焚香磕头，恭请老人安息。

之后数日，忙于善后。幸亏我妈未雨绸缪，早有吩咐，不然临渴掘井，真会措手不及。家中三房一厅，赠予一位兄弟，而电器、家具、衣物之类，大多送给保姆小王。小王从老家租来一辆长挂卡车，装车刚完，天上落雨，司机飞快罩上篷布，汽车变作一座“小山”。满载而归的模样，令家常邻里，啧啧慨叹。

又一日，出人意料，我从顶板上翻出一个纸箱，内装铜壶一把。民国年间的物品，是我妈结婚之时，娘家嫁妆之一。此壶非砂模铸造，由乡间铜匠一下一下手工敲出。壶身、壶盖、壶把，点点叩痕，精细悦目。我六岁那年，在工厂缝纫社上班的我妈，突然下肢瘫痪。不巧我爸正借调外地，家中饮水，由我提着铜壶，至百米开外龙头接取，每趟最多半壶，且需双手同时用力。哪怕一路偏偏歪歪，对旁人帮忙，一概不要，逞勇自己能行。如是半年，稀里糊涂，不知何医何药管了大用，我妈腿疾倏忽痊愈。

北归时，这把铜壶，是我千里迢迢带走的唯一遗物。我将它搁放在起居室壁炉上，几乎天天，都会有意无意地瞟上一眼。又十三年过去，它已深存吾心，但从未带来任何苦楚记忆，亦不会让人动辄伤感，反是常有一股骄傲泛动心头：以六岁孩儿之力，仗壶闯荡，扶助我妈，度过了一段相依为命的时光。

（《文学自由谈》2023 年第 5 期）

蜂和猫

傅 菲

收蜂

阳光从大茅山漫流下来，一圈圈地淹没西北坡，原始次生混交林从山影中露了出来，展开了水粉画般的轴卷。山影如海潮，慢慢落下去，茅村从茅竹包围的山坳中浮了出来。阳光素黄，与秋草同色。安顺看到太阳斜照，拎起大铁桶、滤网，背上帆布包，拄起竹拐上笔架山了。他要去山上收蜂蜜。

大茅山之巅，五峰连绵，形似笔架，山麓古树参天，是山蜂安居之所。怀玉山山脉东西横亘千余华里，三清山、灵山、怀玉山、大茅山等四座高山如云海之中的群龙，在翻腾，在遨游。它们是世界上已知花岗岩地貌中分布最密集、形态最多样的峰林集群。大茅山花岗岩地貌在节理和风化剥蚀作用下形成了峰峦、峰丛、峰墙、峰柱，雨水和烈风塑造了笔架山，峰墙与峰墙之间，是纵深十余华里长的草沟林壑。高山林木丛生，闽楠、浙江柏、雷公鹅耳枥、珍珠楠等形成梯级壮阔的混交林，沟涧边、林下，蕙兰、三叶青等草本，入春至深秋，花色涟涟。花开蜂舞，尖细的小口器注入花粉，汲取花蜜。

蜂是酿造之神，采集花粉，提取花蜜，酿造醇厚绵柔的蜜。唯有山蜂在高山之巅酿蜜。山蜂别名野蜂，是大茅山高海拔地带生存的蜂，也是大茅山山脉体形最小的蜂（三十只蜂重约一克），采集野生植物花蜜，在背风处过冬，在石缝和树洞筑蜂房。峰墙阻隔了呼呼的北风，石缝和树洞供其营房。安顺每年冬季上结猪岭和笔架山刮山蜂蜜，他的帆布包里带着干粮、绳索和刀具。上笔架山，他得走四个半小时；上结猪岭，他得走三个小时。冬日，雨水绵长，山路艰险。晴了五天之后，树梢和落叶没了积水，他才可以上山。刮蜜的器具早早预备好了，他等着天晴。那是一条无人行走的林中小路，陡峭、歪斜，沿着山梁脊，在密林中穿行。说是小路，其实是野路——路早已消失，只是硬石没有长树，堆着厚厚的落叶。落叶就是他的弯弯山路，脚踩下去，碎叶陷没膝盖。走路如蹚水过河，深一脚浅一脚。从三月挂蜂房，他便盼着刮蜜的日子。

蜂房是一个圆木桶，由底桶、继桶、桶底、桶帽（盖）组成，是他自己箍的。杉木也是他自己砍的。他懂木头。一个在深山生活的人，比起识人更识山上的木头。人多难识啊，人心会变，像山里的天气一样莫测。树不会变，一棵树从出生至死，秉性不变。雨雾露霜雪，以及阳光、风和土壤，决定树的纹理。人没有纹理。有纹理的树比没有纹理的人更值得信任。安顺砍老杉木，解木板，放在水里泡两个月，箍了桶，用热水蒸，蒸掉木质的糖分。没有糖分的木质，虫不会蛀。第一批，他箍了十二个样式相同的蜂房：桶高 1.2 米、底桶直径 0.8 米、桶帽直径 0.6 米。

桶倒挂在峰墙或树上，用棕衣包着。棕衣可以遮雨御寒防霉。第一年上笔架山刮蜜，是2017年的事了。他到了山顶，才知道积雪未化。白雪皑皑，雪重重地压在树冠上，唯黄山松苍劲。山巅之下，森林苍莽。冬日高悬，阳光凛冽。在高空之下，他觉得自己是那么矮小，小如一棵珍珠楠。顶风冒雪的黄山松，在他眼中，也只有一根牙签长。他察看了一下，十二箱蜂房有三箱收来了山蜂。他打开桶帽，抱出继桶，看见数千只蜂在蠕动。他惊讶了。大雪之下，山蜂在顽强地活着，在暖暖的蜂房里冬眠。他抽出底桶，开始刮蜜。蜜封冻着，奶酪一般，白如麦芽糖浆。

刮一箱蜜，用了他半个多小时。他把底桶套回去，看见桶底的一窝蜂蛹已被冻死了。安顺掏了蜂蛹，不再刮蜜了。他心疼那一坨坨的蜂蛹。

山区有职业掏蜂蛹的人，不分季节，四处找马蜂、胡蜂的蜂窝。一个大的蜂窝，可以掏出二十多斤蜂蛹。蜂蛹以猪肉价的八倍，卖给餐馆。掏蜂窝，晚上去树林里，戴着大头夜灯，用床单包住蜂窝，摘下来，放在热热的大锅里滚。三滚五滚之后，蜂被活活烫死。掏蜂蛹的人提着蜂窝，往冷锅里抖，蜂和蛹一起抖下来。马蜂和胡蜂有毒性，他们用来泡酒。

赣东北有一种剧毒蜂，叫虎头蜂，体大如蚕豆，蜂脸如虎脸，斑毛金色，纵斑黑黄相间，性刚猛如老虎，又称老虎蜂。老虎蜂在黄土筑巢，巢如倒钵。一窝虎头蜂约一百余只。虎头蜂可蜇死人。也有人掏虎头蜂卖，一只卖十元（2020年物价）。蜂越毒，泡酒越好，价格越贵。2017年冬，我去大茅山脚下的朋友家做客，他抱出一缸虎头蜂酒。虎头蜂被泡黑了，一只只悬浮在金黄色的高粱烧里。2019年冬，在铅山县武夷山镇的一家小酒馆，吧台上摆着两玻璃缸虎头蜂酒。半缸酒半缸虎头蜂。酒以一两杯计，一杯卖六十块钱。2021 年 6 月，我在婺源县黄岭，见店主在卖虎头蜂（蜂少）酒，一斤卖三百八十块钱。蜂浮在酒里，头朝上，须足僵硬。我们吃了蜂酿造的蜜，再吃它们的子嗣（蛹），最后吃它们的尸体（蜂酒）。它们以一生带给我们福音（传播花粉、酿蜜、杀害虫），我们不会念及。我们不懂得惜恩。

安顺从不掏蜂窝，也不掏蜂蛹。作为一个收蜂人，他知道蜂的珍贵。他选择天暖的冬日刮蜜，这样蛹不会冻死。收山蜂一年，一箱可刮十二斤蜜，他刮八斤下山，蜂房里留三斤，桶帽涂一斤。他给蜂留下足够的过冬口粮。

每次刮蜜，他都是一个人上山。他老婆不让他收蜂，说：山道那么长，又高又陡，很容易出意外。安顺安慰老婆，也是安慰自己，说：爬树长大的人，山路走得顺。他老婆的担心是有道理的。大茅山森林茂密，经常有野兽出没，且不说金猫、野猪、狐狸，还有黑熊、云豹。前三年，邻村的一个男人就被一头黑熊咬伤了，残手断脚的。

有一年冬，他去刮蜜，走到半山腰的一个山坞，遇上了一头四百多斤重的母野猪，晃着肥墩墩的肚皮肉，带着七头小野猪、两头中小野猪，在拱一块长满野芝麻的泥浆土，泥浆在母野猪的拱鼻下“噗噗”作响，小野猪在滚浆。他距离野猪不足十米远，于是便悄悄地爬上一棵高大的杨梅树躲了起来。野猪拱了半个多小时泥浆才“吧嗒吧嗒”地嚼着嘴巴走。前年四月，他上山换蜂房，背着木板，走到结猪岭，感觉到草帽戴在头上越来越沉。他想取下草帽，摸到一根软软的冰凉的物体，他快速甩了出去。一条五步蛇被甩出十余米远。原来是蛇从树上滑落，落在他草帽上。看到蛇在惊慌地逃走，他的心跳得更剧烈了。一旦被五步蛇咬了颈脖子血管，他只有等死。山高路远，神仙也救不了他。

他收山蜂，也收竹蜂、黄蜂、赤翅蜂、独脚蜂，还收大胡蜂。不同的蜂，营造的蜂房不一样。山腰之下，有一大坡茅竹林，多草本，多竹鼠，多鹧鸪鸠，多竹蜂。鹧鸪鸠，形如鸡，群居生活，怕热怕寒，喜阳光。有阳光的晌午，鹧鸪鸠爱自鸣，站在岩石上，仰头引颈，兀自鸣啼："句咕呱呱，句咕呱呱。"鹧鸪鸠喜食竹蜂。竹蜂浑身被乌黑绒毛覆盖，形如蝽象，以唾液和竹屑粉末在竹筒筑巢。安顺取丁香、小茴香、金银花、野菊、木樨花、干燥竹蜂、白糖，碾磨成粉末，塞进钻了孔的茅竹里，竹蜂嗅出了香味，钻了孔，在此安居。百十只蜂一窝，有了蜜，凿孔取出，或蜂散了，锯竹取筒。

最难收的蜂是黄蜂。黄蜂也叫马蜂或蚂蜂，行动迅速，受到惊吓或攻击，会群起而攻之，螯刺"注射"出毒液，受害人轻则皮肤过敏，重则休克、急性肾衰竭，甚至死亡。黄蜂筑造了蜂房，入住进去，少则三五年，多则十余年，甚至数十年，其巢大如箩筐，聚集着数万工蜂。安顺做了一个大蜂房——两立方米的蜂箱，四边开铁纱窗，内有挂钩，挂了八块巢框，安装了活动巢门，杉木板做巢础，松木板巢制箱垫和蜂箱盖，油毛毡布做覆布。蜂房在村后崖石放了一年，没有收到蜂，转移到对门山腰的青冈栎树上，又空放了一年。黄黄的蜂房晒成褐黄色了，他不想收黄蜂了。安顺把蜂房挂在废弃的土屋檐下，不再管它了。挂了两年，黄蜂来了，他也不去看。黄蜂在里面筑巢，蜂繁忙地进进出出，"嗡嗡嗡"。狗听到蜂舞声，抬头望着蜂房"汪汪"叫。他也不去刮过蜜。他说，他耗着蜂，耗到蜂散巢了，他才会开箱。安顺已经耗了十一年，黄蜂却越来越多。他的双鬓耗白了。

他对蜂舞声很敏感。他坐在屋檐下晒太阳或打瞌睡，耳朵像绽开的鸡冠花。蜂舞声是一种奇妙的声音，“嗡嗡嗡”，像森林轻音乐。万物和谐宁静。蜂箱有了第一只黄蜂，有了第一批蜂，有了家族，有了成千上万只蜂。要死掉无数只蜂，蜂才有大家族。无论在哪个季节，蜂都在大量地死，有时飞着飞着就掉了下来。更多的蜂死在采蜜采花粉的路上，死在花朵里。昆虫生命短暂，蜂也无法脱离这个法则。蜂王寿命最长，一般可活三至五年，最长不超过十年，工蜂一至三个月，雄蜂交配结束即死去，没有交配的雄蜂在六周内死去。平均寿命越短的物种，繁殖力越旺盛，只有大量繁殖才可以保留下基因，不至于物种消亡。尤其是动物，平均寿命越高的物种，消亡得越快。我相信神是存在的，这个神就是造物神。神安排了世界的一切秩序，万物才得以相生、相融。神让有翅膀的、有长途奔袭体力的物种迁徙，让有根须的物种以安营扎寨迎接枯荣，让有鳍的、浮游的物种随波逐流。它们彼此竞生彼此谦让，以独特的面貌、姿态、个性存活于大千世界。

安顺收过一箱山蜂，收进来时，只有一小群，几十只，过了一年，有近万只。他给蜂分房，又过了一年，又分房。有一年初秋，山坞来了一头黑熊，一个下午干掉了他四箱蜂，推倒蜂房，掀开箱盖，把蜂蜜和蜂蛹舔舐得干干净净，群蜂溃散而逃。五年，他分了十二箱蜂房。也不知道是什么原因，一夜之间，那些山蜂全跑了，无影无踪。一小群山蜂，累积了六年，有了十数万只蜂，山蜂缔造了自己的帝国，却一夜间分崩离析，就此消失。他望着空蜂房，又望望自己的楼房，心里有一股说不出的悲怆。空空茫茫的悲怆，虚虚渺渺的悲怆。他后来多方查找，发现附近的山坞有人烧石煤，煤烟味烘走了山蜂。蜂无法忍受空气污染和农药污染。

在大茅山，他放了六十多个蜂房，但大多是空箱，没收到野蜂。蜂在树丫在树洞在石缝在农家瓦檐筑巢，或大如箩篓，或小如囊袋。在山坞，尤其在岩石嶙峋的向阳处，我时常看到蜂箱。我不知道它们是不是安顺放的。蜂箱摆在空悬岩石的下面，箱垫在石块上，箱帽压着棕衣或旧衣服，铺上塑料皮，塑料皮被石块压着。我看过一处悬崖壁下，悬着八个蜂箱。在一栋旧屋，檐廊并列挂了六个蜂箱，但无蜂进出，蜂箱落满了灰尘，蜂孔都被堵塞了。蜂门沿板上，有几粒死蜂，如一粒粒豆豉。蜂视高贵、洁净为生命的品质，不会在肮脏的地方营巢。只有高贵洁净的生命，才可以酿出存放千年而不变质的蜜。

收一箱蜂多难呀，安顺走遍了大茅山，寻找长草丛的岩石，既向阳又避雨。野蜂喜爱在岩石缝筑巢。有一次，他遇见一个老收蜂人。老收蜂人点拨他，说：你不要去找野蜂爱筑窝的岩石崖，而要去找野蜂活动的地方，蜂太小，你在远处看不见，你得去找花喜鹊。

安顺问老收蜂人：为什么找花喜鹊呢?

老收蜂人说：花喜鹊是你的引路人。它最爱吃蜂蛹，它经常活动的地方肯定有很多野蜂。

安顺又绕山绕坞找花喜鹊。安顺不养家蜂（中华益蜂），只收野蜂，由蜂自己安养生息。他要刮天然的蜂蜜，纯正的蜂蜜。那是大茅山的天然珍馐。有一年上山刮蜜，下山时，天突然下蒙蒙雨，野路溜滑，他踩在一块滑石上，重重地摔了一跤。他右手保持着提桶的姿势，左手拽住了崖石上的一棵冬青树。

崖下是深不见底的深渊。他把桶挂在冬青树上，爬上崖石，砍了树枝，把桶勾了上来。他瘸着腿回到家，天已很黑了。他老婆打着松油灯，在山路口等他。他看见老婆充满焦虑的眼睛，心头一热，说：我好着呢，下雨了，走得有点慢。他老婆帮他提蜂蜜桶，沉沉的，说：有三十多斤重呢。到了家，他老婆发现他裤腿裹满了血，右膝盖的布磨烂了。她扒开破布，看见膝盖骨露出来。他才发现自己的膝盖磨裂了皮肉，但一点儿也不疼。清洗了伤口，敷了药，他有了锥心的痛。当时，如果他扔掉手上的蜜桶，双手抱住树，就不会滑下崖石。他舍不得扔掉那一桶蜜。他收了八个蜂房，才收了这么多。数万只蜂一年的辛劳，全在这里。

野蜂活动无定所。他每年都要走一遍大茅山。走山是极度消耗体力的全身运动，刮蜜也是。六年前，他开始感到上结猪岭很困难，比往年要多耗费一个小时。他已经收了二十三年的野蜂了，林中数不清的弯弯野路，消耗着他的腿骨和腿骨支撑的肉身。他想，刮了今年结猪岭的蜜，以后就不上结猪岭了，把山腰以下的四十五箱蜂房看管好就算了。当他刮山蜂蜜时，草涩的芬芳蜜香扑着他，他忍不住舀一勺子送进嘴，舔吮着，咂舌，对自己说：高山之巅出好蜜，我拄着拐杖也要上山刮蜜。

每次上山收蜜、刮蜜，安顺都走得艰难。他站在院子里，看见冬阳暖照下来，阳光慢慢铺满山坞，茅竹摇动着金色的光线，落叶从空中飘旋下来，群山慢慢收拢，聚成一个高昂的山尖，鹞子凌空盘旋。他穿上船底形的大头皮鞋，毫不犹豫地上山刮蜜了。安顺不想辜负被自己收服了的野蜂。野蜂满腔热情地活，至死之时也是如此，虽然它们的生命很短暂。

野猫

终于下了一场雪，来垄杠（山名）的针叶森林白皑皑。山呈笔架形，积雪层叠。青翠的针叶暂时被白雪藏了起来，山崖上的落叶乔木林灰扑扑的，如白衬衫胸前的补丁。山体似乎显得更为厚重、单纯、雅洁。新雪弥散冰凉、潮湿、草馨的气息。晌午的树林，雪消融，叶尖滴着残漏般的水滴，“嘀——嗒”，“嘀——嗒”，如钟摆，长长短短的韵脚在回荡，清冷地回荡。针叶上的雪，如雪绒花。雪绒花不是在凋谢，而是在脱落。在毛楂坞雪地，我沿着梅花状的脚印寻找野猫。我已经有七天没见到它们（一个小家族）了。它们还在树林里，因为在一株高大的板栗树下，我看到了新鲜的黑色粪粒。粪粒有八颗，甜棒形（胡秃子的浆果称甜棒），有一股腥臭味。我掏出纸巾包了粪粒，揣进裤兜。新雪上有被爪抓乱了的痕迹，那是野猫涮了鼻子。野猫爱涮鼻，涮净鼻腔，保持灵敏的嗅觉。

雪覆盖了毛楂坞。茅草是白的，刚竹是白的，菜地是白的，树是白的。小路消失了，山脊线消失了。山脊线与灰白的天空融为一体。野猫的脚印在树林弯来弯去，深深浅浅，如纷落的白梅花。

野猫生活在毛楂坞，我认识它们。毛楂坞是一个很小的山坞，有三五亩菜地和一个小水塘，及一丛杂树林。水塘积雨水，供人浇菜。山坞左边是一块废弃了几十年的荒地，右边是山梁延绵而下的松树林。十余株泡桐树、一株伞盖形的垂叶榕、一丛苦竹、两株槭树、一株斜弯的野枇杷、两株落叶枣树和林缘边的灌木林，使得山坞有了丰茂的气息。一座山，需要树木去展示生命气象。早晨或傍晚，我去山坞看菜民搭菜棚、浇水种菜，和树木一起呼吸。

荒地是梯级的，长了密密的刚竹、莎草。茶树弯弯扭扭、枝杈杂乱，花却盎然，繁花胜雪。两株杨梅树在荒地中央，长得肆无忌惮。一座水泥坟堆在一株柃木下，给人阴森之感。坟里有一窝野猫。

九月二十七日，第一场秋雨来临。风卷着雨，压弯了树冠。雨珠弹射，飞溅起水泡。暴雨下了一个多小时，地面积水如溪。云散去，艳阳高照。我急着去毛楂坞，看茶花。茶树有长盛的花期，初秋至入冬，花白如夜灯。雨后的花更娇美更野性，花蕊含着雨珠，晶晶莹莹。我站在杨梅树下，看见墓前有两只大猫和三只小猫，躺在水泥地上晒太阳。猫很警觉，其中一只大猫站了起来，望着我，发出“呜呜呜”的叫声，丝毫不畏惧我，竖起两扇耳朵，瞪眼，对我警告：你不能再靠近了。也像是对猫家族报警：有人来了，快躲起来。

我不敢挪步，不敢发出声响。我发出的任何声音，对猫来说，都是冒犯，甚至是挑衅。另一只大猫站了起来，伸了伸懒腰，“噗刺”一声，像是打喷嚏，甩了甩尾巴，钻入刚竹丛，三只小猫尾随其后。发出警告声的那只大猫护家心切，见我很友善，转了一下头，对着我很温和地叫了一声：“喵——”也钻了刚竹丛。猫是普通的灵猫，体毛深灰色，有深灰黑的纵纹，鼻端深褐色，脸窝深黑色，耳毛和额眉浅白色。大猫体壮身健，小猫约两个月大，较瘦弱。

在离村舍较远、略显偏僻的山坞，怎么会有野猫呢？它们还组建了家庭，繁衍了自己的子嗣。家猫被弃养，一般生活在村舍附近，找吃食方便，不会挨饿。它们怎么到这里来的呢？

翌日中午，我包了一纸盒的吃食（鱼骨、排骨、虾壳、蟹壳、蛋挞、肉松面包）放在墓前，就去挖葱莲了。我不盯梢野猫。毛楂坞有一垛矮石墙，长了七八丛葱莲，绿得葱油。葱莲也叫玉帘、葱兰，七月开小白花，色质如玉，花期至九月。它们无惧干旱、烈日，也无惧严寒、阴湿。种在哪儿，它们都能活得很好。我喜欢这样的植物，贫贱、高贵、拙朴、坚韧。

李师傅是铜矿退休的钣金工，两年前迁到竹鸡林生活。他在毛楂坞种了半亩菜地，有榨菜、菠菜、卷心菜、白菜、红萝卜、莴苣，两垄大蒜套种小葱长得油绿喜人。他的菜棚搭了半个来月了。他戴一个头盔，焊钢筋条，“滋滋滋”，绿火星四溅。钢筋条有大拇指粗，焊成半弧形，浇筑在地上，作棚架。我数了一下，有四十多根。他又砍下苦竹，破出竹片，弓起来，简插在钢筋条之间。我和他一起破竹片，弧口刀劈进竹口，劈出一个深口，脚踩住竹竿，用力拉深口处竹头，“啪啦”一下，一根竹子分为两片。他天天涨着酒酢色的脸，脸宽而厚，一双大手粗粝又绵实。他说：种这么多菜，三户人家也吃不完，你要菜了，自己来摘。他是个很细心的老人，搭菜棚还带上自画的设计图纸，卷尺量钢筋条的长度、曲度和间距。他说，菜棚中间开门，浇水、摘菜方便，也通风。一日下午，不知因为什么事，他没来搭菜棚，我便去松树林找松鼠。

松树林常见花栗松鼠，卷着鸡毛掸子一样的尾巴，在松树间蹿上跳下，一副乐颠颠的样子。沿山梁而下，松树密匝，弥眼青翠。一株枳椇树下，传来“吱吱吱”的惨叫声。我隐在松树背后，看见一只大野猫在扑一只野山兔。猫的一只前肢压住兔头，另一只前肢压住兔脊，在咬兔脖子。山兔折腾着，翻身子，翻起来，又被野猫压下去。山兔深黄色体毛沾满了血，仍在折腾，跳了起来，“窣窣窣”，往草丛逃跑。野猫一个纵跃扑住了它，咬住头骨，叼了起来。野猫的嘴巴差不多包住了山兔的半个头，血丝淌了下来。骨头裂了。山兔的身子垂软下来，尾巴直直地垂下来，滴着血。野猫甩下山兔，伸爪戏弄它。山兔扁着头，翻身欲逃跑，没跑出三步，倒毙了。野猫又逗山兔，山兔一动不动。野猫叼起山兔，往墓地方向跑去。惊心动魄的猎杀，让我一下子回不过神来。

我这才想起，墓地还有一窝野猫，我有半个多月没有去探访它们了。被弃养在野外的猫或狗，如果没被人领养，大多数会死于饥饿和寒冷，生命被饥寒交迫所威胁。它们浑身肮脏，体毛裹着黑污，瘦弱体虚，眼神呆滞，十分惧怕人。我曾在四十八亩地（地名）遇见过一只被弃养的土黄狗，断了右后腿，腹部干瘪得凹陷进去，半边腹部因皮癣而脱毛，见了人，远远躲着。它在荒郊野外游荡，勾着断腿。它在烂田找食吃，前肢陷在烂泥里。它“呃呃呃”地叫着，腹部剧烈抖动。它唯一的后肢用力撑，越撑，身子越陷。它四处张望。我抄起竹竿，一头压在田埂上，抬起它，拉出烂泥。它往田埂另一头跑去，晃着满身乌黑的烂泥，边跑边回头看我，“汪汪汪”叫。

丧家之犬，指的就是这样无家可归的弃犬。司马迁在《史记·孔子世家》中写孔子在郑国与弟子走散，无处投奔，郑国人对子贡说：“东门有人，其颡似尧，其项类皋陶，其肩类子产，然自要以下不及禹三寸，累累若丧家之狗。”人亦如此，情何以堪。丧家就是最大的绝境。

猫轻巧、灵活、敏捷，钻窗户、爬阳台、上树，入家舍偷食，日盗夜窃。毛楂坞无人烟，野猫无食可偷，野化，依仗捕食“自食其力”。三只小猫那么弱小，毛翻着，许是母猫奶水不足的缘故。我隔三差五投食，不固定地投在墓前，四处撒。我投的食物主要是鱼块、鸡排、鸡壳肉、蛋挞、肉松面包。猫嗅觉灵敏，三百米之外可嗅出肉腥味。投了食，我第二天会上墓地四周察看一下。我不天天投食，以免造成野猫对投食的依赖。

有一次，我去新营菜场买菜，一个中年妇人在吆喝：卖花鲢，山塘捞出来的花鲢。十余尾白花鲢挤在大脚盆里，“哗哗哗”地打尾鳍。花鲢肉糙，无人买，鱼价低贱。一条花鲢约两斤来重。妇人说，久旱，山塘快干涸了，鱼不捞上来，会被黄鼠狼捞吃了。天天有十几只黄鼠狼去捞鱼吃。我买了三条，用棕叶穿鳃，提了回来。我将白花鲢挂在杨梅树的三根枝丫上，然后坐在二十米之外的垂叶榕下，等猫来吃。

鱼在蹦跶，树丫在晃动。鱼嘴张得像个畚斗。过了一刻钟，两只大猫带着三只小猫来了。墓后有一丛刚竹，竹梢摇动，野猫钻了出来，蹑手蹑脚地穿过一块荒地，站在杨梅树下。鱼距地面约 1.5 米高，滴着水，尾巴摆动。野猫看着鱼蹦跶，眯着眼睛。其中一只大猫突然跃起来咬住鱼尾巴，往下拉扯。棕叶绑在树上，扎得太紧，它咬不下鱼，只扯下一块鱼皮。鱼蹦跶得更猛，左右晃着。另一只大猫呼溜溜上树，用爪去抓鱼，往上拉。鱼头太滑，拉上去又滑下来。大猫抓了三次也没抓上鱼。它蹲在树上，拨弄鱼，鱼弹起身子。大猫一个猛扑下来，咬住鱼脊厚肉，往下拽，鱼掉了下来，半边鱼头挂在树上。我不忍看。我穿过松树林，往山梁走，去另一条山垄。

投食二十余次，便入冬了。霜打草叶，雨打行人。天冷，我喜欢枯坐，敞开门，可以看见屋外青黛色针叶森林。是从水里捞出的青黛色，略显幽蓝。一日，我在饭厅刨红萝卜皮，刨了三个，一只大野猫溜进来，蹲在靠背凳下，对着我眯眼叫

“喵、喵、喵”。它的眼睛乌黑，有一圈黄金色的眼环，眼睛投射出一束光，柔和、有力，似乎要把我看进它心底。它的眼睛像夜空，充满了柔情，蓝冰似的幽深。它怎么知道我住这儿呢？

每次去投食，我都觉得自己是神不知鬼不觉的。我投了食就走，不会去惊扰野猫吃食。我切了一块五花肉，扔给野猫吃。野猫用爪拨了拨，并不吃，仍对着我眯眼，喵喵叫。我又扔给它一条鲫鱼，它也不吃。我拍了一下桌子，野猫蹿出门，跑下楼道。我追了下去，野猫不见了。

野猫怎么知道我的居室呢？我百思不得其解。它是不是尾随过我？是不是猫和狗一样，可以记住人的气味呢？下午，我整理过冬的衣服，一件件叠起来，才想起野猫过冬会很冷，三只半大的小猫会冻伤或冻死。我找出一只木箱（绿化工人装小木苗用的），垫了塑料皮，铺了两件旧衣服，再铺了一条旧抱被（天冷时我盖膝盖），抱去墓地，把木箱塞进墓后的刚竹丛。我又打下四根木桩，搭了个塑料布雨篷，给木箱遮挡雨水。

我下了坡，看见一只半大的野猫浮在塘面。它身上没有伤口，是溺水冻死的。李师傅在水塘放养了五六条半斤重的红鲤鱼，野猫去抓鱼，滑下水，被冻僵了，溺水而死。霜冻天气，哺乳动物幼崽很容易被活活冻死，如狗獾、野山兔、刺猬、野猪、山鼠、山麂等。我见过被冻死的山兔幼崽。山兔在草蓬打窝，以草遮风挡雨，既隐蔽又暖和。深山野草地露水太重，湿透了草叶，霜蒙下来，露水结冰，把草叶和湿泥冻了起来，山兔幼崽被冻在冰里。霜冻是幼崽的灾难。捕山鼠的人有绝活，在草甸或山谷草丛洒下酒米，山鼠吃了酒米，醉醺醺地睡下，被霜冻死。第二天早上，捕山鼠的人拿火钳把它们一条条地夹起来。

霜打了三天，槭树叶全落了。葱莲在阳台上却抽出了新芽。隔日，一场夜雨，“噼噼啪啪”下了前半夜。我无法入睡。雨“叮叮当当”地敲打着窗玻璃，像一个无家可归的人。樟树在“沙沙沙”地摇着雨声。翌日清早，我去新营菜场，买了两条草鱼、一副鸡骨架、两斤鱼杂，放到墓前的水泥地。

晴了两天，我收拾了衣服，回老家。我窝在山里有两个月了，还没有回去看望父母。过冬了，我得给老人买木炭买柴火买衣物，果树也得好好修剪。在老家住了三天，我回到居住地，阳台上一箱奇亚籽肉松面包不知被谁咬开了，面包也吃空了。我房门紧锁，阳台空着，放了一台洗衣机、两钵三角梅、两钵葱莲、一箱面包。应该是野猫从水管爬了上来，进了阳台饕餮。我清扫阳台，暗自发笑：轻功好，就要爬阳台吗？

天太冷，很多动物都冬眠了，如蛙蛇。很多动物活动减少，如松鼠山鼠。甚至鸟也少了很多活动，只有天晴了，它们才会“叽叽啾啾”地在树林里叫上一阵。野猫找吃食越来越艰难。我每三天买一次鲫鱼，挂在杨梅树上，一次两斤。

李师傅给我送来一缸冬菜。白菜泡的冬菜，我喜欢吃。李师傅说：你帮我破了两天的竹片，冬菜也要吃吃呀。我说：冬菜好，冬菜配冬笋丝豆干丝，下粥下饭下酒，没有谁不喜欢的。我拉开橱柜，给李师傅一盒藜麦，说：藜麦煮粥，吃冬菜，是冬食一绝。李师傅哈哈大笑。我送李师傅下楼，转身回来，见四只野猫蹲在我阳台上，肥肥壮壮的。我找了找，也没什么东西扔给它们吃，我拿出半斤肉切了块，扔在畚斗里给它们吃。它们一边吃，一边喵喵叫。我想，幸好李师傅送来了冬菜，不然我晚餐的菜没着落了。

猫是阴性之物，被神灵护佑，可见鬼神。当然这是乡间迷信的说法。我在孩童时养过灵猫。它是个捣蛋鬼，在我床上拉排泄物，吃小鸡，掏枣树上的鸟蛋吃，就是不抓老鼠。春夜，猫在屋顶上叫春，“喵喵喵”，叫得撕心裂肺，让人毛骨悚然。它在屋顶上蹿来蹿去，边蹿边叫，忽东忽西。我操起晾衣杆赶它，它叫得越发凶狠，跟我有仇似的。

冬雨绵长，山风凛冽。我怕冷，缩着脖子走路，走到十里外的农贸市场，买来一个饭窠（饭窠是一种乡间保暖器物，稻草编织，箩筐形，用于放饭甑），放在阳台上做野猫窝。翌日早晨，我又搬走了，搬到中土岭一个废弃的矮屋里（乡人放农具的小土房）。我不想野猫在阳台打窝。我终究会离开这个居室，或许是一个月后，或许是半年后，或许是两年后。它们终将依靠自己过冬，依靠自己活下去。我这样想的时候，心里特别难受。

雨后，晴了两日，又阴沉下来，北风从山巅滚下来，风球越滚越快，压断干枯的树枝和老死的松树，空气如惊涛骇浪。滚了一个下午，风球破了，夜陷入沉沉的死寂。雪飘了下来，“簌簌簌”落进了我阳台。我一夜无眠。不知那一窝野猫睡得怎么样。

（《雨花》2023 年第 1 期）

榆树脾气（外三篇）

庞余亮

我一直没有说——不是我不敢说，而是我说了怕你们耻笑，我是榆树村的孩子。

这是我虚伪的开始，当我醒悟，我心中好像落了遍地的榆叶。这是春天啊，落了叶的榆树像是患了一场大病，头发都掉了。

还记得榆钱儿吗？一枚一枚榆钱儿像榆树的一片片羽毛似的，一棵想飞的榆树就长在我家的天井里，我的小名就叫榆钱儿，我是榆树最小的孩子，总喜欢和榆树说悄悄话，或者爬上榆树的脖子,看远方那看不尽的平原、看不尽的苦难与幸福……

但是谁，谁砍走了那棵榆树？

那是一个饥饿的年代，我吮吸着母亲干瘪的乳房，仍然大哭不止。父亲已经捋了榆钱儿、榆叶，还剥下榆皮煮熟了，白生生的榆身就露了出来，像是你身上的骨头——我渐渐地不哭了，抽泣着，吮吸着你身上渗出的榆树汁。清凉的芳香的榆树汁，我的生命之乳啊。直至多少年后，我流的汗都有榆树的清香，榆树型的生命是与大地有关、永不能背弃的。

但多么令人羞愧，不知从什么时候起，我的汗水就失去了榆树汁的香味，慢慢地有了烟味、酒味、金钱的臭味……常常想回首看一看村中长得最高的榆树，那榆树之顶的一只喜鹊窝，但我看不见，戴上八百度厚如瓶底的镜片也看不见。

是谁，伐走了我的榆树？

我一直在怀念着冬天，冬天的榆树笨拙而勇敢地在天空中抓着什么——我常想，赤裸的榆树影多像是一副灵魂不屈的骨骼。

正是在这个冬天里，父亲花了一天的工夫搭成了一座榆木桥，母亲花了一夜工夫用榆树皮做成了榆木香，哥哥用力劈着老榆根，我把榆树根掺在灶火中烧，火苗噼啪作响——锅中的水已经沸了……

怀念啊，多榆树的老家啊，老母亲总是听见喜鹊的叫声，想儿女们快要回来了吧。而从榆树村出发的孩子，走过了榆树桥，沿着母亲点燃的榆木香和祝福走着，再也不回来了。

是谁，砍掉了那棵榆树？

那些失去了家的喜鹊还在一阵又一阵地盘旋、鸣叫，直叫得我心痛。那系在榆树上的老牛呢，它如今已被卖给了那个胖胖的屠夫了。还有榆树村，这丑陋的朴素的榆树村，如今也变了，变得让人不敢认了。榆树村，居然没有一棵榆树了？

这不是虚构，这是的的确确的，我们已经把榆树忘了，就像忘记了在乡下固执己见的老父亲，他教会了我们真诚、朴素、自足、勤劳，而我们却都鄙视他的沉默。

“……出门在外，榆树村的孩子，你的榆树脾气改了没有？”

这一问，我一下子明白了，我只是一枚被风和命运吹落在大地上的榆钱儿。

舌头上的火焰

很多时候，我对于回忆童年那个四面环水的老家是有抵触情绪的。

贫穷、饥饿、争吵，甚至打架，几乎贯穿了平凡的每一天。除了正月初一的白天(也是为了图整个一年的吉利和顺遂)，很多人家的争吵和打架是等不到正月初二的，有的是鸡毛蒜皮，更多的则是因为过年了，辛苦了一年的男人们有了某种特许和纵容，就贪喝了几杯酒，翘了尾巴，露了马脚。于是，男人闹醉，女人怒骂，成了随时随地上演的“小戏”。

过年时穷人家的酒还是有点下酒菜的，但是平时的时候，下酒菜是没有多少的。夏天的下酒菜多是加了蒜瓣的炒蚕豆，如果有小鱼，当然更好。到了冬天，下酒菜仅仅剩下了萝卜干，也有人用黄豆换了豆腐百叶下酒，更窘迫的人家，下酒菜就是老咸菜了。

好在真正的酒徒不在意下酒菜，而在意酒。老家不产山芋酒，大多是大麦酒、稗子酒，口感最好的是大麦和碎米共同酿造的酒，40多度，可能是酿造技术的问题，这些酒都有点“上头”。

酒一“上头”，就有故事了。像我父亲喝醉了酒，他闷头睡觉。我二哥喝醉了酒，只是嘿嘿地笑，仿佛吃了笑笑果。但我的庞家伯伯叔叔哥哥们则是另外的表情了。

比如年龄比我大很多、辈分比我小一辈的连保，他喝醉了酒就会脱光衣服，在村庄奔跑(我的小说《追逐》里写过这个场景）。下雨的时候，他也是这样光着身子奔跑，还指着天上的雨骂道：

“血条子！ 又下血条子了哇！”

但一旦到了酒醒的时候，连保却是一个特别好的牛把式。还特别讲礼，见到幼小的我，依旧恭敬地叫我“三叔”。说到他醉酒的事，他会脸红。连保之所以如此脱衣奔跑，其实是他在大麦酒中泡了“醉仙桃”果，“醉仙桃”的学名叫曼陀罗，又名颠茄，是有毒性的。连保之所以喝，是他有关节病。而关节疼，还是因为我们的村庄水汽太重了，醉酒男人的“戏”里有穷人家的苦涩。

如果说连保的醉酒是独角戏，那么余富的醉酒就是“二人转”了。余富和我平辈，我叫他哥哥。他比连保多一个本领，那就是识字。他曾在我的作业本封面上看到了我的名字，立即指责我写错了祖宗给的姓氏。

“不是广龙，而是厂龙！”

其实余富是对的。但是因为他太多醉酒的失态，我已失去了对他的话的信任。他只要喝酒，必定喝醉。喝醉了之后，一定追打他的老婆，也就是我的堂嫂爱娣子。余富的拳头是货真价实的，所以，酒喝多了的余富捋起袖子，嘴巴里开始骂骂咧咧的时候，就有人去通知爱娣子，余富又喝多了，她必须立即藏起来。如果不藏的话，或者藏了被找到的话，那么爱娣子必然会被他揍得鼻青脸肿的。

醉酒的余富在一家一家寻找爱娣子的时候，就是一场大戏的开始。余富的身边跟着一群看热闹的小孩，每家门口守着一个不让余富进门寻找爱娣子的女人。余富骂骂咧咧，但寻找几家后，余富就失去了寻找的毅力，开始诬蔑爱娣子“偷男人”

了。大声说，说得非常粗俗，非常难听，往往在这个时候，爱娣子就出现了，和醉酒的余富对骂。

于是，一场公开的家暴开始了。当然，也仅仅是开始，那些护着爱娣子的女人会用各种手段终止这样的家暴。有人说余富醉酒是假，想打老婆是真。因为他从未打过那些劝架的女人。

余富和爱娣子一共生了六个子女，其中两个腿部有残疾。我们村庄的赤脚医生张先生说："看看，这就是喝酒的坏处！喝酒伤害精子！"

张先生的科学并不能警醒喜欢醉酒的人，因为村里的人不知道什么是"精子"，其实就是她们嘴里常说的"骚"。村里的女人们最讨厌男人们喝酒了，她们对于酒从来没有尊敬的意思，无论心情好与不好，都统统把男人喝的酒称为"骚"。

余富的故事就是这样了。但我一直记得他纠正我的话。写这篇文字的时候，我在输入法中寻找了一下姓氏的"庞"，果然是有的。印刷体中的"庞"字，是词组中的"庞"。而我们姓氏的"庞"，是酒徒余富说的"庞"。完全不同的字，但这么多年错下来了，也无法纠正了。

还有一件可以补充的酒事，就是我为了考证当年穷人家的酒是什么类型，特地打电话给还在老家的二哥。结婚很早的二哥今年 71 岁了，已有了 7 岁大的重孙，依旧整天笑呵呵的。他说余富早去世了。去年，他的弟弟余如的儿子，也就是余富的侄子，又出了一件令庞氏家族丢脸的事。

我没见过庞余如，当然也没见过余如的儿子。二哥告诉我，当年因为穷，他们一家后来去了安徽安庆农场谋生。再后来在 21 世纪初迁回了老家，没有发财，借了人家的空房住着。

他很勤劳，也很老实，就是喝起酒来不是个人，去年秋天，这个余如的儿子，也就是我的侄儿辈的人，50 多岁的男人，硬是把跟着他吃了一辈子苦的老婆打跑了。

“他天天跑到村委会要老婆。”二哥说，“谁知道他老婆跑到哪里去了呢？不是绝望到底，是不可能一年都没信息的。”

我可以想象得到余如的儿子在村委会要老婆的样子，因为扶贫的故事中是会见到这样的人的。到了几十年后，在那个四面环水的村庄里，酒还在喝着，依旧在醉，依旧上演着多年前的故事，也正是这样，我写下了这首《就像你不认识的王二……》：

就像你不认识的王二，三杯山芋酒就酩酊大醉，
呕吐，并且摔破了嘴唇。
就像你所认识的王二，三杯山芋酒就酩酊大醉，
躺在墙角呼呼大睡。
就像你的父亲王二，三杯山芋酒就酩酊大醉，
一边咒骂儿女，一边咒骂自己。
就像你的儿子王二，三杯山芋酒就酩酊大醉，
你给了他一个嘴巴，他仍嘿嘿地傻笑。
就像你自己，三杯山芋酒，一边喝着一边哭泣着，
生活啊，我并不想哭，是那个王二喝醉了酒。

这首诗写了快 25 年了，一直想把“山芋酒”改过来。现在再读，觉得“山芋酒”还是不要改，大麦酒冲，山芋酒酸，进入喉咙之后，全是舌头上的火焰。

泥水中移栽，泥水中复活

我的老家是座芦苇荡环绕的村庄。春天会被油菜花照亮，夏季有荷花的清香，而到了小雪季，必然有“小雪”飞舞。

——那是随着西北风飞舞的雪白芦絮。

这么多年过去了，芦苇荡一片一片地消失了，有的长满了水杉，有的变成了鱼塘。这几年鱼塘又慢慢变成了蟹塘，很多张牙舞爪的螃蟹在里面爬来爬去，生气地吐着泡泡，像是在对着我们人类吐口水。它们肯定是在生气：过去每只螃蟹都是有洞穴为家的，现在谁也没地方做蟹洞了。

作为越冬植物的油菜花又是和小雪季节有关的。

因为小雪到了，在寒风中栽菜的日子又到了。必须要在收获过的稻田中挖出墒沟（油菜地的墒沟并不像麦地的墒沟那样深，能满足油菜地的灌溉之需就可以了）。接着就是“打”出移栽油菜的小泥塘。而油菜苗早在20天前就育好了，一棵一棵地用小铲锹移栽到小泥塘中。

西北风越刮越大，每个人的脸都是黑的。但必须坚持栽完——要抢在初霜之天让移栽的油菜们“醒棵”。这也是秋收之后最重的一项农活了，移栽完油菜，大家就可以直起腰杆喘口气了。

对于栽菜这项苦活计，我内心是有疑问的，为什么不直接把菜籽种到泥塘中呢？这样就不用移栽了。

父亲说，直接种的菜不发棵！

父亲又说，牛扣在桩上也是老！ 做农民还偷懒？

父亲对我的话很是不满意。为了不让他继续发火，我加快了栽菜的速度。但我的速度还是赶不上沉默不语的母亲。

栽下去的油菜苗到了下午就蔫了下去，整个菜地几乎没一棵直立的。但父亲一点也不担心，到了晚上，一块油菜地栽完了，抽水机开始作业，将河里的水引到油菜地里，那些移栽过来的油菜慢慢喝足了水。

到了第二天，每棵移栽过来的油菜都有一片或两片叶子竖了起来。到了第三天，所有的油菜都活了。

再后来，油菜们就拼命地长。一片两片叶，经历霜冻，经历真正的雪的覆盖，到了春天，越过冬天的它们都记得开花，就是大家都看到的金灿灿的油菜花。

…………

可要移栽到多少田亩才能停下来
把眼中的泪水拭净
或者把天边的积雨云推得更远——
已深陷在水洼里的
那不可一世的红色拖拉机
正在绝望地轰鸣着
扬起的泥点多像是我们浪费过的时光

这是我为那些年的油菜写的《移栽》。

这么多年过去了，只要我身边的朋友赞叹我老家的油菜多么美，我总是想起那些移栽后又复活的油菜，它们多像经历了一场苦难又终于站起来的乡亲。

四十年前的盛宴

俗话说："小寒大寒，冻成一团。"

但最冷，还数把人彻底冻成狗的小寒节气。小寒几乎与"三九"重叠了。

我懂得"三九"这个概念，并不是因为语文老师。那时有线广播里反复播放一首高亢的歌："红岩上红梅开，千里冰霜脚下踩，三九严寒何所惧，一片丹心向阳开……"《红梅赞》是阎肃老先生写的。后来我和老先生见了一次面，也是唯一见面，竟就在一个三九严寒天！

"三九严寒何所惧"——可我们单薄的身体渴望暖和。暖和需要吃饱饭(肚子里是咣当咣当的稀饭)、晒太阳(在西北风乱窜的室外晒太阳也没用)，装满粗糠和草木灰的铜脚炉还能给点力(但时间不会太长)。

最佳御寒的办法是给身体加油——多弄点吃的东西塞到胃里。

但哪里有吃的呢？树上没吃的。野外没吃的。河里没吃的(封冻了)。有一年，因为歉收，父亲规定，一天只吃两顿。

吃了两顿，就没力气出来和小伙伴们捉迷藏了，总是早早上了床。父亲还教育我们："没钱打肉吃，睡觉养精神。"

睡觉是能养精神的，但饿着肚子的我，越睡越精神，一点也没睡意，耳朵竖得老长，像是一根天线，接收着屋外各种各样的声音，并从接收的声音中分辨出声音源头。许多奇怪的故事被我想象出来了，后来又消失了。我躺在向日葵秆搭成的床上，稻草在我的身上发出幸灾乐祸的声音，我从肚皮这边摸到了后背。

但有一年，也是“多收了三五斗”的一年，稻子丰收，整个冬天我们家都是一天三顿。小时候的冬天雪天多。丰收那年的三九严寒天也在下雪。父亲喜欢下雪，冬雪可利第二年的丰收。因为高兴，喜爱黏食的父亲建议煮一顿糯米菜饭！

虽然母亲对父亲这种败家子的决定有点微词，但她还是采纳了父亲的建议，洗菜、淘米、刮生姜皮（父亲坚持要加生姜丁）。

这顿糯米菜饭是在父亲的指导下完成的，先炒青菜，再放糯米，慢火烧沸，焖一小会，再加一个稻草团，待这个稻草团烧完了，糯米饭的香味就把我紧紧地捆住了！真的是捆住了！

我忘记了很多挨冻的日子，也忘记了很多挨饿的日子，但永远记得那年小寒节气里的这顿盛宴——糯米菜饭。

在这顿盛宴的尾声，母亲把糯米菜饭的锅巴全部赏给了我。

后来上了大学，我去外语系的同学那里玩，看到他们的课表。他们有泛读课，还有精读课。我不知道他们怎么讲这些课，但对于我，那顿贫寒人家的盛宴上，糯米饭是泛读课；糯米饭的锅巴，则是精读课，我是一颗一颗地嚼完的。嚼完之后，我有很长时间没有说话。我生怕那些被我嚼下去的锅巴再次跑出来。

还有，我全身暖和和的。

现在想起这场四十年前的盛宴啊，我全身还是暖和和的。

（《安徽散文》2023年春之卷）

漫长的家访（2021—2022年）（节选）

黄 灯

2020年，因为疫情，出门变成了一件不确定的事，我不得不暂停延续了几年的家访行程。

2021年1月，林晓静考研结束后，我获邀来到了她广东饶平的家。2022年1月，何境军结束考研“二战”，我去了他广东廉江的家。

在我的学生中，晓静和境军遭遇了大学生活的疫情挑战，遭遇了“史上最难”就业季，历经了考研的压力和挫折。在此以前，面对二本学生越来越难以立足社会的现实，我一直忧心忡忡倍觉压抑，疫情过后，我深刻领悟到，相比教育对年轻人生存的左右，时代的大势才是决定他们命运的关键。显然，比之晓静的波澜不惊，她妈妈的人生轨迹，更能凸显时代大势对个体命运的影响和渗透。

时代就在身边，很多时候，我们对此会毫无感知，觉得一切都是理所当然。

境军的成长，则让我认识到教育过程中外界力量适度介入的意义。相比同龄人，境军来到广东 F 学院，除了个体足够的觉醒和努力，同样离不开背后家庭的奋力支撑。

记下晓静和境军，是希望文字的黏性能够给疫情防控期间的年轻人，留下些微生命的剪影。让我欣慰的是，尽管两位历经了疫情的折腾以及“二战”的失败，但并未被沮丧的情绪主宰，他们坦然进入一些小公司，在广州那些并不起眼的角落，悄悄安放需要休憩的心灵。他们的淡定让我安心，他们勇敢走向社会的勇气，也让我感知到一场更为重要的成长已经开始。

2022 年 1 月，我还去了温钰珍广州萝岗和韶关新丰的家。钰珍是我入职广东 F 学院教过的第一批学生，她内心的笃定和日子的宁静，让我看到一代年轻人安身立命的可能。除了时代和家庭负载的幸运，钰珍顺利立足社会，是否还有其他要素？对她的寻访，为我透视其他学生的命运变迁提供了参照。

我知道，正是本书中更多学生的出场，丰富了此前我叙述的二本学生群体，他们展示的驳杂和丰富，让我意识到，任何整体性的表述都面临天然局限。

嫁给潘教授

通往萝岗的六号线

温钰珍给我发完定位后，不断提醒我在黄陂站下车。

和 39 路公交一样，广州地铁六号线，也是我生命中极为熟悉的交通工具，每次站台播报“植物园站”或“龙洞站”，都会让我倍感亲切，并意识到该下车了。下车后，不想步行，我会从“植物园站”钻出，继续转一趟公交，想步行，我会选择“龙洞站”，横穿林业学校，去到广东 F 学院。

说起来，六号线是目前横穿广州市中心范围最广的地铁，它途经白云、荔湾、越秀、天河、黄埔五个区，经过的站点多达 31 个。“宿舍三剑客”中的吴洁森，家住浔峰岗附近，每次往返家和学校，乘坐的就是六号地铁。黄花岗、区庄、东山口、东湖、团一大广场、北京路、海珠广场，这些老地名，铭记的是一个古老的广州，高塘石、黄陂、金峰、暹岗、苏元、萝岗、香雪，这些新站名，随着城市边界的东扩，却昭示了广州年轻的活力和野心，并成为学生心目中的圣地。

温钰珍与何文秀、朱洁韵来自同一个班级，我入职广东 F 学院后，她们是我教的第一批学生。多年来，我与钰珍一直保持密切的联系。毕业后，她时不时会告诉我结婚、生子、工作调动，或者老家建房的消息，曾多次邀请我去她家看看。也许因为离得太近，我总认为去钰珍家很容易，没想到，在多年的忙碌中，竟然一直没有成行。近几年，每次和班上的学生聊天，发现不婚观念的女生越来越多时，我就会想起温钰珍，想起 2006 年给她们班上课时，她曾很认真地提起，“毕业后我会尽快结婚，尽快生孩子，什么年龄做什么事情”。她不经意中说起的话，让我想起一种曾被普遍认同的观念，而我也会以此为标尺，悄悄丈量讲台下一届比一届年轻学生婚恋观念的变迁。

十几年过去，在对学生状况持续的关注和了解中，我突然意识到，我的目光，常常聚焦他们的就业和去向，很少关注年轻一代如何进入和经营家庭生活。而钰珍，在一定程度，能助我了解女生的情况。

这样，结束从腾冲章韬家到廉江境军家横跨五年的家访后，我欣然接受了钰珍的邀请。

对这个家庭的寻访，构成了我漫长家访旅途中的重要一站。

2022 年 1 月 23 日上午，我从越秀区农讲所地铁站出发，进入一号线后，很快便从东山口转乘香雪方向的六号线。比之天河区的“植物园站”和“龙洞站”，黄陂、金峰、苏元、香雪等站点，早已进入广州东部的萝岗区，自然，比之老广州人眼中偏僻的龙洞，萝岗新区要更为遥远，如今，随着科学城的蓬勃发展，这片往昔的寂静之地，早已在强大产业的加持下，成为一座城市的经济引擎。

按照钰珍的交通指引，我从黄陂站 D 口出来，一眼便看到了她停在路边的车。十几分钟后，我们来到天鹿南路一家汽车养护服务部，钰珍指着路边的一栋房子说，“到了”。没有想到，来钰珍家，竟然如此方便，从出发的时间算起，整个旅途不足一个小时。

钰珍的家，坐落在天鹿湖森林公园的山脚下，是一栋三层半的白色楼房。链接牛鼻山隧道的黄陂村大桥，就在房子前方高高的立交桥上。房子靠近主干道，公共交通极为方便，离家不足 10 米的地方，就是市政公交联和北车站。钰珍的丈夫小潘，一个高高瘦瘦的年轻人，正和一帮修车的师傅，围在一辆黑色的轿车旁边，商讨养护的策略。

房子一楼的挑高，接近四米，面积达三百平方米。一楼的装修，按一个中等规模的汽车养护中心设计，可同时容纳六辆车一字排开作业。二楼廓大的空间，一看就闲置多年，主要用来堆放旧家具和各类杂物。钰珍家在三楼，房子的挑高超过五米，除了客厅，其他地方被隔成上下两层。木制的楼梯就在客厅进门的地方，孩子们在墙壁上涂满了色彩缤纷的字画，零散的玩具堆放在不同角落。钰珍结婚后，一直和公公、婆婆住在一起。婚后五年，生育了两个孩子。我去的时候正值寒假，公公婆婆带着两个孙子，早已回到了韶关新丰县的村庄，钰珍公司要到小年以后才放假，丈夫楼下经营的档口，也到了一年之中的旺季。

置身现场，我立即理解了多年来和钰珍难得见上一面的原因，她和我一样，一直处于纷乱的忙碌之中。2008 年大学毕业后，钰珍很快结婚生子，作为双方家庭的长女、长嫂，几乎是无缝对接进入了“上有老、下有小”的日常。

2006 年前后，我给钰珍上课时，她课余时间总喜欢找我聊天。相比多数女孩的内敛和腼腆，钰珍成熟、大方，是那种不用他人操心太多的女生。有什么事，她喜欢和我说，大二时，钰珍告诉我，初中的同学小潘正在追她，姑姑认为侄女好不容易念了大学，不应该找一个初中生，而钰珍时隔多年重逢小潘后，反倒觉得早早进入社会的小潘，比起大学班上的男生，更能给她安全感，两人也更有话说。小潘初中辍学后，立即跟随父母来到广州，帮忙干点杂活，得知钰珍在广州念大学，他在忙碌的间隙中，时而开一辆货车来学校找她，时而穿一身遍布油漆的工作服出现在她眼前。大二最后一个学期，两人确定恋爱关系，钰珍欣赏小潘的踏实和靠谱，小潘看重钰珍从未改变的善良和热情。

相比师弟师妹一年比一年艰难的就业，回想起来，2008年的毕业季，对钰珍他们这一届而言，算得上黄金时期。她联系的第一份实习工作，是花都的一家农业银行，得知单位明确不招农村户口的毕业生后，钰珍很快放弃了这一选择，随后来到深圳一家保险公司实习，上班几个月，小潘一天十几个电话，“他反复问我到底有没有真心，问我是不是想留在深圳，我想了一下，义无反顾地离开了保险公司”。回到广州，小潘带钰珍去见了父母，直到这时，她才知道，小潘的家，离自己的大学，仅仅四个地铁站的距离。

钰珍的最后一份实习工作，在广州的中建某局。2008年前后，正是公司发展最快的阶段，广州的很多地标建筑——东塔、西塔、太古汇及其他总部大楼，公司都是总承包。钰珍从来没想到，自己凭一纸专科文凭，就获得了让人羡慕的机会。“非常幸运，二十多个毕业生竞争实习岗位，就我一个人入围，实习期满后，领导认为我工作踏实，将我留了下来。”

从入职第一天起，钰珍就对这份幸运充满感恩，她要求自己不能放过工作中的任何细节，“我从前台做起，什么都干，好长时间，就是一个送水工”。半年后，公司业务量越来越大，领导着急物色一名可靠的员工，管理庞杂而重要的印章，钰珍很快进入视线，这样，她在“印章管理”岗位上，待了近十年。

伴随公司的快速发展，公司的业务量剧增，业务种类也大大拓展，钰珍管理的印章多达数百枚。“这份工作琐碎、耗人，但责任重大，容不得半点差错。”在钰珍记忆中，两个孩子出生没多久，自己就必须快速调整状态，满足工作的要求。“全国各地跑，白天黑夜随叫随到，公司谈下一个项目不容易，到了招投标阶段，只有盖章完成，才意味着业务的敲定，印章管理容错率为零。”

多年来，钰珍没有出过任何差错，她也因办事踏实，让人放心，每次面临岗位调整，就被领导不断挽留，不知不觉，竟然在这一岗位待了很长时间。从2020年开始，公司开展“三年行动”计划，员工必须离开总部，轮换到新的单位或部门，这样，钰珍离开了“印章管理”岗位，轮换到科学城附近的一家分公司，负责党建和工会管理；2021年4月，为了接受更大的挑战，让自己获得更多锻炼，她竞聘去了东莞一家分公司，担任办公室副主任。

近几年，随着总部的转型，公司的业务也逐渐往基建靠拢，水务、环保、钢结构、装饰、园林设计，都成为拓展范围。钰珍去东莞后，所属的公司有两个钢结构大厂，面积近10万平方米，这样，和基层产业工人打交道，成为钰珍的重要工作内容。相比印章管理的封闭，钰珍在大量的人际交往中，学会了换位思考，学会了从不同维度处理问题。每年毕业季，公司会从全国不同高校招录几十名新员工，迎接他们时，钰珍会给每个人买雪糕，并告诉他们一些南方轶事，“不要称呼成年女性为大姐、阿姨，而要叫靓女”，同时开玩笑提醒新员工，“不要可怜地铁口卖菜的老人，他们是本地人，名下有十几套房，老人不是因为穷才去卖菜，而是为了打发时间”。

钰珍和我讲起她的工作经历时，也自然聊到了班上其他同学的状况。大学期间，钰珍一直担任班长，毕业多年，她和班上的同学保持了密切联系。丽炜来自云南曲靖，是钰珍大学期间的闺蜜，钰珍告诉我，“作为独生女，丽炜毕业时，在广州和曲靖之间犹豫了很久，最后还是回到了故乡，目前在曲靖一家银行当理财经理，过得安稳而舒适”。我们不约而同聊到了朱洁韵，洁韵生病时，钰珍曾在学校发起募捐，“如果她不生病，根据她的性格和能力，现在也会过上不错的生活”。钰珍对洁韵假设的笃定，让我突然想起，2008 年的毕业季，尽管美国的次贷危机，同样波及了中国经济，但班上的学生，丝毫没有对未来的担心，更没有关于就业的紧张和焦虑，回过头看，2008 年恰如钰珍所言，确实算得上这一代年轻人的黄金时机。近两年，钰珍也留意到，单位新招的员工，清一色来自 985、211 大学，像她这样来自二本院校的专科生，几乎看不到踪影。“如果不是毕业早，放在今天，我都无法想象自己要面临什么选择。”

中午时分，钰珍开始做拿手的煲仔饭。家里用的自来水，是三四户村民集中从天鹿湖接过来的山泉水，看得出来，只要在家，钰珍就是全家人的主心骨。丈夫利用中午的空隙，从楼下员工食堂打了一份饭菜，上到三楼和我们一起聊天。钰珍戏称，“他是我们家的潘教授”，同时拿出生日那天，丈夫写给自己的古体诗为证。小潘则笑着解释，“家里总是网购汽车零配件，为了保证质量，将收件人标注为‘潘教授’后，快递员的态度好了很多”。

小潘初中没有毕业，平时喜欢看书，言谈举止极为儒雅，他跟随父母到广州谋生后，一直严格要求自己，“先后考了高级维修工证、二手车评估师证，还自学拿了大专文凭”。楼下的汽车养护公司，是小潘和朋友合作的结果，“说是公司，其实就是路边摊模式，经营场地是我的，档口坐镇的师傅从湖南请过来，一些朋友出技术，我作为学徒跟他们一起做”。在此以前，小潘跟随父母经营门窗生意好多年，随着房地产热潮的消退，他意识到必须早日转型，必须接受新的挑战。汽车养护行开了几年后，小潘早已适应新的变化，但挑战无处不在，随着电动汽车的兴起，他切身察觉到了传统燃油车的压力，“新能源发展起来后，内燃机的零部件就少了，后期的氢原料电池属于电的范围，说白了，没有发动机了，修车变成了处理电机，而这必然涉及光伏电、高压电，路边摊的形式会慢慢淘汰，养护必须去 4S 店”。显然，相比钰珍的相对稳定，小潘在社会的历练中，早已习惯了主动转型、不断更新。

饭后不久，我与钰珍爬上她家的顶楼眺望。尽管房屋的楼层不高，但在隐隐约约的山脊中，依然可以看见萝岗的天际线。相比龙洞的杂乱，萝岗这一片后发之地，无论规划还是城市建设，起点都要高很多。远远看去，天鹿湖森林公园几乎与村庄融为一体，牛头山旁的艺术家村近在眼前，当年红极一时的雅居乐富春山居，就在村庄的隔壁，万科、龙光、保利、恒大、融创等地产商所建的楼盘，承载无数新广州人的梦想，在钰珍家楼顶前方的天空下依次绽放。万达广场、新兴产业、山顶公园，地铁、绿道、学校、医院、限购、升值，GDP 增速，承载了一个城市的野心，也叙述着萝岗新区的蝶变。

无论是通过念书进入城市立足萝岗，还是通过进城打拼，赶在城市化脚步尚未加速之前扎根村庄，在六号线的尽头，总有一种幸运，落在不同时代的少数人身上。

回娘家

从钰珍家回来不到一周，1 月 28 日，钰珍兴致勃勃给我打电话，告知已处理好单位年前的事情，准备 29 号回老家过年，问我是否愿意同行。韶关靠近湖南，是我春节回乡的必经之站，于是，我调整好年前的行程，决定先随钰珍回家看看。

第二天一早，我们约好在龙洞地铁站见面，小潘负责开车。根据往常的经验，腊月二十七算得上春运期间返乡的高峰期，顺利买到一张火车票，或搭上同乡的顺风车，成为外出游子的最大心愿。让我惊讶的是，进入高速路段后，广东境内北向韶关段的广连高速、大广高速，竟然一路畅通，看不到几辆小车。显然，因疫情尚未结束，很多工厂提前放假，腊月一到，不少外出谋生的打工人，早已提前返乡，和往年的客流高峰形成了错位。

一路的风景，倒是和高铁窗外没有差异，只不过坐在汽车上，会感觉人和身边的山、树、路要更为贴近。车子很快穿过靠椅山隧道、太宝山隧道，仅仅两个小时，便到达新丰县境内。钰珍与丈夫的家，都在遥田镇，相隔几公里，算得上近邻。他们计划先送一部分行李去小潘家，吃过午饭，再去钰珍家。当天晚上，钰珍的两个弟弟，也将分别从新丰县城和深圳赶回来，尤其是小弟，第一次带女朋友见亲人，这是全家最为期待的事情。

下午两点，在小潘家吃过午饭，我们便启程去隔壁村的钰珍家。钰珍所在的村庄叫高石村，离小潘家几分钟的车程。进入村庄，只见一栋两层高的白色楼房，非常显眼地矗立在一处房屋密集的高坡上，从装修和外观看，房屋修建的时间不算长，在房子的右侧，是叔叔家，房屋的前面，是大伯家。经过一道缓坡，房子前方二十米，是一条硬化的机耕路，与机耕路平行，是一条清澈蜿蜒的小河，“我们小的时候，河边到处都是茂密的竹林”。

离除夕只有两天，村庄到处弥漫着过年的气氛。

大弟和弟媳早已回家，大弟正准备家族聚会的晚餐，弟媳则忙着收拾房间的卫生。我们到后不久，小弟和女朋友也陆续到达。

钰珍的爸爸，忙到天黑才回家。他个子高高大大，戴着一副眼镜，颇具干部风范。在我走访过的学生家长中，钰珍爸爸算得上开朗健谈的人。他一进屋，家里便热闹起来。晚上的家庭聚餐，分设在钰珍家、叔叔家和伯伯家。在几栋近邻的房屋之间，大人川流不息，小孩跑来跑去，嬉戏打闹，极为兴奋，我置身其中，仿佛回到了老家。四年以前，在安徽怀宁何健家，我也曾见识和参与过相同的聚会，在中国的任一村庄，一到春节前后，亲人之间的团聚，总是洋溢着相同的氛围，弥漫着浓浓的亲情。

钰珍的爸爸，被村民同时推举为村民委员会委员和党支部成员。这几年，随着新农村建设的铺开，村委的工作变得重要而繁杂。回到村庄以前，爸爸一直依靠外出打工维系家人的生活。他出生于1966年，初中毕业后，曾去广州芳村找过事，在三十岁前，四处漂泊辗转各地，工作并不稳定。

1985年，爸爸曾去芳村当年知青点附近的一家工厂拉煤，每个月收入150元；1993年，他辗转去了湖南郴州一家酒店当厨师，此后还在建筑工地做过小工。直到1996年，爸爸再次回到广东，进了增城天天洗衣机厂，工作才得以稳定下来。

在洗衣机厂，他很快显露出潜藏的领导才能，一直担任主管。随着孩子们的长大，各项开支明显增加，2004年，为了获得更多收入，爸爸跳槽到东莞丰田洗涤有限公司，担任分厂厂长。洗涤公司的对外业务，主要包括酒店的床上用品、茶楼饭店的餐布和台布，合作的对象则包括广州北站、罗湖站、韶关站、佛山西站，高峰阶段，甚至承接了广州站、广州南站、深圳东站的首发车业务，“那个时候，公司业务量大涨，工厂效益也很好，员工快速增加，总数达到一千多人，我们东莞的分厂，就有两百人”。

在钰珍记忆中，爸爸当厂长后，一直非常忙，很少回家，家里的经济状况，也说不上太好，最大的变化，是找爸爸的人多。和境军舅舅一样，爸爸解决了大家族富余劳力的就业问题，也帮助村里外出谋生的年轻人，在东莞找到了立足之地。附带的另外一个收获，爸爸因为当厂长，认识的人多，钰珍家的不少亲戚，都在工厂找到了对象，“我们家好多外省的媳妇，贵州的、重庆的、江西的，我的堂嫂就是外地的，当时在工厂打工，爸爸将她介绍给了堂哥”。在东莞分厂干了十三年，2017年，妈妈因身体不好需要照顾，爸爸离开工厂回到了村庄。还没来得及调整状态，就被村民高票选为村干部，爸爸只得一边照顾妈妈，一边忙着村里的事情，“这几年，利用国家的扶持政策，我带领村民争取资源，修好了大路，修好了村道，下一个目标，是在离任前，带领大家接通自来水”。

爸爸在外谋生期间，妈妈一直在家带孩子。钰珍四姊妹，她是老大，下面依次是大弟、大妹、小弟。妈妈在娘家时身体就不好，婚后因长期分居两地，加上和公公婆婆的关系紧张，每次爆发冲突，爸爸总向着父母，这更加重了她的心理负担。

常年的积郁和劳累，最终击垮了妈妈，随着年龄的增大，她精神分裂的趋势越来越严重。2017年，爸爸回家后，在分担村干部工作之余，主要任务是照顾妈妈，但随着病情的加重，爸爸根本无力独自承担。2018年，妈妈先后几次送往医院抢救，小弟也辞职回家和爸爸一起照料，坚持了几个月，还是没有办法照顾好病人。

清醒的时候，妈妈怕连累亲人，跳过一次河，被家人救起后，在原来的病情之上，还要承受骨折的痛苦，“那几年，我们一家人都处于崩溃中，妈妈的腿伤养好后，经朋友介绍，我们找到了一家专科医院，将她送过去长期调理”。在专业的照顾下，妈妈的病情明显好转，加上在医院结交了固定的朋友圈子，她也不愿回家。到现在，妈妈一直住在医院，家人会定期探望。钰珍对此感触颇深，“我们家人都照顾不好妈妈，但是政府将她照顾好了，每一次探望她，我发自内心地感谢政府的分担”。安顿好妈妈后，全家人的生活走向了正轨，爸爸一心一意在村委工作，小弟重回深圳上班。

当夜，热闹的家庭晚餐结束后，全家人待在客厅聊天，爸爸在孩子们的簇拥下，脸上洋溢着人到晚年的欣慰。村委的工作越到年关越忙，但村庄看得见的变化，让爸爸难掩喜悦之情，“现在路修好了，还拓宽了，环境也改善了很多，垃圾和污水也得到了处理，以前别人总说外国的农村漂亮，现在，我们村拍出来也特别漂亮”。

妹妹在镇上开了一家服装店，年前正是忙碌的时候，晚饭开餐前，她还没有赶到家，只是不断抽空打电话给钰珍，告知店里的具体情况。钰珍和弟弟、弟媳一边喝茶，一边听爸爸说话，几个人不约而同地聊起了以前的生活。和任何家庭的年关聚会一样，成年兄妹之间的话题，都离不开对童年和少年时光的追忆，正是年关前的情绪发酵，让春节弥漫着浓浓的亲情。

钰珍出生于1985年，她对童年的记忆，有三个清晰印象：干很多农活、爸爸对自己好、拖欠学费。作为家中老大，加上客家人对女孩子的严格要求，钰珍从小极为勤劳。她六七岁就会放牛，会上山砍柴，家里插秧、割稻的常见农活，她小小身板，已是重要帮手。弟弟妹妹上学前班的几年，她要哄着背他们去学校。在几乎放养的童年阶段，钰珍像任何一个农村孩子一样，总会遭遇一些意外：背弟弟上学时，曾掉进山沟里，是路人将他们救起；割稻谷回家过独木桥时，赤脚踩进桥的缝隙，半个身子悬在河中央，是偶遇的叔公，小心翼翼将她拉出来；她还掉过一次茅厕，妈妈帮她洗干净后，让她去村里讨百家饭驱除晦气。

尽管从小要求干很多活，必须表现勤快，作为家中长女，钰珍依然领受了爸爸足够多的爱。爸爸常年在外，每次回家，无论手头有钱没钱，他都会给大女儿捎个礼物，妈妈家务多，性子急，有时会责骂钰珍，爸爸若在场，一定会制止妻子骂人。在漫长的童年，钰珍最大的期待，就是等候爸爸回家，“奶奶经常说，只要他回来，我就算生病，也会立即好转”。

当然，对于童年，贫穷，依然是刻骨铭心的记忆，“从小学到大学，我一直拖欠学费”。钰珍对贫穷的佐证，来自父母躲避计划生育时，并不害怕计生干部的处罚，“妈妈快生弟弟时，悄悄回到家里，躲起来不出门，我舅舅当时负责计生工作，他带人到我家来拖东西，发现家里没有一件值钱的物品”。爸爸补充当时的情况，“那时候，要养四个小孩，还有两个老人。你们都念书后，我兜里的现金，从来没有超过一百元，在天天洗衣厂当主管时，我的工资是1200元，工资一发，第一件事，就是将钱寄回家。”

钰珍上初中后，和隔壁村的小潘成为同学，“从小到大，我一直当班干部，初二时，我是班长，他是团支书”。班上劳动节组织活动，去当地村庄搞卫生，小潘带着男生玩，让钰珍和一帮女生干活，“他初中很坏，身材瘦小，穿着喇叭裤，梳着中分头”。小潘的父母当年都在外面打拼，钰珍朦朦胧胧记得，他初中没念完，就跟父母出去了，两人的再度重逢，是她考上大学来到广州念书后的事情。

钰珍考上县里的重点高中后，全家人决定搬往县城，“当时考上一中很难，一届也就十来个”。大姑借了三间旧瓦房给他们，解决了一家人的居住问题，“房子很旧很老的那种，年久失修，我们清理灶台时，砖缝里爬出了一条蛇”。韶关的冬天和湖南一样湿冷，一到下雨，漏水的屋子，会让全家人拿着大盆小盆忙个不停，“念高中时，我最大的梦想，是家人拥有一间不漏雨的屋子，屋子里没有蜈蚣”。

妈妈在县城的生活，依靠摆摊卖水果，“她算数特别快，大脑一闪而过，就能算出水果的价格”，弟弟妹妹随之开始在县城念初中。高中的寒暑假，钰珍会和妈妈一起摆摊做生意，哪怕到高三寒假的关键时刻，都没有中断。高考结束后的那个暑假，她决定去爸爸所在的工厂打工，“临行前，韶关下了一场暴雨，老房子完全泡在水里，收拾完毕，我就出发去了东莞”。高考成绩出来后，钰珍上了本科线，但没有达到预期目标，“我复读了一个月，收到了广东F学院的通知，班主任问清了家里的情况，让我立即停止复读，马上去大学报到”。直到今天，钰珍都深深感激班主任毫不含糊的建议，“他担心越到后面就业越难，事实证明了他的判断”。

进到大学后，钰珍依然担任班长，为缓解生活压力，她选择了勤工俭学的岗位，从小到大养成的勤劳习惯，成为她干任何事情的底色。暑假在系办值班时，她主动将办公室的窗帘洗干净，给老师留下了极深的印象。相比同龄人，钰珍坦言自己没有特别的才华，只不过如客家女子一样，本分做人，任劳任怨，但恰恰是勤劳的品行，给她带来了意外的机会，“从小到大，我做任何事情都踏踏实实，绝不投机取巧，实习结束，我之所以顺利留在单位，就是靠吃苦和踏实”。

大学毕业拿到的第一个月工资，钰珍在县城的江边，毫不犹豫给家人租了一套舒服的房子，“房子看好后，周末一到，我立即赶回去签字交钱”。随着钰珍念大学，家里的境况发生了很多改变，“我们家，我妈家，我爸家，以前在村里，总是被人瞧不起，我念大学后，家人才慢慢在村庄获得尊重，农村就是这么现实。我虽没有才华，但确实靠读书改变了命运”。钰珍结婚没多久，就和丈夫帮助父母在老家建好了新房，弟弟妹妹也得到了好的安顿。目前，大弟在广州跑运输，成家后，定居新丰县城。小弟当兵转业后，在深圳一家公司上班。小妹结婚后，住在镇上，开了一家成衣店，几姊妹中，小妹离父母最近。

晚上九点半，妹妹才离开繁忙的小店，回到家中参加亲人的团聚。她采购了大大的一袋毛皮鞋，算是送给长辈的礼物。大伯、二伯、叔叔，在接到侄女的电话后，再次来到大哥家中，挑选各自喜欢的颜色和款式，笑容满面地领受侄女带来的温情。

冬日的韶关，在临近年关的暗夜，因为亲人的欢聚，弥散着节日的氛围。

我们聊天至深夜，再次驱车回到小潘家，明天中午，是小潘家的大聚会。

重叠的村庄

第二天早上，天刚蒙蒙亮，钰珍的婆婆，就在屋里屋外忙开了。很难想象，这个沉默、温存的老人，多年来一直跟随丈夫在商界打拼。这几年，公公身体不好，为了更好照顾他，婆婆经常带他回到乡下的老宅。

冬日的清晨，空气清冽。远远望去，村庄窝在群山包裹的一块平地中，随处可见的凤尾竹和依山而建的房子紧挨在一起，到处郁郁葱葱，显示出南方的勃勃生机。一条清澈的小河从村庄流过，河边留有不少菜地。在村庄入口的小桥两边，一边一棵大树，掩映着古老的民居。吃过早饭，钰珍带着孩子们在村里闲逛，两个孩子在整日的奔跑中，壮实了不少。村庄房子稠密，人口也一天一天增多，看得出来，随着年关将近，村庄将迎来一年之中最为热闹的时光，小潘戏称，“老家平时人少得可怜，留在村里的人，还比不上随处可见的小狗多”。

沿着村庄的主干道，我们准备去看看以前的老房子。我留意到，随着乡村公路的完善，村民建房的趋势，越来越靠近路边。小潘家现在住的房子，大约十年前修建，他的童年，在另一个集聚点的旧房子里度过。我们走了五分钟，拐过一片稠密的老房子，一栋清爽、朴实的两层小楼，豁然出现在眼前。在父母外出打拼的漫长时光中，小潘和爷爷奶奶一直守着河边的两层小楼。房子目前无人居住，屋里的设备一应俱全，始终保留老人在世的模样。墙壁上，小潘童年所获的奖状清晰可见，爷爷奶奶用过的厨具、种菜的锄头、捞鱼的竹篓、晾晒东西的编盘，整齐有序地码在厨房里。石榴树种在一楼院子的角落，不管有人没人，只顾热烈盛开，花的鲜艳和娇嫩，越发在一抹抹精致的红色中，衬托出小楼的笃定和安心。小潘的睡房，正对窗外的小河，我想起钰珍和我说过，小潘尽管初中肄业，但读的书，远远超过她这个大学生，可以想见，童年和少年时代，小潘浸润在如此优美的地方，必然对自己的心性产生充盈的滋养。

我们爬上二楼的平台，全村的面貌立即呈现出来。也只有站在高处，才能真正感受到客家村庄的密集。离小潘家楼房不足三十米，有一栋老房子，小潘顺着方向指过去，“这是我太爷留下的财产”，房子的正门，清晰地写着“敦厚第”三个典雅的大字，“深挖洞、广积粮、不称霸”、“坚持社会主义，反对资本主义”的粗糙标语，用红色的颜料，潦草地写在旧居的墙壁上。作为典型的客家人，浓厚的家族观念，早已深深根植小潘的心灵，他提到，“太爷留下了一栋房、爷爷留下了一栋房、父亲也留下了一栋房，作为第四代，我也应该完成自己的使命”。

逛完以前的老房子，婶婶打电话过来，邀请我们去她家玩。婶婶家的房子，离小潘家仅仅一路之隔，我们沿着河边走，很快便到了婶婶家。婶婶是一个热情爽朗的女人，当天中午是年前的家庭大聚餐，她和钰珍婆婆一样，很早就起床准备中午的菜肴。我们进门时，她早已将新做的客家米酒温热，又拿出年货，剥了好几个砂糖橘，让我们尝尝。

多年来，叔叔婶婶一直在广州打拼，这两年因为疫情，加上小女儿已考上大学，从去年开始，他们彻底搬回了村庄。尽管在广州打下了不错的家业，两口子从没想过休息，一回到乡下，就开始了另一种忙碌：婶婶喂猪、种菜，叔叔则种起了粉蕉。叔叔告诉我，“村庄的经济作物极为丰富，我们这里是广东有名的粉蕉基地，今年碰上台风，吹倒了不少香蕉树，但价格还可以。去年香蕉只能卖五毛一斤，今年涨到了一块，算起来，种植香蕉的收入，比种稻谷划算很多”。

除了传统的粉蕉种植，砂糖橘也是村庄的特产，由于劳力的减少，加上管理跟不上，砂糖橘的种植规模，比起以前缩小了很多。叔叔兴致勃勃地提到，“村里明年准备推广凉粉草，有人算过，一亩地最少可以收入六千到八千”。从外表看，小潘家所在的村庄，和我湖南老家没有任何差异，但两个村庄分属两省，中间横亘了高高的罗霄山、雪峰山和五岭山，因气候的差异，两地的经济作物完全不同，在我的印象中，粉蕉和砂糖橘，就从来没有跨过韶关的高山，在我故乡的土地上大规模种植成功。

事实上，小潘父辈的收入来源，并没有依赖土地上的产出。村庄人多地少，有限的土地，养不活村庄的子孙，要想过上像样的生活，外出谋生成为唯一的出路。1985 年，爸爸作为大哥，带着妻子离开村庄，来到广州上元岗一带贩卖木材，同时兼做门窗生意，并在随后的岁月中，陆陆续续带出了整个家族的兄弟姐妹。

对于父母早年的打拼经历，小潘没有太多印象。他和弟弟妹妹留守家中，跟随爷爷奶奶一起生活。事实上，在客家人聚集的村庄，以孩子的眼光看，大人外出谋生，孩子跟随祖辈，是极为平常的事情，小潘兄妹尽管没有父母的陪伴，但也没有留守儿童的概念，和其他孩子相比，他们并没有什么不同。

对于小学的印象，小潘始终停留在冬天与小伙伴挤成一团取暖的场景。对于小学的成绩，他印象模糊，但进到初中，因成绩突出，聪颖灵活是老师对他的一致评价。到初二，学校要求早自习，小潘每天必须五点多起床，才能保证不迟到。父母常年在外，不可能接送孩子去学校。爷爷去世后，小潘考虑到奶奶年事已高、精力有限，索性决定辍学，初中没念完，就跟随父母来到了广州。相比钰珍高中、大学的漫长求学生涯，小潘历经了和父母贩卖木材、做不锈钢门窗生意、转型汽车维修保养的职业变迁。他的个人成长，完全靠社会的历练和父母的言传身教。几天来，在和小潘交流的过程中，他反复强调，“个人立足社会，最后都是靠自己，如果能力强，也不一定要读大学”。他还提到，“如果有足够的常识，个人就有了立足社会的根基”。和钰珍结婚后，小潘经常笑话钰珍不懂事，想不透很多事情。转型做汽车养护以来，他接触的人越来越多，凭借经验，一般能从客人的外表判断其身份。让他惊讶的是，一些看起来斯斯文文、颇有来头的人，经常表露出粗野无礼的一面，“他们将车开到养护部，摇下窗，连个师傅也不叫，就直接大声喊，给我看一下车。他们有文凭，没文化，这个年代，大学生越来越多了，可是懂得礼节的人却越来越少”。

谈及父母的放养式教育，小潘并无怨言。在当时的条件下，爸爸妈妈也许意识到了送孩子念书的重要，但根本没有精力兼顾孩子的教育。他们沿袭了客家人的价值传承，教会孩子热爱劳动、不怕吃苦、敢于尝试，同时愿意放手将孩子甩出去，让他们早早获得更多的社会历练。小潘的弟弟妹妹，也都没有念大学，弟弟念完初中，妹妹读了中专，和他一样，就进入社会开始打拼。目前弟弟在佛山做生意，妹妹在广州从事信贷工作，钰珍对妹妹佩服得五体投地，“她胆大、灵活，懂得经营，也懂得处理人际关系”。从教育经历和立足社会的因果关系透视，小潘几兄妹，恰好和我教过的80后这批学生同龄，和我的学生通过文凭立足社会不同，他们没有历经完整的大学教育，但都通过现实的历练，抓住奔涌的时代红利，依靠各自的付出，在社会找到了立足之地。

在钰珍看来，公公婆婆一家带有天然的经商基因，他们对于经济的敏感，对于大势的把握，以及勇于冒险的胆识和快速的行动力，要远远高于其他村民。小潘父母在广州立足不久，就将叔叔一家及其他兄妹带出来，整个家族抱团一起经营木材生意。2000年左右，公公婆婆敏感地意识到，应该在广州郊区尽快物色土地，为孩子们储备一点根基，他们原本计划在上元岗一带购地盖房，因生意纠纷，亏掉不少积蓄后，没有任何犹疑，很快果断出手购置了当时白云、天河、萝岗交界村庄的土地，并修建了现在居住的楼房。

二十年前的萝岗，到处是荒郊野岭，但多年商界打拼的直觉，让公公婆婆坚信城市边界扩展的必然。为了方便做生意，公公买地的重要条件，是交通便捷，靠近路边。事实证明，家人的这一选择，让他们搭上了城市东扩的快速列车，也给小潘兄妹扎根广州提供了支撑。对父母而言，在萝岗村庄买地建房的最大好处，是能保留老家的生活方式：门前的空地，可以种菜，足够一家人享用；一楼的余屋，可以养鸡，保证两个孙子可以吃上新鲜的鸡蛋；屋顶的大平台，可以养蜂，他们一家人喝的蜂蜜，就来自天鹿湖森林公园的花丛。在村庄，不少村民盼望早日拆迁，获得房子和现金后，过上衣食无忧的“拆二代”

生活，公公婆婆最大的心愿，是保留现状，一家人通过劳作，享受踏实而平静的生活。

钰珍2008年毕业，2009年结婚，2011年生了第一个孩子。结婚后，她与公公婆婆生活在一起，两位老人早已不再经营生意。公公从繁忙的工作退出没多久，就遭遇了中风，钰珍工作之余，除了照顾孩子，还要和婆婆一起照顾生病的公公。

和父辈比较起来，钰珍和他们最大的不同，是通过念大学获得了一份稳定的国企工作，除了上班，和家人一样，她同样要料理家务、养育孩子、照顾老人。钰珍的身上，看不到太多同龄女孩对独立空间的向往，也没有对个人自由的极致追求，快速地融入婆婆的大家庭，对同样从大家庭走出的她而言，是一件自然而然的事情。在单位，她认真地对待所有的业务和岗位，以极致的责任感，做好每一件事情；在婆家，她将公公婆婆的事情，当做自己父母的事情，没有任何见外和隔膜。钰珍仿佛不曾拥有惆怅迷茫的片刻，不曾拥有让自己缓慢回味青春的缝隙，摆在她眼前的现实，要不就是承担长女的责任，帮助父母更快改善生活条件，要不就是承担儿媳的职责，生儿育女，照顾老人。“人当然要干活，不干活去干什么？”从小到大的客家环境，让她认为这一切都是理所当然。

在我的学生中，钰珍和父辈的价值观念如出一辙。也许，正是她身上超出一般女孩的担当和成熟，使得小潘和她分开多年后，依然有勇气走进大学校园，去找回年少时代中意的姑娘。

与公公的选择类似，叔叔去广州做生意后，同样在花都购买了土地，修建了住房，同时将多余的房子租出去补贴家用。比起小潘兄妹没有念大学，叔叔的两个孩子，都进入了大学校园。

上午十一点左右，姑姑和姑父驾车回来，随后不久，妹妹与妹夫也带着两个儿子赶到，院子里变得极为热闹。姑姑一看就是爽朗、能干的人，她1972年出生，共抚养了三个孩子，女儿1997年出生，大儿子1999年出生，小儿子2000年出生。三个孩子中，大儿子跟随自己做生意，女儿和小儿子正在念大学，小儿子就读广州某大学从化校区，学的信息工程专业，每年的学费需要三四万，算起来开支也不小，“现在社会发展不一样，年代不同了，大家都有文化，没有文化很难搞”。姑姑提到，三个孩子中，小儿子最喜欢读书，高考上了本科线，夫妻俩对填报志愿茫然失措，出钱找了招生办的人，才让孩子顺利进到了一所民办本科院校，“我们是苦了一点，但我们吃点苦，以后他才有出路”。姑姑又聊到了钰珍公公的病情，没说几句，就泪流满面，在共同的家族打拼中，外人看来全是机会和风光，她却目睹了大哥多年的艰辛和劳累，“做木头生意非常辛苦，哥哥当年好累好累，都没有好好享福，这么年轻就生了重病”。钰珍悄悄告诉我，公公兄妹关系极好，姑姑每回来一次，见到大哥中风后的模样，就忍不住要哭一场。说起来，一家人的生活，经过多年打拼，都已稳定下来，但背后付出的代价，亲人承受的痛苦，也只有亲历其中的人，才能看得更清。

中午的家庭聚餐，十二点准时开饭。姑姑擦干眼泪，调整好情绪，重新和亲人有说有笑。和昨天晚上在钰珍村庄的聚会一样，小潘一家年前的相聚，洋溢着同样的放松和欢笑，客家大盆菜摆上桌，孩子们叽叽喳喳说个不停。

明天除夕一过，就将迎来新的一年。像往年一样，一家人将离开村庄，奔赴异地，去到早已扎根的远方。对小潘而言，村庄是他人生的起点，也是他多年打拼之后的心灵安放地。如同自己的祖辈一样，他就算在广州扎根，但在村庄留下自己一代的印迹，将是他人生的重要使命。

重叠的村庄，像一幅幅长长的画卷，勾勒了小潘一家绵延的历史，也扩充和丰富了钰珍的生命成长史。

归途列车，或者再出发

吃过午饭，稍稍休息一下，钰珍和小潘送我去韶关高铁站。

第二天就是除夕，我必须在年前回到湖北。根据计划，我们先去婆婆家过年，正月初四，再回湖南老家，然后一路南下回广东上班。

新丰县离韶关市的距离，和广州离新丰的距离差不多。韶关是我进入广东境内的首站，我对它熟悉而亲切，二十年来，我从未想过在此下车看看，因为钰珍，我第一次在这个途经了无数次的地方逗留。

韶关车站看起来雄浑典雅，站台前的台阶与广场极为开阔。群山环抱车站，一种散淡、笃定的气息弥漫开来，完全不同于广州南站给我的喧嚣与混乱。

——五年前的暑假，我家访的首程是云南腾冲，五年后的寒假，我家访的足迹，来到了广东韶关。

说起来，钰珍算是带我见过双方家庭最多亲人的学生。两天的走访，让我在最短的时间之内，见到了她的爸爸、妹妹和两个弟弟，见到了公公婆婆，以及小潘的兄妹。通过家庭聚会，我甚至见到了双方的叔叔、伯伯、婶婶、姑姑等亲人。

更重要的是，我和钰珍的丈夫小潘，进行了大量的交谈。作为钰珍的同龄人，小潘的成长路径和立足社会的经历，让我在审视学生的命运和去向时，获得了另外的视角和思考。小潘的经历，显示出 80 后一代青年，在改革开放的大潮中，通过社会历练、家庭教育、技能学习，获得了立足社会的开阔空间。他敏锐的洞察力、做事的踏实态度、主动适应社会转型的应变能力，再一次让我确信，一个人能否在社会立足，和他拥有的文凭没有直接关系。在家长的引领下，一些孩子通过“甩出去”的方式，获得更多的人生历练和社会经验，同样可以锤炼出立足社会的能力。钰珍的成长则让我看到，对 80 后一代农村孩子而言，通过读书获得大学文凭，获得进入社会的门票，确实是个体改变命运的可靠方式。小潘与钰珍的差异让我看到，当依附在文凭之上的性价比越来越低，当大学教育捆绑就业的因果链条断裂后，在新的社会环境下，回到人的成长本身，让年轻人通过具体的历练获得社会性，是高等教育必须面对的挑战。概而言之，无论是小潘，还是钰珍，在现实语境中，他们都不算“成功学”意义上的耀眼个体，但都在各自普通的岗位上，通过踏实工作，顺利立足于社会。

人到中年，在具体的教育实践中，我会不时思考，当下的年轻人，到底和我们这一代有什么不同？他们的人生选择，是否真如媒体所强调的那样，只在乎自己的感受和自由，不愿结婚，不愿生孩子，不愿和他人打交道，不愿安心在单位工作，一言不合就离职走人？不可否认，直面变动不居、急剧动荡的流动时代，年轻人普遍遭遇了无处不在的焦虑，如何找到一条安身立命的路径，既是摆在他们面前的现实，也是我必须思考的问题。

对钰珍的家访，稍稍解开了我长久以来的疑惑。尽管钰珍将目前的境况，归结为各种幸运的成分，诸如大学毕业早，找工作顺利,公公婆婆打下了好的基础,让她和丈夫安居乐业,免去了当房奴的可能。作为旁观者,我却看到了小潘和钰珍身上幸运之外的其他要素:诸如来自传统大家庭的责任感、来自客家文化熏陶而出的坚忍和耐心、来自社会摸爬滚打的历练和勇气,还有始终葆有的善良和赤诚。他们的婚姻,用当下流行的观念,极易被标签化图解,在我眼中,两人之所以能跨越时间走到一起,主要基于共同的价值观,以及彼此在琐碎的日常生活中达成的理解和宽容。

说到底,年轻人的安身立命,除了物质层面的基本保障,也离不开精神层面的价值支撑。

我由此想到黎章韬,想到即将到孝感车站接我的大姐女儿芳芳,在不同的时间段,他们都曾就读于广东F学院,随着时间的流逝,在离开大学校园后,终究随着毕业生的队伍,汇入生活的不同角落,在关于二本学生的整体图景中,以各自独特的面孔,丰富对这一群体的叙述。

从这个角度看,来到钰珍家,并不构成我转身讲台、走向家访的终点。

归途列车抵达处,是我无尽旅途的新一程。

(《十月》2023年第6期)

颐和园

杜 梨

1

我在颐和园工作了快一年，因着工作岗位的不同，见识了湖光山色，也遇到了形形色色的人。我和我的密云同事戏称要开一档节目，叫《颐和园的故事之你是保安，我是保洁》，以赞美这皇家园林赐予我们的广阔视野和强健心胸。

去年冬天，我和两位同事一起扫过转轮藏边的万寿山，因山石上落了一个秋天的叶子，我们要将它全部打扫干净。那天，我们穿着蓝色工服，整整扫了 5 个小时，用 3 把破笤帚把山扫得一尘不染，每个人都像在黄土里打了一遍安塞腰鼓。而今年春天，我们将落在台阶缝隙里的落叶碎渣沿着坡扫进山里，这些劳动令我十分快乐。

我也曾在佛香阁看护铜鹤、铜瓶和观世音菩萨，在山门进行疏导和巡视全院。

通往佛香阁的台阶为 100 级，较为陡峭。有大爷痴迷于悬崖边的探戈，踩在台阶边拍照。我小碎步前去提醒，他又悬空半步，仿佛他玩的就是我的心跳。

一般游客爬上来，会气喘吁吁地坐在石台上休息，游客一多，容易发生拥挤踩踏。这时我就像火车站外任何一个给大巴车拉活儿的掮客。“您好游客，请往里走，里面都可以坐啊，里面都可以坐。”

在经历了互联网和新媒体工作的压榨后，没有比做万寿山保洁和佛香阁保安更陶冶情操的了。现在的我来到了门区，穿上了“御赐”的保安黄马甲，愈加体会到了为人民服务的愉快。

前不久，因接到热心群众要求公园延长开放时间的投诉，北京市决定将市属 11 家公园提早开放和延时关门。“596”，没有节假日和双休，也成了公园职工的工作常态。每晚 10 点多，天坛公园的员工刚刚下班，而颐和园的警犬早已上山。

于是，住在城区的有孩同事早上 4 点多起来给孩子做饭，无孩同事早上 5 点起床洗漱。

怀柔的同事早上 4 点 50 分起床，从怀柔上大广高速，开车将近 80 公里，如遇堵车，一个半小时后光荣上岗；来自密云的同事凌晨 3 点半起床，拼车到西直门或西坝河，之后换乘公交车，和敬老卡用户一起上车。

老人们上车后，车上瞬间汇聚成一片欢乐的海洋。敬老卡用户们互相问候：“您今天去哪儿啊？”“今儿就去圆明园吧！”

没有人知道车上的年轻人来自密云，正要去往圆明园的邻居——颐和园。

密云人睁大眼睛望着窗外，伊想：我真想留在北京啊，住在市里，成为城里人。但伊的工资并不允许伊租房，伊便每天像赶羊一样赶着自己。

有时，伊会怀念在密云检察院的工作，离家走路 10 分钟就到，可惜没有编制。

终于，早上 5 点 50 分，密云同事准时抵达门区。

2

当我开车去上班时，道路的右边站着穿着各色泳裤的大爷们，一位大妈穿着连体的玫红色泳衣，站在大爷们中间显得卓尔不群。他们的皮肤一律都是浅橘色的，略略发着粉红——那是无论春夏秋冬，都泡在京密引水渠里游泳，太阳和北风所赋予的柔润光泽。

引水渠的西面拉着一条横幅："发展体育运动，增强人民体质。"引水渠的东面则挂着一块告示牌："汛情无常，水位多变，文明亲水，注意安全。"

到了冬天，他们在岸上的热身是一定要做够半小时的。抻腰，压筋，旋转，跳跃，他们一层层地剥去衣服，彼此寒暄着，感官却要敏锐地捕捉周围的声态，眼看围着的游客越来越多，听见几句"这大冷天的，真行，嘿"的赞美，身体便不由自主地发起热来。准备工作就绪，他们在水里下一圈，两分钟就回来了。

老年女子游泳队则会打出健身横幅，穿着泳衣站在冰面上，摆出活力万千的姿势，拍出连丝巾舞者都望尘莫及的绝代芳华。

哪怕对面就是柳浪游泳场，老年人也要享受在这条引水渠中露天游泳的快乐，这似乎让他们发福的肉体焕发出不老的青春。可就算南如意门码头的铁栅栏能阻拦游船直接开进昆明湖，抑或起了大风，昆明湖翻起了波浪，游船接到指示不再起航，也没有什么能够阻挡大爷大妈。

每天早晨不到6点，公园的门前就排了一长串来晨练的大爷大妈，他们有老年卡，一律免票。如果6点门没有开，他们一准儿打电话投诉。晨练、唱歌过后，他们便回家睡觉，美滋滋地泡上一壶茶，颐养天年。

本地的北京大爷大多目不斜视，从裤腰里掏出拴绳的老年卡，往机器上一碰，不管刷没刷上，一定要意气风发地冲进公园，似乎公园里有特价菜大甩卖。他们大多是附近的拆迁户或退休老干部，溜达着就过来了。颐和园这道门一定要过得痛快，如果因为各种问题，让他们的冲刺延宕了一两秒，他们就会开始挑理。“怎么我天天从这儿过都没事，就你拦我？”

曾有新来的同事比较认真，检查了大爷的年票照片，大爷便站在北宫门门口，骂了他10分钟。也有大爷在经过票亭的时候，突然探身进来，笑眯眯地送我一把野杏。

为此，检票员有时会刷多点儿票杆，让大爷们得以鱼贯而入。而有人偏爱让检票员为自己单独刷卡，只为享受那一刹那的人工服务，听那一声电子音的问候：“请进。”这时，我们一定要予以满足，让他们获得百分百的满足体验。

有时，大妈立于杆前不走，责备同事不给她单刷。同事给她刷卡后，她才满意：“这还差不多！不然你们都不干活儿！”而另一位大爷在同事为他刷过“请进”后仍然愤怒，骂骂咧咧地穿着单薄的运动裤站在北风里，恨恨地盯了同事40多分钟，任凭同事怎么劝都不离开。

6点15分，昆明湖南岸晨跑的老年人会冲着水里嗷嗷吆喝，大喊加油。此时，引水渠里的老年人也不甘示弱，大声喊着嘿嘿，一起加油，让路过的游客无比艳羡。

从东宫门进的老年人会去万寿山上唱歌，而从南门进来的老年人会去绣漪桥旁的小亭子里唱歌。他们敲起三角铁，拉起手风琴，吹起萨克斯，翻开自制的歌谱，站在公园里拿着话筒，激情澎湃地唱上一个半小时，追忆自己逝去的青春，与昆明湖水形成美妙的共振。

南堤的围城下，游泳的老年人越过游船，沿着京密引水渠一路向西游去，在深绿色的、富含水藻的河面上翻腾着，偶尔在水里吐几口水。还没睡的夜鹭站在引水渠顶上，认真地看着他们游泳，想看看能不能捞点儿小虾米。

最近，一位个子稍矮，穿着豆绿polo衫，戴着黑框眼镜，肤色黝黑的北京男子，带着他的妻子和三个孩子从门口过。其中两个孩子因身高超高和年龄超龄被我拦了下来，我要求家长去买票。他立即在他的孩子们面前对我破口大骂："就你他×的事多，怎么别人都不拦？""我们就进去走一走，怎么还要收钱？""公园就应该是免费的，本来就是老祖宗留下来的，不过就是给你们一口饭吃，凭什么收钱？"

我做完解释工作后，他的妻子去买票，而他开始了叫骂，我对此保持沉默，而摄像头在记录。我背对他，控制好情绪，微笑着对其他游客进行服务。而他的女儿在问："爸爸，我们真的要买票吗？"

老同事会豁达地告诉我："知道了吧，咱们挣的就是这份受气的钱。"

是的，你要为人民服务。在检票岗，你并不会被大众看作一个活生生的人，而只是一个堵住大门的门闩罢了，人的异化应运而生。

去年寒冬，有位大爷举起拐杖，杖击年轻女售票员的头。有 20 多岁的青年游客指着售票员骂，甚至还有殴打员工的情况出现。被殴打员工可以报警，而难听的话则无法衡量，只能自我消化这种伤害。

公园门区就像一面照妖镜，它能照到一切中产阶级和知识分子所忽略的热搜处，和抖音的社会风情处处相连。没有针对游客不文明行为的反制，工人和干部头顶是单向的投诉热线，似乎没有舆论和热搜，只有一种正确。那么逃票的人能想到，逃票是对买票游客的不公吗？也许他的思维还停留在 20 世纪的“大串联”。

延时后，经常会有老年人来问开关门时间，得知早 6 点开，晚上 8 点关后激动不已。“延时真是伟大的发明呀！我过去就老骂你们颐和园关得早！延时真伟大！”

也有老太太拿出主人翁的气势：“终于延时了！早晨 4 点半开才合适，就这样你们一天也开不够 15 个小时！”

我笑了笑，觉得公园不如 24 小时通宵开放。在伸手不见五指的黑暗中，人们在颐和园奇妙夜里偶遇前清往事。而我，也渴望牵着颐和园的黑背警犬，在深夜的昆明湖边走一走。

来来往往如此多的人，我只在临近下班时，碰到过对我们延时表示关心的一对夫妇。“哎！这一延时，我都特别心疼您，多辛苦啊！”

3

我是如何来到了颐和园的呢，那是一个蝉鸣的夏季，我早已从新媒体领域辞职，第一次考博失利，我无法从繁重的复习和写作中缓过来。我妈正抱怨她买了公园年票，因为疫情一扇公园的大门都没摸过，感到十分亏。

一打开颐和园公众号，北京市公园管理中心的招聘信息就推到了她的眼前。于是，她提议我去报考颐和园，说离家又近，环境又好，还是事业编，何乐而不为？

我还想在考博的路上猛冲一把，怎奈爸妈把我赶出家门的愿望与日俱增。我提着花生、毛豆和汽水赶回家，赶在最后一分钟交了报名表。经过4个月的笔试、面试的拉锯战后，我接到了颐和园的电话：“喂，×××吗？这里是义（颐）和园……”

“义（颐）和园”这地道的老北京发音让我陷入祥云中，我感觉我与这座皇家园林的距离更近了。

在一个工作日的下午，我和一帮“95后”的孩子一起走进颐和园外务部公所，领了一身我们当时梦寐以求的蓝色冲锋衣，胸前有着颐和园的标志——佛香阁的刺绣，那感觉比第一次戴红领巾还快乐。直到我们发现衣服偏小，塞不进厚衣服。

我们之中有在法院待了4年的刑事书记员，有在检察院待了2年的干事，有各个高校学园林和考古专业的应届硕士生，还有因旅行社倒闭来报考颐和园、高考数学只扣了7分的天才少女。随后我们和天坛、景山、北海、动物园、玉渊潭等公园的新人们一起参加了入职培训，从在陶然亭跳广场舞的老人到动物遗传和饲养技术的展示，我们获益良多。

在提到动物园拿碎石子堵住了游客喂猕猴挂面的路径后，游客又开始给狼喂挂面造成的舆论热搜时，领导不由得感叹：“我就想知道，那狼它吃挂面吗？”

最重要的是我们被告知：进入了公园系统就意味着我们再也没有周六日和节假日了。

我们那时尚年轻，还不理解一切美丽的东西都需要付出代价。穿上那件蓝色冲锋衣（我们称之为“蓝精灵”）开启这轮岗的一年，看似通往幸福工人生活的一小步，却是我们投入为广大人民服务中的一大步。

4

初冬，在第一轮轮岗中，我们被分配到了各个宫殿里值守巡视，看护室内文物。为了保护古建和文物，各个宫殿里都没有现代的供暖和照明设备，一切以防火安全为原则。在数九寒冬，值守的人们只能裹紧单位发的羽绒大衣，这大衣量身定做，须加肥加大，里面还要穿上两层羽绒、毛衣和保暖内衣，腿上穿三条裤子，穿上厚底登山鞋，浑身上下贴满暖宝宝，手里再揣上单位发的热水袋，方能挺过西郊全方位的冷辐射。

分配前，领导贴心地对我们说：“一定要注意保暖，所有的宫殿都非常冷。如果你被分去仁寿殿，一定要多穿衣服，仁寿殿的地面都是用石头铺的，冷气渗入骨髓，根本受不了。”

仁寿殿是慈禧和光绪住园期间临朝理政，接受恭贺和接见外国使臣的地方，为颐和园的主要建筑，一进东宫门就是它。1898 年光绪在这里接见了康有为，拉开了百日维新的序幕。

有一年6月，一位著名的国际政要驾到，工作人员想尽办法让仁寿殿里升温，精心准备了两小时，殿里气温只上升了一二摄氏度。那位外国政要进殿两分钟就出去了，估计心里在想，真不愧是 Summer Palace（颐和园）！

入冬后，我从佛香阁下班，经过排云殿，穿过长廊，去找仁寿殿的同事。那个精瘦的男孩从宫殿中出来，俨然变成了一座魔山。他穿着大氅般的黑色羽绒大衣，里面鼓鼓囊囊地塞了好几层，他像是衣服成了精，长出了头，又像是被五行山压住的孙悟空。

我震惊地问："我的天，你这衣服多大号的？"

他说："你猜。"

我说："3XL。"

他说："翻倍！ 6XL！"

这就是我眼中的"夏宫"，一个在冬日滴水成冰的地方。打100摄氏度的开水，往万寿山一送，几分钟就能嘣了。

5

前6个月，我被分到了佛香阁守阁。佛香阁始建于1758年，最初是乾隆皇帝为母祝寿所建。到了1860年，英法联军入侵颐和园和圆明园，佛香阁被毁于一旦。到了1891年，慈禧挪用了北洋水师78万两白银在原址上进行重建，历经战乱和敌占，新中国成立后经历多次修缮，才有了今天的佛香阁。

那天，班长给我们从上到下培训了一遍在殿里如何保暖，并着重强调了岗上服务和面对游客的突发情况。

我问老同事："平时游客找咱们找得多吗？"

他说：“放心吧，一定会找你的，而且他们会叫你：服务员。”

果不其然，在接下来的6个月里，我听到了无数遍服务员，并回答了无数个同样的问题。比如：

“服务员，我问一下，哪儿是万寿山？”

“您好，正在您的脚下。”

“哎，你好，佛香阁在哪儿？”

“您好，就在您的眼前。”

“这后面是什么字，泉香界？”

“繁体字，众香界。”

“这就到顶了是吧？”

“是的。出于疫情防控考虑，智慧海目前不开放。”

“那我为什么听到山上有人声？”几个游客振振有词，坚称明明在这里听到了人的欢笑声，大有群起而攻之之势。

我望了望身后那严丝合缝的大红山门，不由得起了鸡皮疙瘩。“后山有条路的确穿过智慧海后门，那里确实有游客，不过您要先下山。”

每天，我们开阁签表，消毒拍照，拖一遍佛香阁，守着千手观音。阁里很黑，只有早晨和傍晚时，才能微微照进太阳光。那时，身上斑驳的菩萨方能泛出温柔的金色光芒，稍纵即逝。大部分时间，阁里幽暗阴冷，没有任何现代供暖设备。休息室里的饮用水有100摄氏度，而洗手的水冰得冻手，简直冰火两重天。

我们穿得像一座座红塔山，拖着沉重的肉身，在窗边踱步几小时，头被风吹成岩块，手冻得像冰雕。山上常起大风，把五环的尾气吹过来，将佛香阁逼成冬宫的修炼地。在寒潮过境时，我站在窗边，北风每天第一个对我说话：“给你头拧掉。”

一次在阁里，我和同事正站在窗边。突然走过来一位大妈，她卷发蓬松，眼神闪烁，脸色微微起波澜，说："你们在这儿站着，害怕不害怕？这里面黑漆漆的，都见不着光。"

"还行吧，我们都习惯了。"

"我一街坊就是'文革'的时候从佛香阁这儿跳下去的。他被批斗以后想不开，回到家里，家里人也不理他。他想不开，就从这儿跳下去了，当场就死了。那时候我还小，上午胡同里来人通知去认人了，我们才知道。你说那人得有多绝望啊。"

我们面面相觑。"是吗？"

有天，一行八个中老年游客非要进入未开放的区域，他们嚷道："我们是老北京。""我们 ×× 协会的。""耽误我们时间了知道吗？""给我们赔门票，赔精神损失费！"将我和同事拦在岗下，骂了半个多小时，直到领导出面协调解决。

其实，这个世界上的大部分人都是服务员，只不过服务的对象和阶层不一样罢了。为人民服务挺好，只是它需要无尽的耐心和空旷的精神。秘诀就是，想象自己是一堵墙或者一扇门。

6

佛香阁里乾隆皇帝最初供奉的佛像在英法联军入侵时被烧毁了，慈禧供奉的三尊泥像也在"文革"时被砸坏了。现在阁里供奉的是一尊千手千眼、铜胎镏金的观世音菩萨，建造于万历二年，高 5 米，重万斤，脚踏盛开 999 朵莲花的宝座，是 1989 年从鼓楼的万寿弥陀寺运来的。

据老同事说，这是拆万寿弥陀寺时，从寺庙的墙里挖出来的菩萨，大概是有人怕“文革”时菩萨遭到破坏，便将菩萨封在了墙里。

多年前佛香阁开放时，游客会疯狂往菩萨身边投钱，硬币砸在菩萨身上，甚至淹没了整张案几，菩萨脚下的地毯里还有硬币，经历了岁月的镶嵌，再也拽不出来。即使现在，也有游客往阁里投币，在阁前摆放大量瓜果蔬菜和各种零食。

我有时会纳闷，菩萨他吃糖吗？不过雍和宫也有供奉好丽友派的，看着挺可爱。

如果游客不收走，瓜果就会被保洁师傅拿走扔掉。有的糖果被装进了佛香阁的抽屉，怕有人到佛香阁后因低血糖晕倒，福泽遍施游客。有个年轻的姑娘问我，可不可以把水果都分给周围的游客。我说：“您可以问问。”于是我手里多了三根香蕉。

正在此时，两位银发老太太问我苏州街怎么走，并盯上了我手里的香蕉。她们说：“她刚才给了我们橘子，我们还没这香蕉呢！”

我立刻顺水推舟：“您快拿着吧！”

她们道了谢，高兴地下山了。

有些异常执着的游客，非要我们把钱递到菩萨手里，被我们劝导后，仍然红着眼睛往阁里冲。这时，无论给对方提雍和宫还是八大处，都不好用。那是些被生活折磨的，布满皱纹的脸。他们把一卷卷有零有整的钱扔在阁门口，围着佛香阁开始转，直到心满意足才离去。

我们也会遇见表现异常的游客，他站在阁门口浑身剧烈震颤，在夕阳下发出奇怪的叫声，而他的监护人跪在门前，流着泪向菩萨叩拜。

好奇的北京大爷会问我：“这是怎么啦？是练功呢吧？”

我们询问对方是否需要帮助，监护人说不用。两人转了几圈后，离开了。

一位来自日本的老年人对我说：“你天天守在菩萨身边，生活一定会很幸福。”我看向闭目的菩萨，想起每次对他的祈祷，都会让我的生活沉重半分。我问男朋友：“为何我每次祈祷过后，菩萨好像都不太高兴？”

他答：“大概菩萨也不想上班，每天这么多人求他，他估计也很累。”

7

最令人头疼的，大概是夜晚的清人工作了。佛香阁在万寿山顶，有热爱摄影的老年人不停地追逐变幻的光影，想在千篇一律的皇城摄影中杀出重围。他们会专门守着夕阳西下的圣光，在佛香阁的大回廊里徘徊。他们对着同一扇门拍上二十几张，互相琢磨怎样调光圈，怎样调快门，品味这夕阳四散的余味。

如果你这时在佛香阁区域内喊：“佛香阁 6 点钟就要静园了，请游客抓紧时间参观游览。”

就算你喊破了喉咙，拜菩萨的游客仍在拜菩萨，转圈的游客仍在转圈，自拍的游客仍在陶醉，吃东西的游客正在吃最后一口，精心打扮的汉服美人感觉出片率不高，而老法师们会继续在佛香阁和山门平台上扫射：“哎，这个角度不错！”“再给我来一张这边的！”“你看这儿景致多好！”“那边的人不是还没走吗？他们走了我们再走。”

而山下的游客还在从排云殿往上爬，刚到德晖殿的游客不紧不慢，我们得哄着游客，提醒大家注意安全，慢慢往下走。

等到终于将游客送下排云殿，佛香阁的员工经历了 10 个小时的巡院，终于可以下班，排云殿的员工还需要等待游客空山。静悄悄的万寿山北面，空无一人，只有斑鸠的咕咕声，还有松涛在涌动。

那么一定有什么东西是弥足珍贵的，可以让我忽视这些喧嚣的法器。

也许是打开佛香阁门的清晨，看晨雾把昆明湖装点成不同的模样，有时雾大，看不见十七孔桥，我甚至忘记了它的存在。也许是走到景明楼的码头，看见大爷在团城湖上拍小䴙䴘，游船队的员工问我要不要乘船去南湖岛。也许是游客都散去后的夜晚，鸳鸯飞上岸，在草丛里认真地寻找食物，而它的妻子站在京密引水渠边，看见我们眼神闪躲，默默躲到小柏树下。

但更多的，是关于人的光点。那天，北京的沙尘暴吹飞了佛香阁的两个大垃圾桶，我巡视发现后，迅速跑过去抢救。我刚把一个垃圾桶扶到回廊墙边，转头就看见，一个 3 岁的小男孩，抱着那个比他矮一点儿的垃圾桶，在大风中，摇摇晃晃地走向我。

（选自《春祺夏安》湖南文艺出版社 2023 年 5 月版）

所思

蔷薇科的两个春天

阿 来

小区院中，红梅开了。

头天这株梅树枝上都只是暗红的花蕾。2023年1月21日，年三十，近午暖和的阳光下，这一枝那一枝上，就有星星点点的两朵三朵绽开了花瓣。这花开得好，明天就是春节，不开点红梅觉得春天没到。成都，春天到或没到，我都以这树红梅的开放，作为具体标志。从十几年前，搬到这个小区时就这样了。

中庭水池旁，一共有三株红梅，小区刚建成时，就和紫薇，和木芙蓉，和含笑，和海棠、栾树、羊蹄甲这些花树为邻，彼此守望。把杜审言《和晋陵陆丞早春游望》中的句子重新组合一下，正是眼前景了："梅柳渡江春，偏惊物候新。"这些花树次第开放，绽放生命欣喜，标志四季流转。十几年前，梅树初移栽来时，枝条稀疏，树身低小。十几年中，小区楼房的墙面渐渐沉着斑驳，花树们却一年年高大茁壮，干劲枝繁了。

三棵梅树，总是水池南边这一株最先开放。东边那两株，因为楼房的遮挡，每天少受两小时光照，花期要晚一周以上。

春节期间，饮酒读书，读书饮酒，其间下楼透气，都要到池边去看看这株梅树。池中水的软绿一天胜过一天，枝上绽放的红色花朵也一天多过一天。大年初七，人日这天，杜甫草堂例行祭祀诗圣杜甫，我照例前去参加。行前，在这树已经全然盛放的红梅前小立一阵，自然想起杜甫诗：“梅蕊腊前破，梅花年后多。”

杜甫草堂，楠下竹前，更是梅花大放。祭礼上，在大雅堂前听人献赋，在工部祠老杜塑像前献杨柳新枝。

公元761年春节人日，高适从成都附近的蜀州寄诗慰问杜甫：“人日题诗寄草堂，遥怜故人思故乡。”清人何绍基人日游草堂，题一联向老杜致敬：“锦水春风公占却，草堂人日我归来。”成都一城，人日草堂，温老杜诗看新开梅，游人如织，早成风尚。

祭礼毕，一众人，借草堂一处清静地方，饮新茶温杜诗。檐前亭中，都开着梅花。窗后红梅，庭前白梅。

的确是春天了。

高适致杜甫诗悯人伤春：“柳条弄色不忍见，梅花满枝空断肠。”

飘零中的杜甫见春来梅开，却心生欣喜：

“东阁官梅动诗兴，还如何逊在扬州。”

官梅，是官府中种的梅，也称官粉，就是人工栽培的梅。梅从野生到驯化，以至形成诸多观赏性品种，并渐渐包含人格或性情的象征意义，从中国文化源头即已开始。

野生植物驯化使人有了稳定的食物来源。梅树的驯化首先也是为了它的果，《诗经·召南·摽有梅》即欣喜于其果实繁多：“摽有梅，其实七兮！”这么多果子干什么用？烹饪中，其味酸甜，可以调味。《书经》说：“若作和羹，尔惟盐梅。”

也就是说，初民时代，梅酪和盐，是最主要的调味品。

人之为人，不独供养肉身的衣食，还有情感与精神向度的审美，梅的人工驯化，就有了两个方向，果好的梅和花好的梅。闻名于汉代的成都人扬雄作《蜀都赋》就说，彼时成都城中，美化环境，就“被以樱梅，树以木兰”了。

有材料说，四川成都，在唐代就有了人工培植的朱砂型观赏梅，也就是红梅出现。演绎唐诗的《全唐诗话》就说：“蜀州郡阁有红梅数株。”这红梅数株正是当年杜甫去蜀州见刺史高适所见的“东阁官梅”。

心里想着三千余年来一部中国人书上的梅花史，在杜甫草堂中看梅。白梅红梅，单瓣的复瓣的梅，可以看尽一部梅花的栽培史。还是意犹未尽。

看多了色多花繁、树型都经过修剪的家梅，便想去看更朴素、更生机盎然的野梅。当年陆游在成都，记录成都梅花大放的胜景：“锦城梅花海，十里香不断。”又从城中往浣花溪来寻杜甫草堂，所见也是满眼梅花：“当年走马锦城西，曾为梅花醉似泥。二十里中香不断，青羊宫到浣花溪。”放翁此诗，指示了当年的赏梅路线。青羊宫还在，浣花溪还在，沿途所见，定也是野梅居多。比放翁更早，杜甫在草堂居住时，进城应酬回来，走的也是这条路线，沿途也见不少野梅：“时出碧鸡坊，西郊向草堂。市桥官柳细，江路野梅香。”但今天循这路线，沿江行，已经高楼林立，江边所植，也多是驯化的家梅了。

成都还有野梅，却大多退存于平原边缘的浅山地带了。

元宵节后，便挑一个有阳光的日子，西南行，去到古蜀州和古邛州一带旧称西岭的山前。行前在网上搜索野梅消息。知道一百公里路程内，朝北面东的盆周浅山中，今天崇州、大邑和邛崃一带，野梅已然绽放。

驱车一个小时，就已经出了平原，抵近山前。山岭层叠，岚气迷蒙，出山的溪流温润清澈。山野自有一种气息，虽然树林还是一派枯寂，但闻了那气息就知道已经出了冬天。

村前田边，李和杏已放出满树白花。

李花与杏花，和梅花一样，都是五片花瓣。古人称为“五出”。五出花瓣，是蔷薇花科的共同特征。

是的，春天总是以蔷薇科植物放花开头。

蔷薇科是一个大家族，在中国文明史上，驯化品种多，造福于人也是最多。李、杏、樱、桃、梨、苹果、海棠，要花得花，要果得果。现在，李与杏率先绽放，以纯净耀眼的白色，在和暖的大气流动中，宣告春天。好几种鸟停在枝头，蓬松了一身羽毛，吸收阳光的能量。蛰伏一冬的蜜蜂出了巢穴，在花间起落，采集花粉，这春天最初的馈赠。我一直有点嫌栽培品种花开得太多太繁。在城中看梅，也略嫌梅花树姿态太过雕琢，枝上花太密，花朵又大多经人工诱导，变出了太多的复瓣，所以要来山间寻更朴素更本真的野梅。

在每一条岔路前，问村妇，问农夫，道是只要往山里走，都有。

既如此，就不能光看野梅了，得附带看点别的。春节假期，不看书不可能，但为放松休息，便看闲书。一堆唐宋时代佛教在四川盆地传播的史料，和一些佛教造像的图片。因此知道，这山中也有唐末及五代时期的摩崖造像。看地图晓得眼前这江叫邮江，就记起缘江进去，山名飞凤，山上有一片佛菩萨像叫药师岩。

二十分钟后，便停车在山前水边，循石阶上药师岩。

阳光淡淡，山林疏朗，常绿的柏树和棕树外，其他的落叶树都用光秃枝干衬着天空勾画出各种图案。只有野梅率先开了。还不到盛放时节，但这里一树，那里一枝，在受光多处，已然开放。登梯累了，就停在一棵花树前，空气清甜，淡淡梅香中混合着泥土苏醒的味道。

野梅与城中的人工品种不同。树形倚地趋光自然生长，茎干挺拔，枝叶疏朗开张，花朵也不像家梅那样服从的是多即是美的原则，那样繁密。山间天地宽广，野梅呈现出大自然简洁的美学取向，分枝疏朗，枝上花也疏朗。家梅以红色为主打，野梅是纯净的白色，就是白本身，不耀眼夺目。花瓣俏薄，是纸或绢的质感，不似家梅的白，要夺目，养出富贵的玉的质感。

自然的教导，自然的暗示，总是要把人的气质与情感导向本真与自然。

如此经过好多未放开的沉默的野梅与野樱，又经过了几株放花的野梅，就到了飞凤山半腰，药师岩上。那是向着邮江的一面红砂岩壁，东向，横向凿空，开出一道百多米的一字长廊。廊上因势造佛菩萨若干组。中间坐佛，两旁胁侍菩萨，上下左右密集的小佛像有序围绕。循长廊，我仰望，佛菩萨们倾身俯瞰。四川盆地岩石的主体是湖相沉积的浅红砂岩，容易开凿，也容易风化。所以，好些造像，风化得面目模糊。倒是好，风雨的剥蚀使得慈悯洞明的神情更加隐约含蓄。反倒是近些年修补过的佛面，与美与善都相去甚远，显得愚不可及。粗陋部分，便略去，不观不想。

摩崖的主尊是东方净琉璃世界的教主药师琉璃光如来。唐玄奘译有《佛说药师如来本愿经》，所说的是药师佛所发的十二大愿。第一大愿就说：“愿我来世于佛菩提得正觉时，自身光明炽然，照曜无量无数无边世界。”我默诵经文时，佛高坐龛上，宝相庄严，以慈悲光照我。日光遍照菩萨，和月光遍照菩萨，胁侍左右，那眼神也是内外明澈。我接引佛菩萨的眼光，背上落满初春的阳光，身心和暖。

主窟旁边空着的石壁，有些后人题字，磕了头又往功德箱中投零钞的人不看。我看，看到了文与可的一首诗：

此景又奇绝，半空生曲栏。
蜀尘随眼断，蕃雪满襟寒。
涧下雨声急，岩头云色干。
归鞍休报晚，吾待且盘桓。

文与可于北宋皇祐四年，三十四岁时以邛州通判兼摄大邑县令，这西岭山前的名胜古迹都曾游历，不只在一处题诗留画。这诗算不得上乘，此时读来却觉得亲切，因为山、涧、云、岩，都是眼前景色。只是未写梅花，诗中写到“雨声急”，那就该是夏天。我也没有如文与可在岩上久久盘桓。因为崖上近三四十年间弄出些形貌不佳、色彩艳俗的偶像，无论审美层次还是信仰程度都愧对祖先。于是，看了两三遍唐末造像后便选了另一条长些的路缓行下山。一路也是看梅，长枝疏花，有风轻动，自在；无风便凝住一小团日光，也凝住我的目光与心意，更是自在。有声音，是水声。不是涧中水声，是树身中的水声。春天，水正穿过许多树枝干中的脉络，上升，上升，在万千枝上滋叶催花。等真正听见潺潺水声，已经下到山脚，站在横越邮江的桥上了。

光阴荏苒，开了几乎有一月之久的那株红梅终于谢了。

无妨，蔷薇科的植物会继续放花。不然，怎么可以说是到了春天？

杏花。

桃花。

梨花。

海棠花。

樱桃花。

其间还间杂着玉兰、迎春与紫荆。

我说的樱桃花不是移植来的粉红的日本晚樱，而是白色花的本土品种，无论是山前的自在野樱，还是公园里的人工樱花，都相继开放。

杜甫当年在成都写过的啊！“恰似春风相欺得，夜来吹折数枝花。”

蔷薇科是个庞大家族，下面还分许多属。春天里先花后叶，开过了的，李和梅，李属。桃是桃属。樱是樱属。杏，杏属。海棠，苹果属。

二月，三月，这些花一番番次第开过。三月中再去一次郊外山前，一个村子，借一个民宿开一个关于苏东坡的小会，四周都是梯级层上的果园。樱桃已经结果，李花和桃花正在凋谢。海拔五百多米的成都，我的第二故乡，夏天将至，蔷薇科主打的春天已然过去了。

春已尽了。

海拔比成都高出两千多米的第一故乡来了消息，三月下旬，从邛崃山中的大渡河边。消息说，高原群山之中，春天来了。三月底，金川县举办梨花节，邀我参加。好啊！刚过完一个春天，再去过一个春天！

进山，车驶出成都平原，溯岷江而上，车窗外的风景，是倒放的时光片，那些已经凋零的花，又逆时序闪现：海棠花、樱桃花、桃花、梨花、苹果花、李花。从低海拔到高海拔，落叶树从一派新绿，渐渐变回枯寂萧疏。树也变了，不是刚进山时的樟树、槐树和女贞，而是渐渐换成了山杨、沙棘、花楸、白桦和红桦，还有在风中飘洒似雪花瓣的野樱桃树。

如此逆时光行进，三个小时，就到了唐时的蓬婆岭，今天的鹧鸪山下。翻越雪山的公路已经废弃好多年了，数公里长的隧道穿过大山深暗的腹部，出隧洞，就已离开了岷江水系，来到大渡河上游的支流梭磨河。一直向着西北的道路转向，折向东南。

河流湍急，峡壁陡峭。向阳那一面，是草坡，和密闭的栎树林。背阴的一面，岩壁参差，扎根于石缝中的是遒劲的杉树与桦树。太阳当顶，肆意挥洒强烈的光线，利用岩壁、树、河和参差起伏的山棱线，用它们迎光的高音部，用它们背光的低音部，把整条梭磨河峡谷变成了一幅取景深远的交响音画。已经很漂亮了，可似乎还有谁怕这样的画面过于单调，又让风来加入合唱。风摇晃那些树，其实就是摇晃那些光，使之动荡，使之流淌。

突然，峡谷敞开，山平缓些了，退向远处。河，不再不断地撞向悬崖，而是在谷地中央，奔涌流淌。这一带地方，是我的老家马尔康。

台地错落的谷地是河流经年累月荡涤而成，河岸上的麦地、青稞地、苹果园，和一个个村寨，依傍在山前。冬麦正在返青。一树树浅红的野桃花正在盛开。

就是这样，从犹在冬季的雪山下，向春光渐深的河谷地带，从河的上游到下游，时光重又变回正向流淌。我已经回到家乡，进入一年之中的第二个春天。

松岗镇。早前，没有河边的镇子，只有山梁上的古堡。

在镇前停车，攀上山坡，去往山梁上的古堡，曾经的土司官寨。盘折上升的路旁，茂密的野蔷薇灌丛，攀爬在高山柳上的铁线莲，还有容颜苍老的核桃树，都光秃着枝干，还在冬眠。只有野桃花已经盛开。花朵密密簇簇，缀满枝头。粉红色的花瓣被阳光透耀，有精致的绢帛质感。但对这些野桃来说，这样的描绘也许太精致了，与眼前的雄荒大野并不匹配。

日本人永井荷风描写庭院中的桃花质感就用过这样的比喻："桃花的红色，是来自平纹薄绢的昔日某种绝品纹样的染织色。"永井荷风说，他写桃花所在的庭院狭小局促，甚至"不是一座为漫步而设的庭院，而是为在亭榭中缩着身子端坐下来四处打量而设的庭院"。

而我现在却是在高天丽日下挺身行走，长风吹拂，田野包围着村庄，群山包围着田野。两条溪流穿出群山，在古堡雄峙的山脚下与梭磨河相汇，向东南扎向更深的峡谷。我年轻时在诗中写过这样的地理："河流轰鸣，道路回转，我要任群山的波涛把我充满。"

山风起处，花树摇晃众多的树枝，飞落的花瓣纷纷扬扬。攀上山坡，到那个今天因文旅开发已叫作天街的古堡，民居，石碉，小庙。这是午后时分，天街很安静，大多数人家门上都落了锁。也有两三家正在施工，把旧民居改造成新民宿。花事阔大、静谧又热烈，从村前，一直扩散到目力所及的数条峡谷，云霞一样飘荡弥漫。

不只是眼前目力所及的这数十平方公里的地方，每一年，春天初上青藏高原东部，整个横断山区，海拔一千米到三千米的峡谷地带，沿着所有河，沿着所有溪，都是这样野桃开遍，浩浩荡荡。

这种植物，在大自然中早于人的出现。不是人类出现后，驯化了的、用以结果的桃用以赏花的桃。这野桃树还是多少万年前的原初风貌，没有什么现成的修辞可以援引。现在，我也只是坐在高处，一个可以俯瞰众水从西北来，往东南去的地方，看野桃花如雾更如霞，把天地充满。

这种野桃在地球上出现至少有上千万年，后来，对万物命名的人类出现，它依然是无名的。

这种野桃获得命名的时间，不过一百多年。

二十世纪初叶，这种植物，由英国植物猎人威尔逊在四川西部一带山区发现。他不但采集了种子和标本，还于1910年将这种野桃活株移植到哈佛大学阿诺德植物园。

植物学家科恩依赖威尔逊采集的标本、种子和移植成功的活的植株，根据其果核光滑这一特征，将其命名为光核桃。按分类学创立者林奈定下的双名法规则，拉丁名写为Amygdalus（Prunus）mira。

植物志上如此描绘这种野生桃：蔷薇科桃属植物，乔木，株高可达十米。枝细长开展，叶披针形，花单生，先叶开放，直径2.2～3厘米。萼筒钟形，紫褐色。花期3—4月。果期8—9月。

近些年，中国学者对光核桃的研究也逐渐深入，经过基因测序，进一步描绘出一部中国桃的进化图谱：从青藏高原的光核桃，到华北的山桃、甘肃桃，再到越来越多栽培品种。由此认定中国西部是桃的起源中心。中国人工栽培桃的历史，已有三千多年了，最初驯化野生桃就在黄河上游海拔两千米左右的高原地带。从汉代开始，经河西走廊，从中亚细亚传遍世界。

有一个关于中国桃西传的有趣故事，来自唐玄奘《大唐西域记》，其第四卷载有一国叫至那仆底国。

“昔迦腻色迦王之御宇也，声振邻国，威被殊俗，河西蕃维，畏威送质。”

这个位于北印度的至那仆底国不大，“周二千余里”，但那个叫迦腻色迦的国王厉害，势力影响中亚，直至今天中国新疆与河西走廊。以至一个很靠近中原王朝的小国，要把王子送到那里作为人质，所谓“畏威送质”。至那仆底，这个“至那”，唐僧说，就是“汉封”的意思。也就是那个当人质的河西小国王子，其国为中原王朝所封。因为这个中原所封国的王子住过，后来就成了国名。然后，唐僧写到了桃的西传：“此境以往，洎诸印度，土无梨、桃，质子所植。”那里的桃与梨都是那个当人质的王子带去栽种的。“因谓桃曰至那你，唐言汉持来”，国名至那仆底，因中国而来。桃名至那你，也因中国而来。

面对一部植物进化史，主流的观点当然是证明人类文明的伟大。也有很有趣的非主流的观点，说难道不可以认为是某些植物向人类展示诱惑，而甘心情愿被传遍世界吗？就桃来说，就是以酸甜多汁的果肉，深红浅红的花，让人心甘情愿引入家园，不断发掘其基因潜质，养育更多肉更多花的品种，并将其传播到世界的各个角落。

英国博物学家理查·梅比有一本有趣的书，名字就叫《植物的心机》。其在序言中有一句话说，人类该“将植物视为复杂而又好冒险的生物”。这意思也就是说，人在诱导并加快植物某个方向上的进化时，难道不是同时被植物所魅惑的吗？

根据对生物化石的研究，植物在六千五百万年前开始结出有甜美果肉包裹果核(也就是种子)的果实。所以，桃和苹果这一类水果的原始种，最初勾引的对象并不是人，而是某些贪吃的哺乳动物，有在中亚细亚研究苹果进化与传播史的学者就注意到，对苹果原始品种传播起重要作用的动物竟然是熊。因为熊会从枝头挑选最大最肥美的果实，吃下，移动，消化果肉，在离原生树很远的地方随便拉出不能消化的果核，也就是种子。而拉出的这颗种子因此还得到一份额外的好处，那堆粪便为将来的生长提供的营养。这就是最原始的优选与优育。

当人类出现，品尝到苹果的甜蜜后，此物的扩张就猛然提速，跨洲越洋，遍布了世界。

桃的传播大概也是如此。

走下山梁，离开古堡，梭磨河边老百姓居家的寨前寨后，栽着还没有开花的苹果，和将要放花的栽培桃品种，我还想到城中只为观花、不为结果的碧桃。也不由得会想，植物的演化，其中也包含了它本身的主动意愿吗？而不完全是人类单方面创造的耕作神话。

想问桃，桃树开裂的老脸皮黝黑沉着，不声不响。只有枝上花朵，绢薄的花瓣在微风中轻轻振动，笑而不言。

离开松岗，野桃花满坡满谷，一路相伴。这一路，河已经接纳了许多条溪流与小河，在峡中穿行时，水势渐趋浩大。再行十多公里，右岸花岗岩对峙的深峡中涌来一条大河，叫脚木足河，在名叫热觉的地方与梭磨河相汇，河流陡然壮大了许多，河面的波浪不那么高卷了，倒是一个漩涡套一个漩涡，显得幽深了许多，有力了许多。再行二十多公里，又是从右岸，也是从耸立着许多柏树的岩壁下，北来一条更汹涌的河，叫杜柯河，在可尔因镇前与梭磨河轰然相遇。从此，两条河都在此失去了原来的名字，相汇后那条更大的河有了一个新名字，大渡河。这是河流的地理。大渡河继续往前，也会失去自己的名字，那只是以更丰沛的水流加入了更大的江河，叫作岷江，然后，叫作长江。

但在这里，作为大渡河，它刚开始自己长达数百公里的流程。在猛然收束的深峡中，湍流上白浪飞腾，巨流撞碎在岩壁上，訇然有声。1977 年，我十七岁时，作为一个水电工程队的拖拉机手，重载着建筑材料一次次在这条路上不断往返。和当年相比，道路宽阔了，路面铺上了柏油，两岸的山壁却依然陡峭，峡谷深切，河流轰轰然夺路向前。不到一个小时吧，我看着熟悉的山势，知道马上就要冲出这深峡了。

真的，封锁前方的山正在渐渐矮下去，变缓的山坡上出现了村寨，出现了依着山势梯级垂布的庄稼地和果园。梨和苹果的果园。远方峡口的天空越来越宽，天很蓝，西斜的阳光辉耀着云团。

终于，转过一个山弯，面前豁然展开了一道数公里宽，百十公里长的平缓宽谷。刚才还滔滔翻滚的河水，一冲出峡口就波平水阔，仿佛一条飘逸的绿绸。两岸是密集的村庄和青碧麦田，以及满坡满谷连绵盛开的梨花。

大渡河是这条河的汉语名字，清乾隆以前的土司时代，这条河的名字是我的母语，叫“曲浸”，意思就是大河，或大河之滨。清后期和民国初年是这里的大淘金时代，这河叫作大金川。清末，此地设治，叫绥靖屯；民国设县，叫靖化；中华人民共和国建政，叫金川县。大渡河从北到南，纵贯全县。

夕阳西下，给悬浮的白云镶上闪耀的金边。

村庄星罗棋布，掩映在漫山遍野的梨花中，炊烟四散。黄昏降临大地，西边燃起红霞时，梨花掩入暮色，渐行渐淡。晚饭后，和主人散步，但见河面辉映着满城灯火，晚风轻拂，带来了四野围城的梨花暗香。回到酒店，我特意打开窗户，高原春天的夜晚有新鲜的轻寒，但不想把浮动的暗香隔在外面。

淡淡的梨花香果然透窗而来。不由得想起川端康成一篇散文：《花未眠》。他是写旅馆房中的花供："半夜四点醒来，发现海棠花未眠。"那么，原野里的梨花是什么情形？想必也未入睡，依然是在星光下盛开着吧。

金川一县，大部分集镇村落与人口都沿大渡河两岸分布，从清朝乾隆年间开始便广植梨树。看前些年有些过时的统计资料，说四野中栽种的梨树达百万株以上了。金川全县人口七万余，城里人和高山地带的牧业人口除外，摊到每个农业人口头上，那是人均好几十株了。所以，这里的梨花不是一处两处，此一园，彼一园，而是在处处。除了成规模的梨园，村前屋后，地头渠边，甚至一些荒废多年的老屋基上，都站满梨树，开满繁花。

第二天当然早起，为的是去看盛开的梨花。

大渡河贯穿的梨花谷地，一百多公里长。时间有限，不可能全部游完。就选了两处地方：沙尔和噶尔。这两处，藏汉杂居，地名是藏音汉写。

沙尔在县城北，大渡河谷最宽阔处，好几公里宽的平缓谷地，田畴绵延，人家密集。田野、道路、村落，几乎所有的间隙，都满是梨树。梨花成团成簇缀满枝头，近看如新雪堆积，远看，则如雾如烟。雾与烟，都在将散未散、将凝未凝之间。

昨天下半夜有雨，宽谷两边逶迤的山梁都积上了新雪。这就是海拔两千多米的高原农耕地带，梨花开放的春天，谷中下的是雨，山上降的是雪。湛蓝天空下，好一个洁白无垠的花世界，雪世界。我们驾车去往山半腰，路上经过一户人家，房前屋后都开着梨花。十几年前，我在这里寻访旧闻时，在这户刘姓人家吃过饭。那是秋天，主人还从树上现摘了最大个儿的雪梨让我们带在路上。该去问候一声的，但见房门紧闭，便没有去打搅。

上到山半腰，背对积雪的山岭，宽阔的谷地尽收眼底。早餐时，餐厅墙上梨花满谷的大幅照片就从这个位置拍摄。县委书记说，好多客人不以为这张照片是真实景色，认为是修图出来的。因为客人不是这个时节来的不相信山岭积雪和谷中梨花可以同框，可以如此交相辉映。而现在，我们就站在这美景中间。太阳从东边升起，阳光所到之处，梨花和雪变幻出迷离的光彩。大渡河一川碧绿，穿过梨花开遍的谷地，穿过那些炊烟四散的村庄。

看过了纵深几十里的阔大风景，还是要走到一棵树干粗壮、枝叶苍劲的梨树跟前，贴近了去看一朵花，一簇花，一枝花。

刚抬脚，就发现树下地面拱出许多紫红色的肥嫩芽苞，问是什么，原来是新推广的栽培法，梨树下套种牡丹，花朵提炼香料，果实可以榨油。小心避过牡丹新萌的芽苞，来到了一株花树前。一条新枝横在面前，上面的花不是一朵两朵，而是六七朵、十来朵攒成一个花球，短短一截花枝，被五六个花球缀满。

梨也属于蔷薇科这个被人类驯化，为人类奉献花果最多的大家族。

梨花当然也有这个科的共同特征：五出的花瓣。但比樱、比桃、比梅的花朵都大出许多，高原上的雪梨花更是如此。花瓣质地厚实，便有了如象牙或玉石般的肥润感。花朵大了，雄蕊就多，每一朵都很蓬勃地炸出二三十根，争先恐后，向传粉的风和昆虫，招摇着团团成熟的花粉。蕊须的绿色，和花粉的红色，折射到白色花瓣上，那花朵的白色中，就有了迷离变幻的色彩。这样的变幻迷离，全赖风轻重不一地不断晃动着那些花，全赖阳光在晃动的花上跳荡，如水光潋滟。

在这宽广谷地中，风是可以期待的，谷中空气受了热升上去，雪岭上的冷空气就沉下来。空气对流，这就是风。风把花粉从这一群花带到那一群花，从这几树带到另外的那几树。风不大，那些高大的树皮粗粝苍老的树干纹丝不动，虬曲黝黑的树枝却开始摇晃，枝头的花团在这花粉雾中快乐地震颤，那是植物界一场生殖的狂欢。

如此，人就在梨花阵中了。

梨树都很高大，不像在内地看过的梨园。这些梨树几乎没有修剪。树干粗大苍老，分枝遒劲，生机勃勃，每一条枝上，都缀满繁密的花朵。深入研究过植物演化的科学家说，人工诱导了进化的植物，当它们开出比野生原种更多的花朵时，也有损失，那就是香气不再那么浓烈。我没见过野梨树，却知道，梨花香也是淡的。但现在，因为树大花繁，加上强烈的日光下，气温上升蒸腾，梨花香也变得浓烈。仿佛有一层雾气萦绕在身边。又似乎是梨花的白光从密集的花团中飘逸而出，形成了隐约的光雾——花团上的白实在是太浓重了，现在，阳光来帮忙，让它们逸出一些，飘荡在空中，形成了迷离的香雾。

看一枝花，再看一枝花；看一树花，再看一树花。心随步移，不经意间，顺着一行行梨树，一梯梯麦田，人已经到了山下。

海拔也就下降了两百多米吧，梨树下的牡丹，在此已经抽茎，肉红色的叶芽如婴儿小手般团在一起，再出几天太阳，再有几场风，几场夜雨，那些叶子就要像手掌一样张开了。

美国自然文学家约翰·巴勒斯说：“伟大的自然之书就摊放在他面前，他需要做的只是翻动书页而已。”而在此时，梨园顺着一级级黄土台地依山而起，梨花怒放，风摇动一切，我只是站在那里，那些书页由午间的谷中风一页页地翻动。是的，就这样，我在这里阅读自然之书。

离开沙尔，顺大河而下，去往另一个目的地：噶尔。

这也是一个藏音汉写的地名。这个地名曾在清代乾隆年间的史料中频繁出现。只是写法不同，对音写为噶喇依。公元1776年以前，是大金川土司的一个坚固堡垒。

乾隆十二年，大清朝全盛时，大金川土司试图侵吞邻居小金川土司地盘。清廷为维持川边秩序，劝谕无效，便派大军进剿。高山深谷中，经两年大战，大金川土司于乾隆十四年，即公元1749年请降，是为清代第一次大小金川之役。清军平乱后近二十年间，大小金川土司间依然战伐不断。公元1766年，乾隆三十一年，乾隆皇帝再兴兵镇压大金川土司，战事惨烈反复，一直延续到乾隆四十一年，清军方才最后攻克大金川土司最后堡垒——噶尔，也就是《清实录》中反复写到的噶喇依，这场第二次大小金川之战才告结束。

来到噶尔。左岸山脚，面对大渡河有一块平整的肥沃良田。苍老的梨树高擎着繁花站在麦地中间和边缘。

噶尔城堡的废墟就在两三百米高处的岩石山嘴之上。上山去，路旁全是开花的梨树，还有成丛的醉鱼草正在开花，香气深烈。

攻克这个堡垒，是当年漫长血腥的大小金川之役最后一战，双方数千将士在此洒尽了鲜血。

我不止一次来过这里，我想应该遇见一个乡村里的贤人。他是村中一个常带着醉意的老人。果然，他已经等在那里了。三年不见，老头依然腰板挺直，依然穿着高腰皮靴，神气健旺。我问他还喝酒不？他豪爽一笑，掏出一个扁平的金属壶，像美国西部片中牛仔必带的那种，拧开盖递到我手上。我喝了一大口，口中立即充满了当地的麦香与玉米香，酒液辣乎乎地下到胃里，又热烘烘地攻到头上。此时，太阳也明晃晃地照着，我马上就感觉到花间嘤嘤歌唱的蜜蜂都钻到脑袋里来了。他问我酒够不够劲儿，我说你更有劲儿。这个老农民闲来无事，喜欢温习当年发生在这里的战事，并不惮繁难，数年如一日地为游客做义务讲解。

我们从河边平地沿着陡峭的台阶拾级而上，台阶两边，都是过去堡垒的残墙。残墙间站满了苍老的梨树，好些树的树冠已经干枯了，却依然枝柯苍劲，盛放着耀眼的花朵。这些花树，一路护持我们登上那个危临河岸的山嘴。

当年坚石厚墙的堡垒都倾圮了。废墟之上，立一座碑亭。亭中是乾隆亲自撰文的《御制平定金川勒铭噶喇依之碑》。碑身四面镌刻汉、满、蒙、藏四种文字。

义务导游带我们去到碑前。我不止一次读过这通碑文，再诵读一遍。

> 噶喇依者，盖其世守官寨，故多深堑高墙。我师万层险历，千战威扬。譬之大木已尽去其枝叶，则本根亦可待其立僵。
>
> 我兵用大炮四面环击……于是进围益急，贼势日蹙。官军复摧其近碉，断其水道，番众惘惧，纷纷溃出……于是疆界厥地，屯戍我兵，镇群番而永靖，树丰碑以告成功。

乾隆当然要写碑了，大小金川之役是他十大武功之二。

我只是绕碑走了一圈，便往后山上走。听见那位村中贤人洪亮的声音在亭子中回荡。他在讲述那场并不太遥远的战争。那些熟悉的人名地名断断续续飘到我耳中。我站在堡垒废墟后面，那条溪水旁边，看一只戴胜鸟停在溪边湿润的青草中间。这时，我想到读过的一本当地史料，曾写到战前当地栽培的植物。书叫《金川琐记》，作者是一个上海人，叫李心衡，清乾隆年间，游宦川西多年。这本书是大金川一地最早的汉文地方志。其中说大金川一地，原先就多“梨、枣、柑、栗、核桃、石榴诸树，蔽芾可观。后因用兵斫去，仅存荒山”。所说用兵，即指乾隆年间这场战争。

同行的人听完故事从亭子里出来了。我听到有人在问老头的身份。不是问他的职业，而是问他是什么民族。这其实是问他到底是被征服者的后代还是征服者的后代。我没有听他如何回答。他本人的身世我不了解，但今天居住在大金川河谷中的大多数人，他们既是征服者的后代，也是被征服者的后代。当年惨烈的战事结束以后，当地男丁几乎死伤殆尽，清廷为了长治久安，活下来的士兵大多留下来就地屯垦。外来的士兵配娶当地妇女，共同劳作，繁育后代，使这片渡尽劫波的大地重新恢复了生机。

这些善后措施，《清实录》中均有详细记载。

关于这场战事，我已经了解很多，不问了。这一回，我感兴趣的是蔷薇科植物的驯化。我问村里上了年纪的人，这些梨树是什么时候有的？他们看我的表情有些奇怪，说小时候就有的，上几辈子人小时候就有的。回到县城，央人要来些当地史料，当晚就看。这些梨树果然与那场战争相关。

一本参加过那场战争的人的笔记，片言只语，讲到战前当地的物产，说当时本地就有一种梨，叫楂梨，是人工栽培品种，只是果子小，果肉粗糙。又一种史料说到金川雪梨的来源，是一位战后留下屯垦的士兵，回山东探亲，从老家带来了一种梨树种子，播种后长成了树，再与土生的楂梨嫁接，新的梨树居然结出了鸡腿形的、甜美多汁而几乎无渣的果实。因为这种新的梨树生长在雪山之下，就名之雪梨，或金川雪梨。从此，这个世界上就多出一种梨树，作为一场残酷战争的一个意外而美丽的结果。

战后，金川土司辖地改为绥靖、崇化两屯。留兵屯垦，铸剑为犁，大金川河谷，再现生机。经两百多年时光，新的梨树就布满了大金川河谷，春天如雪的梨花，秋天丰硕的果实和火焰般的红叶，完全改变了大地的景观。多民族的融合也重塑了这里的人文风貌。“新民植育梨万树，生涯不复旧桑田。”前一句是我编的，后一句引自宋人晁补之的诗《流民》。凑成两句，无非为了节奏更完整一点。

现今，当地政府有一个强烈的意图，就是向种植业挖掘观光业价值。这满山满谷野性十足的梨花，的确是很好的观光资源。杜甫诗："高秋总喂贫人实，来岁还舒满眼花。"虽是写桃树，但移到梨花上，也很恰切。物以致用，先是食用，这个功能实现后，审美性的观赏功能或许更有价值。我们这一行人，都是受邀来看梨花、写梨花的。可怎么写这些开放在雄荒大川上，生机勃勃还含着野性的梨花却是个难题。这两天，老听同行在耳边念岑参的诗："忽如一夜春风来，千树万树梨花开。"我心里却不满足。因为岑参诗是写雪的，写唐时西域轮台的雪，只是用梨花作比附罢了。真正到古诗词中找写梨花的诗句，都是写那浅山软水小巧园林中的梨花，到底显得过于纤巧，与我们眼前的金川梨花并不相宜：

梨花雪压枝，莺啭柳如丝。

（温庭筠）

梨花如静女，寂寞出春暮。

（元好问）

李白诗："梨花千树雪，杨叶万条烟。"庶几近之，却也没有写出这高天丽日下的山重水远。

梨花自寒食，进节只愁余。

（杨万里）

梨花有思缘和叶，一树江头恼杀君。

（白居易）

按植物学的视角，梨树开花，色香俱全，蜂颠蝶乱，是生命力勃发，是性冲动，是生殖狂欢。在这梨花盛放的高山大川中行走，我只感到勃勃生机的感染，即便真有点愁绪，此时都烟消云散了，更生不出一点闲愁。

如何看花？在古典世界，主流的方式是主观张扬的审美诗学。自十八世纪瑞典人林奈创造了基于客观态度和科学观察的植物分类系统。在他的命名系统中，植物有两个名字，一个属名，一个种名。而种属的确定，主要的依凭就是观察花朵，即植物性器官的异同。用植物学的专业术语来说，叫作“根据植物性器官数量和配置方式来替植物分类与命名”。大致说来，开花植物外阴部是花萼和花瓣，雄蕊与雌蕊相当于阴茎与子宫。这种观察，自然将植物花事视为人类情感与伦理投射物的文化感到不适与疏离。

科学史上有一段被文学史忽略的记载。

那是科学主义在欧洲勃兴的年代。1817 年，牛顿的力学系统和林奈的生物分类系统已经建立，英国诗人华兹华斯、济慈和兰姆在画家海顿家聚会。济慈对牛顿的科学发现提出了诗人的抗议：“他将彩虹还原为三棱镜下的光谱，摧毁了它的所有诗意！”另一位叫克莱尔的诗人说：“按照林奈的方法分门别类……这让我倒尽胃口。”

科学主义的确改变了观察自然之物，比如赏花的路径。不再是神秘主义的视觉审美，不再是借物抒情，不再是托物寓意，不再是——用理查·梅比的话说，不再是使某物“进而成为恭敬的伦理信条”。但如此一来，自然界真的就没有诗意了吗？面对梨花，生不出闲愁就没有诗意了吗？我觉得是有的。眼前这些勃发着野性的梨花，都让性器尽情开张，蜜蜂在花朵间无休无止地振动翅膀，颤音制造幻觉的高潮，或者高潮的幻觉。强烈的日光似乎被激情控制，嗡嗡作响。花等风来，等风来传粉，也就是将梨花蕊上海量的精子扬起，雌性因成熟而感空虚的子房在急切等待。

更何况树由人植，金川一地，历史在此造成了特别的族群，杂糅的文化。树生别境，这里雄阔的雪山大川，化育了这种最接近原生状态的梨树。中国的地理和文化，多样丰富。同一种植物在不同的地理与人文情境中，自然就生发出不同的情态与意涵。所以，不看主客观的环境如何，只用主要植根于中原情境的传统审美中那些言说方式，就等于自我取消了书写的意义。日本作家永井荷风在写梅花时就注意到了这个问题。他说："我一望见梅花，心绪就一味沉浸于测试有关日本古典文学的知识当中。梅花再妍美动人，再清香四溢，我们个性的冲动却在根深蒂固的过去的权威欺压下顿然消萎。汉诗和歌跟俳句，已经一览无余地吸干了花的花香。"美国文化批评家苏珊·桑塔格也说过艺术创新的根底，就是培养新感受力。也就是说，对于不同的对象，要有新的体察与认知。在这一点上，永井荷风也说过意思相近的话："我们首先须清心静虑，以天真烂漫的崭新感动，去远眺这种全新的花朵。"

的确，如果对此种写作方式缺乏应有的警惕，那就滑入那些了无新意的套路。我看梨花，就成了"我看"梨花，而真正重要的是我"看梨花"。前一种仅仅是一种姿态；后一种，才能真正呈现对象。今天，游记体散文面临一个危机，那就是只看见规定的意义，却不见对象的呈现。如此这般，写与没写，其实是一样的。法国有一个哲学家曾经指出，无新意的文本，造成的只是一种"意义的空转"。

所以，我看金川的梨花既考虑结合当地山川与独特人文，同时也注意学习植物学上那细微准确的观察。写物，首先得让物得以呈现，然后涉笔其他才有可信的依托。

所以，我看梨花，看到了一场战争造成如此意外而美丽的结果。

所以，我看到了西方植物学家所说的农业文明创造的“耕作的神话”。

所以，我看到了不同植物所植根的不同地理与文化。

所以，我看到了一年之中，不同的海拔高度上，蔷薇科植物开出了两个春天。

（《收获》2023 年第 3 期）

无限之网

翟永明

1958年，年轻的草间弥生正在经历原生家庭的情感危机。她在自家的种植园里，看到周围全是花，“感到要被花朵吞噬了”。那些堇菜花变出人脸来，对她说话，草间被吓得魂飞魄散，她后来写下一首诗《堇花妄想》：

“铺在桌面上的堇菜花掉了 / 爬行在我的躯体上 / 一朵一朵，纠缠不清 / 紫色的花朵 / 为了争抢我的爱。”

草间在很小的时候，就已出现了幻视和幻听的症状。七岁时，就听见南瓜在对她说话（这是她对南瓜如此钟爱的原因吗？）。后来有一段时间，她没日没夜地集中精力画南瓜，她自己说“好像达摩面壁十年”。那些铺天盖地出现在她大脑中的事物，迫使她不得不用艺术来消解和治疗这种强迫症症状。她说到她最初的绘画体验时说：“我最终会填满桌子、地板，甚至我自己的身体。网络将我扩展到无限，我忘记了我自己。”

这是一种被称为“人格解体”的精神障碍，患者会对现实产生分离感和异常感，可当时的草间并不知道。她后来将这种时刻称之为“灵魂出窍的状态”。

差不多在此时，她偶然看到了美国女艺术家奥姬芙的画作。突然意识到：我就是要成为她那样的人。这个执着的意念，导致她冒昧地给奥姬芙写信，并寄自己的水彩画给她。奥姬芙回复了她。奥姬芙信中说：“你要来美国这件事已经相当辛苦了……到了纽约，好好抱住你的画，拿给那些不看重名气、也许对你的画感兴趣的人看。”于是，草间下决心去美国，一方面想要逃走，逃离家庭和当时很保守的日本（她说：到处充满了对女性的轻蔑）；另一方面，她也想成为伟大的女艺术家。

在日本，她已经创作多年。草间的早期画作非常风格化，有后期作品的一些影子，但还没有发展出成熟的体系。但是她的父母坚决反对她当艺术家，并逼着她出嫁。她的母亲甚至扔掉和烧毁了她的作品。但是，她费尽力气，也只能在松本的一家电影院二楼，悬挂她的作品，算是她的首展。那时，日本还是在非常保守、男性话语占主导的时代（现在也是，不过艺术圈开放了一些），没有人欣赏，也没有人来看展。草间到了美国纽约，发展并不顺利，奥姬芙虽鼓励她，但也告诉她：“我住在乡下，而艺术属于城市，我已得到了你想要的东西，但是在这个国家，艺术家是很难生存的。”不过，奥姬芙仍然尽力帮她寻找潜在的展览机会，甚至不顾高龄前往纽约看望素昧平生的日本女艺术家，并将自己唯一的经纪人介绍给草间，以帮助她进入美国艺术圈。

离开日本之前，草间烧掉了近两千幅画，因为没法带走，她相信自己能画出更多更好的作品。可以想象，年轻的草间多么勤奋，她成为日本战后最早前往纽约的艺术家之一。当她登顶帝国大厦时，决心要征服纽约，让全世界的人都了解她对于艺术的热情和创造力。不过，这一愿望直到她八十岁之后，才得以实现，在当时她并不知道。

在纽约的日子里，无论草间怎样锐意进取，拼命创作，想进入美术馆，可是，门都没有。她是男性主导的社会下，边缘的女艺术家中更边缘的日本女性。

曾经看过草间的早期照片，在简陋的屋里，坐在木梯上，画着巨大的画，让人感动又心酸。当她横跨太平洋，看到波动的海面上，起伏着巨大的“网”，她将它扩展到自己的画作中，创作出最早的网状图。那是 1958 年，它们得到世人的承认，还需要几十年。草间做好了尽快成功的准备，想要进入纽约当时排名第一的美术馆。

战后是美国抽象表现主义的天下，波洛克是最成功的艺术家。草间的画作与抽象表现主义有近似之处，但又与众不同，这让她终于获得了一个参加展览的机会，虽然不是她向往的画廊。展览的评论文章说她是一位“原创画家”，也就是说，她当时的画作与主流的抽象表现主义不一样，带有自身的魔力。在此后的一次联展中，草间与六位日本当代画家一起举办了一个展览。虽然画廊主人也是一位女性，但草间还是“深感屈辱和失望”。因为展出作品和展位都对她不利，且带有歧视意味。为了画画，她就像拼命三郎一样，却并未得到她所渴望的成功。正是那个时候，她画了一张 33 尺的网状图。她用纤细的笔触画了数万个白点，并无限地向外扩张。有人评论：这是她为自己打造了一个宇宙空间。这些无限延伸的网将她吞没了，既让她窒息，也让她为之神魂颠倒。即便不吃不喝，她也要坚持画画。她说：“我就像骨髓被燃烧起来了一样，我是一个端坐在美利坚合众国岩石上的女达摩。”

其后，这些（波纹）状的网络，扩充成一种更大更密集的赘生物，她从画家变成了环境雕塑家。她用各种材料来处理这些赘生物，将它们作为床、作为沙发、作为家具，甚至作为船。正是在那段时间里，她被诊断出有强迫症，这些东西一旦进入她的脑海，便挥之不去，必得将它们变成巨大的艺术品。草间自己说：“我将自己的心理问题发展成了艺术。”堆积各种物品，成了她痴迷的主题。在展览上，她用密密麻麻的疣子一样的赘生物，填充桌子、椅子、衣服、高跟鞋，她将自己埋进去，只露出一张年轻困惑的脸。不得不说，当她用这些密集的、恐怖的、莫名的布料、流苏、纺锤状物体填充满展览空间时，那种场景和气氛是独有的、病态的，但又是吸引人的、有能量的。用她自己说过的童年经验可以解释：她这一切让人讶异、让人意外的创作，更多来自她从小的幻视与幻听，“我从小就发现自己在视觉、听觉以及内心深处能感受到自然、宇宙、人类、血与花，还有包罗万象的世界，它以神奇、恐怖和神秘的方式，给我留下深刻的印象，把我的生命牢牢捆住，使我无法挣脱”。

1963 年，草间得以与当时纽约非常新潮的艺术家一起在一家画廊举办展览。艺术家中有当时赫赫有名的人物：安迪·沃霍尔、詹姆斯·罗森奎斯特和唐纳德·贾德。但草间毛茸茸爬满纺织品的长椅，却吸引了所有人的目光。同期，著名雕塑家克拉斯·欧登伯格用水泥泥浆做了一件西服，那时他一直在做硬雕塑。但是之后，他开始通过缝纫的方式，用布料来制作这种当时男艺术家根本不屑的、带有女性气质的作品。之后的展览，他的作品全部变成软雕塑。有些作品，完全采用了草间的赘生物的材料和组合方式，这让草间大为震惊。而展览上，欧登伯格的妻子一度非常尴尬地对草间说着“抱歉”。欧登伯格后来成为国际巨星，但草间的软雕塑之路，也因而变得更为艰难。

也是1963年，在纽约格特鲁德·斯坦画廊，草间举办了“千舟联翩”的个展。那是她的第一件装置作品，非常具有创新意义。她制作了一艘长十米的船，船上装满了密密麻麻的白色赘生物。布展时，她将这艘船的黑白照片制作成海报，又将总共999张海报，贴满整个天花板和墙壁，与房间正中的十米大船，组成一个特殊的空间。当灯光打在船的周边，照片与船就形成一种反复重叠，让观众感到眩晕并产生幻觉。这是一种崭新的展览方式，也是草间自己创作中从无限扩展的画作中延伸而来的。这让前来参展的安迪·沃霍尔大为欣赏。他对草间说：“哇，我太喜欢了，这太棒了。”但接下来，他就在自己的展览上，将一只奶牛的海报贴上了墙，贴满整个空间，完全复制了草间的观念和方式。这两位男性艺术家不加注释地拷贝和抄袭草间弥生的想法，并公开参展。由于他们的明星身份和拥有艺术圈的话语权，草间虽然震惊和愤怒，但作为边缘之边缘的女艺术家，她投诉无门，且不能得罪这些大佬。郁闷和沮丧都被埋进了她内心，这让她的焦虑症和强迫症更加严重。

性别歧视和种族歧视加在一起，使得20世纪60年代就在纽约创作出许多重要作品的草间弥生，没有得到足够的重视和关注。她率先在展览中打破空间界限，让作品在空间中得以突破限制。现在流行的让观众在展览中从窗口去“窥视”作品，草间在60年代就做过了。她在米特兰美术馆做了一个八面形的玻璃房间，在里面天花板上安装了一系列灯光。当灯光根据音乐节奏闪动时，玻璃镜屋也被无限的灯光闪动着，而人们只能在窗口伸进头去窥视。这是一个在当时非常创新和大胆的方式，她是第一个在艺术圈使用这种镜面空间的艺术家。那是在60年代中叶，即便在今天，你也会感受到那些作品的前卫理念。这种无限延展的装置，来自草间绘画创作的延续，来自她那些波点、圆点的弥漫和发散，是她一以贯之的创作手法。这个灵感，来自她在日本一个叫松本的小地方，眺望屋后河岸亿万颗小白石所得到的启示。可悲的是，在20世纪60年代，草间弥生在纽约艺术圈只是一个无名小卒，而那些有话语权的男性艺术家不择手段，也不管自己创作理念和创作体系中的上下传承关系，轻而易举地就将她的原创掠夺了。

在《无限镜屋》展出七个月之后，另一位纽约激进派艺术家卢卡斯·萨马尔斯创作了相似结构的镜屋，并在更专业、更成熟、更著名的佩斯画廊展出。展览上，也出现了一把让草间眼熟的毛茸茸的椅子。这一切都让草间更加沮丧，以至于崩溃。无论怎样革新、怎样独具创意都不被主流艺术圈接纳。而另一方面，能够证明她价值和艺术创意的作品，却被更有名的艺术家掠夺和据为己有了。没有人会替一位来自亚洲的女艺术家打抱不平，甚至没有人愿意倾听她的声音。整个20世纪60年代，草间做过各种形式的艺术：装置艺术、偶发艺术、行为艺术、影像艺术，甚至还拍过一部电影，叫《草间的自我消融》。这部电影与她的其他作品一样，探索自我、探讨自我的界限，并且，离不开她的符号——波点。穿着大红和服，骑着棕马，变换不同颜色的和服，最后，走进池塘，彻底消融。她在水中画圆点，在纸上画，直到圆点漂起，自我也消融。“把自己淹没于表现物之中，意思是把自己消融掉。”她如是说。

电影在比利时获了奖，首映式上，草间又将现场变成了行为艺术的现场。她邀请观众留下来，脱掉衣服，互相在皮肤上画圆点，不得不说，草间的思维方式，还的确是发散形的：从一个波点发散到另一个波点，这些波点再扩大，成为无限的圆点世界。比起今天千篇一律的映后谈，草间把影像放映与映后谈，变成行为艺术，二者结合在一起，则有趣得多。

越战期间，草间加入艺术圈的反战行列。与小野洋子一样，她也做了许多反战的行为艺术。有一次，她的裸体行为艺术上了杂志，传回了日本。这让当时非常保守的日本社会大为震惊，而她的父母更是觉得耻辱，甚至认为是整个松本市的耻辱。更有甚者，觉得她应该被枪毙。那时，不会有人想到，有一天草间弥生会成为松本市的骄傲。

随着战争结束，进入20世纪70年代。草间这种挑战极限的艺术家，也更加艰难。安迪·沃霍尔这样的艺术家，已经顺利进入商业模式。商业体系开始决定艺术家的成功与否，纽约艺术圈依然是男性艺术家的天下。说实话，美国最伟大的艺术家奥姬芙，若不是因为丈夫是一位掌握了纽约艺术圈最主要权力的画廊主，不遗余力地推动她的艺术，在那个年代，即便奥姬芙才华横溢、勤奋努力，在一开始也不会有那么容易的成功机会。毕竟，在还没有进入全球化的时代，艺术只是一小部分人的游戏，艺术蛋糕只属于离它最近的圈层，一个外来者想分一杯羹，纯属妄想。即便在70年代中期，大多数艺术圈的人或者画廊主，都没有听说过草间弥生这个名字。

1973年，草间怀着失望和伤痛回到日本。在日本，鲜有人知晓她，而知晓她的，却都是耻辱的延伸。得不到社会和家人支持的草间弥生，终于崩溃了，一道黑幕屏蔽了她。她进入了一家以艺术疗法著称的精神病医院，在那里她反倒获得了安全感。此后的二三十年，她一边治疗一边画画。强迫症使她依然日复一日地画画不辍，她画了大量的波点、昆虫及微生物。同时，她也开始写作诗歌和小说，并出版了许多小说和诗集。其中一本小说在1983年还获得过“新人文学奖”。她说：“无论是艺术表达，还是文字表达，从根本上都是一样的，两者都是开拓崭新精神领域的方法。不管哪一个，我追求的始终是前卫。”我非常赞同她的这一说法，并且，草间的诗的确写得不错。她的诗与她的艺术，构成了她完整的全部。

从20世纪70年代中期到80年代末，草间实际上被从艺术史和艺术圈中抹去了。有近二十年时间，她没能举办过像样的展览。但她其实一直在创作，不清楚是不是有人提供给她赞助或资金，但她确实在这近二十年中，创作了许多绘画和雕塑作品。直到1987年，福冈北九州美术馆首次为草间弥生举办了回顾展。这是一次对草间意义重大的展览，展出了她从十九岁以后四十来年的平面作品和装置作品。展现了草间创作中的多元和丰富性。而日本媒体，也从此改变态度，全方位地对她作了各种报道。1989年，纽约当代艺术中心，也为草间举办了更为全方位、带有资料性质的回顾展。从草间20世纪50年代的水彩画开始，追溯她的创作。画展引起轰动，让纽约和日本都开始了对草间作品的重新梳理和评估。1993年，草间终于得以在威尼斯双年展日本馆举办了个人展。此时，距离她1966年第一次到威尼斯、自行在意大利展馆外举办偶遇艺术行为（她自己称为“打游击”），已经过去了四十年。上一次她是无人邀请，违规运作，这一次算是代表国家登堂入室（尽管一开始，日本政府也不情愿一位需要携带精神病医生的女艺术家代表日本参展）。威尼斯双年展的国际“加持”，终于为草间弥生迎来了人生的重大转折。其后的故事，我们就很熟悉了。日本美术界终于认可了她，而纽约艺术圈也张开双臂拥抱了她。她当年曾经与纽约艺术家举办群展的画廊，也为她举办了个展，重新回顾了她在纽约的创作。然后，以世界为舞台，草间举办了无数次展览，被媒体称为“草间复兴”。再后来，她的著名符号作品——南瓜，被放置到了全世界的各个角落，以至于在某个巨型商场的拐角，一不小心，都会与草间的南瓜撞个满怀。在 2023 年台风登陆期间，她放置在中国南方一个岛屿上的一个南瓜，被台风吹到了海里。记录这一过程的小视频，也火遍全网。

当年，视草间弥生为耻辱的家乡，也多次举办她的大型个展和常设展。松本市民也开始带着孩子去看她的作品，并引以为傲。草间说：“我终于可以带我的王冠回家了。”女英雄凯旋，衣锦还乡。

这是一个讽刺故事，也是一个励志故事。

现在，草间弥生进入自己说的“生命最后篇章”。她又说：“我把全部精力投入了创作。”她仍然住在精神病院，有两间工作室和一大群助理，有代理人、摄影团队和分布在全世界的经纪人。

这是一个典型的有野心没背景的女艺术家的成长故事；也是一个典型的从天才少女坠落到精神病院的故事。但是，时代不同了。草间弥生比法国雕塑家卡蜜尔·克罗岱尔幸运，虽然后半生也在精神病院度过，但是她依然被人从精神病院挖掘出来，洗干净身上的尘土，精心打扮，盛装出场。二十年后，又是一条女汉子，这是另一个让人哭笑不得的故事。现在，草间弥生每天依然勤奋，她要养活一大群支持她、为她工作、也许真心崇拜着她的粉丝群和团队。她的创作，不可避免地越来越走向商业化。她创作、运作、炒作，不一定是个人意愿，但非如此不可。比起她现在出现在全世界各种展览上的作品，比起她在全世界许多商场都会不经意一头撞见的南瓜，我更喜欢她当年在纽约走投无路、四面碰壁时，被困境激发出来的“灵光”——那些不屈不挠，层出不穷，带有独创、个性、天才闪现的观念和作品。虽然曾被某些男性艺术家毫不怜悯地掠夺而去，但她总有新的灵感，闪闪发亮，倔强而生。而那些不可能被掠夺而去的艺术价值，却成为她最终被记录于艺术史的不可磨灭的番号。

（《收获》2023 年第 4 期）

如意坐

格　致

刻舟求剑

我妈去世后，她和我一直保持着联系。

我妈联系我的方式，与我和她的联系方式很不同。我的办法类似刻舟求剑。和哥哥姐姐们把我妈的遗骨埋入泥土，填好土后我们陡然紧张起来，我妈的骨殖并不能在来年春天发芽，长出一棵我们一眼就能认出是我妈的植物，时间久了，记忆会被风吹乱，我们怎样才能再找到她呢？我们埋下我妈并不是一埋了之，同她画上句号。我们是要和我妈继续保持母子关系的。我们把她放入泥土里，是为了更长久地保存她。流水我们不选择，我们信赖泥土的稳定性。

那段时间，我妈在我们眼前不停地变化着形态：健康人、病人、尸体、粉末——从一分解到无数。眼看着我妈的生命在我们眼前如沙漏里的沙子一样流逝，瓦解，我们束手无策。急忙找来医生和现代医疗试图阻挡，医生忙了一阵宣布失败了。

我妈的生命如轻烟飘走，任谁也抓不住。我们退而求其次，试图留下她的遗体，但这仍然不被允许，只能眼看着我妈一步一步不可遏制地化成粉末。我们七兄妹站在我妈离去的路上，进行了七次阻挡。那个掠夺我妈的力量太强大了，我们的力量加在一起，都不是它的对手。最无奈的，我们看不见摸不着那个存在，我们的力量、智力都无处应用。我们哭着，左眼哭我妈的逝去，右眼哭我们的失败。

当我妈被泥土覆盖后，我们还是紧张了起来。虽然现在我妈的坟茔是一座隆起的土堆，但不远处的雨水还有风，它们致力于削平地上所有的起伏，风雨喜欢平原，厌恶被阻挡。还有四周肆虐的野草也等着我们离开后迅速占领这块高地，开出喇叭花，大声说出一些关于占有的言辞，然后撒下它们的种子——野草和藤蔓会在一个月内让这里面目全非。虽然我们把土堆得很高，但山坡上的土堆太多了，时间久了，就找不准哪个土堆是我们堆的。别人家也在这里（一座山）埋了他们的父母，也堆了大土堆。土堆和土堆是很相似的。我的哥哥姐姐似乎早有准备，他们带来了树苗。世间的树千千万万，应该是没有两棵完全相同的树。刚埋下的头几年，我们不至于遗忘，当我们就快要找不到的时候，我们栽的树长大了，从野草中脱颖而出。野草凶猛，也不是一棵树的对手——草是被施了诅咒的，它们每年都得从头开始。有了长高的树，我们的记忆就不怕风了，我看见我们的记忆像丝巾一样向那棵树飘移，然后缠绕了上去：我姐的记忆是酡色的，我哥的记忆是钴色的，我的记忆是云山蓝色……在别人眼里，那是一棵榆树，而在我的眼里，它是一棵开花的树，栖落着彩色的鸟。那棵榆树，更像一枚钉子，把我妈的位置牢牢地定在了那里。后来，我们找到一块石头，在上面刻了我妈的名字，石碑立在坟堆的前面，至此，这个土堆终于有名有姓、有立足之地。榆树、石头、土堆，这三种标记，加在一起，形成了一个牢固的记忆支架，我们终于放心了。

此后每年中元节，我们都要来这里。远远的我们就看见了那棵榆树，在榆树的指引下，我们找到了石碑。石碑的后面，我妈的安身之所草木扶疏。先割掉坟上的野草，用泥土填补上面的漏洞。在做这些的时候，我们的心情和为她修理房屋的心情是一样的。然后把水果、酒肉、点心、花朵……放在坟前的石台之上。好像她老人家还在这里。好像这里是她的家。我们见不到她，会以为她这会儿出去了，过一会儿就会回来。然后我们坐下来，开始一年一度的和母亲共进午餐。

梦境的维度

我妈土遁了。通过火和泥土去了另一个世界。那个世界的入口十分狭窄，我妈用火大幅度缩小了自己，才得以进入。那棵榆树，是我妈留给我们的标记。后来我才知道，哥哥姐姐栽下的树，一棵也没有成活（栽下的是松树）。那棵指引我们的榆树是自己长出来的。那片山坡上，只有这一棵孤零零的榆树，这就不自然了。也就是，榆树是我妈画给我们的标记。我们怕找不到我妈，我妈也怕我们找不到她。她发现松树死了，急忙让一棵榆树快速长大，并保护这棵树在幼小的时候，躲过牛还有羊的啃食。在榆树树干粗糙的裂纹里，应该有我妈新居门锁的六位数密码。

让我意外的，随着我妈有形可见部分的消失，我妈和我的联系不是减少了，而是增多了。后来我慢慢悟出，那棵榆树固定住的，只是我妈的一部分。这部分可见、有重量、有颜色，在地球引力的控制之下。我们用泥土、榆树、石碑，这些可见、有重量、有颜色的物质，保留住的，是我妈和这些物质相同属性的部分；而我妈另外的，那些不可见、无重量、无颜色的部分，不在那棵榆树下，到可见光以外的空间去了。可见光谱何其狭窄，暗物质空间无限无垠。摆脱了地球引力后，我妈来去轻盈，以我无法理解的方式，突然出现在我的面前。

我只要睡着，关闭可见光世界，就为我妈找到我准备好了房间。我明明是闭着眼睛在睡觉，却看见了我妈。我的这个看见，显然没有通过可见光。那里和这里确实略有不同。最大的区别就是，语言交流受限。我无法在那里和我妈进行比较大篇幅的语言交流，最多是只言片语，大部分时候是在演哑剧。

我妈去世的当天晚上，她就急切地回来找到了我，她和我说："那个地方我去了，可他们不让我进啊！"我妈的形容有些模糊，但这句话十分真切。多年过去了，这句话依然如卡住的磁带，在我的耳边一再重复播放。

在所有的关于我妈的梦境里，都是不能交谈的：我妈说话，我不说话；我说话，我妈不说话；我们谁都不说话，只是能彼此看见。这就导致，我至今不知道，我妈说的那个地方是什么地方。那个地方到底是哪里？他们不让进去，那个他们都是些什么人？他们为啥不让我妈进去？在那个环境里我被规定不能说话，我妈只说了这一句就不说了，然后梦结束。我妈来这一趟，只为把这句话告诉我。这是我妈的大困难。可我有办法解决她的困难吗？我只是知道了她的处境，知道了她还会回来。我无法如尼山萨满那样，像个英姿飒爽的女英雄，单枪匹马进入那个禁地，亲手解决我妈的难题。此后再梦见我妈，我妈对那件事不再提起，似乎她的疑难已经得到了很好的解决。我妈告诉我那句话，梦里我没在意，可醒了之后，很长的一段时间，我都在琢磨这句话的含义。我渐渐地明白了：我妈是心脏病，被乡下庸医误诊，耽误了宝贵的抢救时间。也就是我妈的阳寿没到，她去那里，人家自然不让她进去。那么问题来了：那里不让进，阳间又回不来，那我妈去了哪里？

我妈通过进入我的梦境找到我，大多是不和我说话的，也许我妈满足于见到我，她没什么事，因此不说话。一段时间后，我觉得我想的不对，每次我妈来见我，都是有事的。也许她进入我的梦境并不容易，想来哪里都是有规矩的。她要办一些手续，还需要谁的审批，盖上一些章。大费周折地来了，却不能随意说话。我每每通过观察我妈的衣着、神情、动作等等，来判断我妈找我的目的，她要我做什么，或者她要我明白什么。

几年前，我妈穿着一双奇怪的鞋子走进我的梦境。鞋子尖尖的，老式布鞋的样子。材质是黄纸的。那纸非常粗糙，上面遍布纵横交错的草梗，有的地方薄得透亮了，没有一丝纤维。我妈不说话，我也不说话。她坐在一只小木凳上，膝上一只藤条笸箩，里面是刚摘下的豌豆。她在剥豆子，像是在为一家人准备晚饭。我妈没有说话，也没有抬头。梦醒后，我猛然明白，我妈这是对她的鞋子不满意了，尤其是对鞋子的材质很不满意。我就买了一双白底黑面的布鞋，到上坟祭祀的日子，同那些纸钱一同烧给我妈。子曰：事死如事生。事亡如事存。我一边把火拨旺一边还要说：“妈呀，您要的布鞋给您送来了，您看看大小合适不合适？”我想了一想又说，“以后您那儿缺啥，就和我说。”

在我妈的遗物里，有一双绣花鞋。白色布底，黑色缎面，每只鞋帮的外侧,各绣着一朵粉色的牡丹,花朵下是几片叶子。黑色、粉色、绿色，强烈的颜色碰撞，和它躲在日常之外的状态，让这双鞋成为我记忆里的恒星。

这双鞋是我妈的嫁妆之一。当它成为遗物的时候，我对它的疑惑仍如绳扣，没有被解开。和这双鞋的第一次遇见，是在我妈的衣柜里。我在外面疯跑了一个上午，太阳把我的手和脸都晒成红色，头发也一定被春天的风刮得乱糟糟的，我像个野孩子一样打开我妈的衣柜，想找几个布块，好缝制一个游戏的布口袋。我妈正在厨房做午饭，一团水汽包裹着她。我进入西屋，偷偷打开衣柜（我妈平时不让小孩子开衣柜，弄乱里面的东西），正午的强光灌进来，我看见在衣柜的横隔角落里，有两朵粉色的牡丹闪着光芒。我怔了片刻，伸出小黑手，抚摸那些花朵和丝绸。我的手第一次触摸丝绸和刺绣的花朵，这隐藏在生活深处的柔软、温馨的部分——让我万分惊讶和陌生的部分。这双鞋一次也不曾穿在我妈的脚上，走在路上，以至于我在此前一直不知道它的存在。这生活中细腻、柔美的部分，一直深藏在衣柜的角落里吗？多年后，我感谢我妈在一个粗粝、刚硬的时代，携带了柔美、华丽的事物来到我家，虽然它们被迫雪藏衣柜，但作为生活的一部分，它们存在，并被我看到了。

我妈出生在民国，地主家的姑娘。她结婚前为自己刺绣了幔帐、枕套、鞋子、手绢等嫁妆。我妈刺绣这些生活用品，是要婚后使用的，但她出嫁的时候，一脚就迈进了新生活里。而新思想新生活，与她的嫁妆对接不上。她绣花的时候，还是春天，而出嫁的时候，已是第二年的秋天了。我妈用白布和绣线，挽救了一些花朵和叶子，使它们在秋天、冬天来了的时候也没有凋谢。我妈捧着她的刺绣作品，在我父亲的新家里，找不到安放这些生活用品的位置，最后，它们就都被放进了暗无天日的衣柜里，一次也不曾使用过。我妈转身穿着粗布鞋，一脚就踏进生活的万丈泥尘里去了。也许在我们睡着之后，我妈会小心地洗干净脚，把绣花鞋穿上，就那么看一看，想一想，或叹息一声，然后再放回衣柜的角落里去。

我妈的枕套和幔帐被我收藏，而那双让我惊艳的绣花鞋，则不知所终，遗落在时间的尘埃里了。我妈的幔帐上绣了很多花朵，但上面没有牡丹花。唯一的牡丹，在那双鞋上，而鞋子丢失了,那就不仅仅是鞋子丢失了,而是我们的牡丹花丢失了。

那么我妈和我要的，应该不是普通的布鞋，而是那双丝绸绣花鞋。不然她突出那双纸鞋的粗糙其意何为？那么我妈找到温软、干净的世界了吗？我妈找到可以穿绣花鞋的家园了吗？

莲花

我妈去世的第三年，梦境里我再次看见了她：左眼包着纱布，用右眼坐在那里绣花。我妈不抬头，不说话，好像没有看见我，她在绣一朵莲花。

这个梦是半夜做的，醒来恰是子夜。我很惊骇，那只鹰还没放过我妈吗？我怎么帮助她呢？我看不见那只鹰，也无法处理我妈受伤的眼睛。

六十岁之后，我妈的眼睛失去了光感。她不能处理外面的光线了。在那个狭窄的可见光谱里，人满为患，我妈年老体衰，被排挤了出来。从可见光谱中跌落下来，我妈坠入永恒的黑夜。有一天，我妈悄悄和我说："妈爱做梦，梦里我什么都能看见！"我妈的语气，是小心翼翼的，生怕别人听到，担心通过这个途径看见的世界也被剥夺，因此不敢大声宣告。我心里一动，原来是这样的啊！那真是太好了！我妈失明后自己找到了通往有光世界的道路，而且不用人搀扶。我妈可以在那个世界里很好地活下去。看来我们的世界并不是严丝合缝，在你想不到的地方，留着漏洞。感谢上天给我妈留下了一道缝隙，光从缝隙里透进来，照亮了我妈的梦境——照亮了我妈的人间！那么，我妈的白天和黑夜要做一个调整了：醒着的时候，是黑夜；睡着了，是白天。所以看见我妈睡觉，那可不是她在睡觉，而是在进入她有声有色的白天；我妈如果坐在那里，且睁着眼睛，虽有阳光从窗子照进来，那是我妈在挨她的黑夜。

我妈是怎样度过她的黑夜的呢？她坐着。右腿在上，左腿在下，两膝向内弯折大于九十度，我能看见她的右脚的脚心。她这样一坐就是一上午或一下午。她用这种姿势和人闲话，吃饭，喝水；没人、没事的时候，用这种坐姿沉默。

六十岁后，我妈几乎是终日坐在炕上的。身下是印着花朵或方格的橡胶炕革，面向着南面的窗子。阳光照进来，我妈沐浴在光明里。我知道这光只能温暖我妈的肉身，无论如何也照不进她的内心深处去了。光线来了，你如果丧失了接收它的能力，那么光就是不存在的。你得和光合作，光才引领你进入明亮的世界。

院子里的那棵老柳，柳丝极长，最长的几条已及地面。一阵风来，它们飘荡的时候，如神怪在扫地。也有几条垂到树下那口陶缸里。缸里雨水沉积日久，快要满了。上铺一层油皮，闪着金属蓝色。忽然那油皮就被刷开，树蛙的大眼睛气泡一样浮出来，像花开了。它看我一眼，倏忽合拢，沉下去，神情因我不是同类而失望。

在树叶上坐久了，树蛙也到下面的缸里探索一番。不用我搭救，那几条柳枝，是它们的通途。胆大的可能直接从树上往下跳，胆小的顺着柳条溜下来。如果我妈不把一只废弃的陶缸放在树下，如果老天不把里面装满雨水，那树蛙们的日常会少了多少意思啊！

我妈坐在炕上，双腿盘结。窗子开着，她面对着院子。柳树、陶缸都在她的视野里。我知道她此刻看不到这些，但我不担心，这些院子里的景致，都会找到进入我妈梦境的入口，与我妈见面。也就是，我看见的，我妈都能看见。我看见在我妈的眼睛里，也有更小的树蛙在嬉闹，它们已经把我妈的眼睛搅浑了。我妈说，她的前世是个猎人，伤了一只鹰的眼睛，那只受伤的鹰不肯原谅，一路追来；而医生说，我妈的视网膜，如一面圆镜，掉到了地上，摔碎了。

我妈去世后，她有两条道路可以找到我：梦境是她最常走的小路。我猜这是条近路。而另一条，在梦境之外，比梦境还要飘忽不定。

那些和我妈相关的事件会像不速之客突然降临。快要下班了，路过菜市场，我在想买什么菜，晚餐吃什么。而一个恍惚，我妈就出现了。她在吃我给她买的鸡蛋柿子面，那件事就像影像资料一样给我重新播放，从头播放。这种播放是有意义的。事件的再次播放，让我从当事人变成了旁观者，这样我就看见了我的错误。所处的角度一变，我的错误就如冰山，赫然浮出水面。

我的错误触目惊心。让我难过的是，我没有办法改正它、调整它，只能看着我的错误在过去的时光里不肯沉没、不肯融化，永远地漂浮着。

我妈一生有两个终极愿望，都是她无力做到的，她只能求助她辛苦养大的孩子们。她的第一个愿望就是土葬；第二个，她要到北山的庙里去忏悔。她要忏悔的是前世的罪业。忏悔作为一个猎人，对一只鹰的屠杀；土葬的愿望，被我哥哥阻挡了。

我妈和我说要出家。但又说，人家也不能收我呀，我一个瞎老太太。虽然我就住在北山下，抬头就能看见庙宇的大门，但我和北山的庙宇没有任何联系，包括心念上的。我陷在世俗的喜怒哀乐里，看不见神佛的存在，自然不理解我妈为什么要去庙里。庙里吃素，我认为给我妈吃肉是最好的。在我的所有教育里，没有佛祖的位置，我甚至不知道那个存在。我在俗世翻滚，忙得不亦乐乎。而我妈从小在庙宇林立的乌喇街长大，在她的世界里，神佛就在身边，无处不在。当她眼睛失明，怎么也治不好之后，她警觉起来，检讨完自己的今生并没有做过什么坏事，那么一定是前世的因果了。我妈说，她前世是个猎人，伤了一只鹰的眼睛。那鹰是有道行的，是有仇必报的，它追索来到我妈的今世，让她也失明了。以牙还牙，以眼还眼。我妈想走到佛前忏悔，把自己杀生的罪过亲口对佛祖或观世音菩萨说出来，好减掉自己的罪业，她想祈求能看见俗世。带她上北山庙里烧香，对我来说是没有任何难度的。找个休息日，带上我妈上山即可。我妈看不见，腿脚还利索，拉着走，上山不成问题。但是，那时我二十多岁，在持续十多年的教育里，我和神佛的中间有一道鸿沟。

我没有带我妈去城北的寺庙，而是去了一百公里外的省城医院。那个省城医院的眼科，是全省最好的眼科。我们头一天坐火车坐汽车到达医院，在医院附近找到一家小旅店住下来。晚上，我带我妈在一个小面馆吃了碗鸡蛋西红柿面。第二天早上三点多，我就去医院排队挂号。经过这一系列努力，上午十点多，我们终于来到了省城眼科专家的面前。我记得那是一位年长的女大夫。她的头发都花白了，梳着五号头。她通过一台机器查看我妈的眼睛。我猜那是一台望远镜。我妈的眼睛里有一个深邃巨大的星空。眼珠是这星空里的太阳。大概几分钟，老医生说，青光眼，视网膜粘连。见我们不懂，就说，就像一面镜子，掉到地上，摔碎了，还被尘土淹没了。她表示不能治了，太晚了。破碎的镜子捡不起来了。

返程的情景我已经忘记了，但一定是带着绝望的。我妈的最后希望破灭。从那次确诊到我妈去世，还有十年的时光，这十年我妈是在毫无希望的情况下度过的。但如果我们去的是庙宇，面对一言不发的佛祖或观世音菩萨，我妈把此生和前世的罪业都忏悔一遍，如同卸下肩上的重担，心中自然轻松。我妈会认为佛祖或菩萨会依据她的悔罪态度而帮助她。神佛不说话，但给人希望。希望会激发身体潜能，很多病就是这样不治自愈。我妈就会在希望中，度过自己的最后十年。在希望里活着和在绝望中度日，之间的不同，有如天堂和地狱。我葬送了我妈生命中最后的十年！这等于我把我妈的生命提前终止了。

我以省城医院专家的诊断为依据，认为上山拜佛毫无用处，我妈的无理要求被我置之不理。我妈在我家住了一个月之后就回到乡下弟弟家去了。她再不敢提要去庙上的事了。她患心肌梗死突然去世，带着遗憾永远离开了这个她渴望却无法看见的人间。她的忏悔，在这一世，没能说出！

如意坐

许多年过去了，我妈和我一直保持着这种沟通方式：我到她的坟上祭祀，她则找到了进入我梦境的通道。

随着孩子长大自立，我的年龄越来越老，越来越接近我妈去世前的年龄，也就是她失明后，盘坐在席子上的年龄。我照镜子，发现镜子里的脸，已经是她的脸了。这时候，我发觉我和我妈的沟通方式又发生了变化。这个变化是悄然发生的，以我不易察觉的方式——我妈似乎是来到了我白日的生活空间里，虽不可见，但我能感知她释放的能量，以至左右我的所思和所为。

我妈来到我的身边，我是有依据的。首先，我忽然要把自己伸直了五十多年的双腿盘起来，盘成我妈生前坐着的样子。

离开我妈三十年后，我忽然对我的坐姿不满意了起来。我感到我这些年坐得都不对。我要调整我的坐姿，也就是调整我的人生观。

我选择沙发作为第一个练习的场地。沙发里的海绵，像一个模具，多么恶劣的姿势，海绵都能吸收进去。沙发的靠背有力地抵住了我向后仰过去的上躯。我勉强盘起一条腿，当另一条想要盘在这条腿上的时候，我的盆骨疼痛了起来。在疼痛里我坚持了三秒，就到了极限。但盘坐一秒，对我来说也是具有划时代意义的。竹子，大多是笔直的，要想使竹子弯曲，是采用火在下面烤。改变都是很疼的。那竹子一定很疼，但是竹子挺住了，拥有了美好的曲度。面对盆骨的激烈反对，我没有放弃，腿部是有筋的，筋是可以拉伸的。疼的时候，我想火上的竹子。我和竹子不同：竹子是被迫的，并不是竹子想把自己弄弯曲，想拥有那个曲度；我是自愿的，虽然有一股无形的力量驱使我，但我和这个驱使是积极合作的。人体的潜能有多大，看看杂技表演，就知道我们的身体基本没有被使用，都被我们荒废了。我的盘坐，相对来说太简单了。难度在于我的筋几十年不用，大概已经死了。我得把它唤醒，唤活。知道疼，就是还没有死透，就有救活的希望。我每天拉伸一点点，让筋疼一点点。我这样和我的筋骨商量，小心地劝说。在温言软语的浸泡里，我的筋骨在一毫米一毫米地复活。一段时间后，我发现我的话越来越多，而筋骨的应答则越来越少。当一句应答都没有从盆骨那里发出的时候，我已经能把两只脚都压在腿下了——我妈满意地笑了。

和风里，李子花飘落，柳枝垂到树下的一只陶缸里。树蛙在玩跳水游戏。陶缸里蓄满雨水，上面一层绿色油膜。水生的小草，把五个桃形叶子，等距平铺在水面上，以为自己是一朵睡莲。我妈踩着一台蝴蝶牌缝纫机，嗒嗒嗒，我们的衣服就在那里出现了。那些零散的布块，在通过缝纫机的小脚后，忽然有了秩序，成为一件结构合理秩序井然的衣服。要领有领，要袖有袖，要口袋有口袋。给我做的衣服上还有花边和绯子。我妈那不是做衣服，是在进行艺术创作。我坐在苇席上，两腿胡乱伸出去。南窗打开了，北窗打开了，它们在对着吹气。北窗吹进来的是李子花香；树蛙跳不进来，但它们尖锐的叫声则从南窗进来了。花香对我妈的干扰不大，严重干扰了我妈工作的可能是树蛙的叫声，你看我妈从缝纫机上抬起头，看了一眼窗外，转动的轮子也停了下来。她说要下雨了，而我家的一部分被子还挂在院子里的晒衣绳上。院子里的鸡鸭是我妈豢养的，它们为我们提供鸡蛋糕、鸡蛋炒韭菜、咸鸭蛋……它们很有用、很好吃；柳树上的树蛙并不是我妈养的，它们能及时或者提前告诉我妈要下雨了，也很有用。我妈在树蛙的催促里停止手里的工作，站起身，掸掉衣襟上沾着的布条，到院子里收被子。走到我身边的时候，顺手把我的腿盘起来。我的腿很柔软，里面的骨头好像是糯米做的。我妈把我的腿盘成了一个如意坐，就是她平时最常用的坐姿。外面就要下雨了，而被子们处在雨水威胁的险境里，时间是应该数秒的。我妈置被褥们于不顾，也要摆正我的腿，或者我妈看见我的腿就忘记了院子里等待拯救的被子，可见我怎么坐着，在我妈心里，要比被子被淋湿重要很多。我整天坐在炕上，穿着布拉吉，像个活的不倒翁。既然穿了我妈做的衣服，那我就得归她领导。她检查我的坐姿，主要是腿，不能直直地伸出去，要盘起来。我妈帮我盘腿，就像揉面，要什么样就能什么样。我的腿里好像没有骨头，或处在成为骨头之前的状态。怪不得我站不起来，不会走路。我的骨头还没长好呢，但是不着急，忙什么呢？未来的路很长，不是谁先走，就能走得好。弟弟比我先会走路了，也比我多摔了那么多跟头，而我坐着，一次都没有跌倒。不过我如豆芽，在大人的一个倏忽里就会长大。我妈知道她没有多少时间了。在我妈的管理下，我会在这种坐姿里长大，长成一个如我妈般沉稳、端庄的女子。这一状态持续到我九岁的时候发生了摇动。九岁，那些端庄和沉稳如蝴蝶，还没有在我身体上找到满意的落点，还在围绕着我盘旋。我还是个泥胎，我妈还没来得及把我放到火中高温定型，我这个可塑性很强的泥胎就离开了席子，坐到椅子上去了——我上学了。

我上学了，坐到了椅子上，两腿呈九十度下垂，两个脚心指向地面。二年级后两脚就能落在地面上了，能够使用地面给予我的反弹力了。我的双脚与大地或者说道路顺利接通了。从此后，我挣脱我妈的双手，再也不肯把腿盘结起来。我上学后，我妈试图把她的教育持续下去，但是我是不到天黑不回家，吃饭我坐在炕边，两腿垂向地面，随时可以跑掉，时刻拉开与我妈双手的距离。我认为坐椅子的姿势是快乐的、自由的、文明的、进步的；我反对我妈的坐姿，那是落后的，甚至是腐朽的，是封建思想的表达，是用来毒害我的。学校给予我的坐姿，是面对未来世界的准备姿势——准备好了吗？时刻准备着、时刻准备着……我的姿势站起来一秒就可以迈开脚步前进——跟着时代滚滚的洪流前进；我妈的姿势如同藤条把自己编成了筐。我妈的盘坐，就是拒绝前进，不思进取。你看要先打开腿，然后找到鞋子，穿上，再站起来，等把这一切做完，那前进的激情也稍纵即逝，在按部就班里耗掉了。老师说，人生如逆水行舟，不进则退——向前、向前、向前，我们的队伍向太阳，脚踩着祖国的大地……如果我像我妈那样坐着，等我找到鞋子，站起来，我们的队伍留给我的只剩下了征尘，我追不上了，掉队了，而掉队是多么可怕。所以我得向前，前在哪里？我不知道，但我感到和我妈拉开的距离越大，我的进步也就越大，我的方向就越正确。我妈是岸边的石头，她是不动的。面对这种局面，我妈还是做了最后的努力：我小时的鞋是我妈的手工，我的脚还在她的控制下。我妈把给我的鞋有意做得小半号，想通过鞋子控制一下我的脚的肆意生长，从而限制一下我整个身体的非理性——从小我妈就给我小鞋穿的。我妈似乎是发现了什么危险，她惊恐、忧虑，对我的身体大不放心，她悄悄地行动，给我做带花边的衣服，做小半号的鞋子。她在和看不见的力量争夺自己的孩子。而我的姐姐，已经上中学了，穿军装、解放鞋。在我姐姐身上，我妈一点一滴都渗透不进去了。她只能抓住我，尽力阻止我跑到远处去。学校不发衣服、鞋子，我妈做的衣服、鞋子我还得穿。我仍被笼罩在我妈的文化思维之下。我妈就像一片绝望的乌云，能罩住多大一块山坡就下多大雨；又像一个失去国土的君王，我是我妈最后的安身之地。姐姐们都跑到阳光灿烂的地方去了，我妈的文化之雨淋不到她们，只有我每天穿着我妈精心制作的花衣服花裙子，头上扎着彩色布条。这在姐姐们看来，我被我妈的雨淋成了落汤鸡，我生活在水深火热之中。这样我上小学的时候，我妈与学校较量，虽然她人单势孤，但并没有彻底输掉。那景象是这样的：我穿着我妈做的花鞋子、带绯子的衣服，却走在和我妈的思想相反的道路上。等我上了中学，穿上了姐姐的衣服，阳光刹那间照亮了我的全身，我妈那块乌云只好败北。学校是强大的，我妈作为一个“反动”个体，注定要被打败。她不动，向后退，我跟着时代的激流大步向前进。我妈看我的背影越来越小，而我则根本不回头。

十二年后，我从学校毕业，到离我妈一百里外的地方上班。我当老师，教四十个孩子学语文、算数，同时也教他们怎么坐在椅子上。我买鞋子，买比我的脚大半号的鞋子。衣服则喜欢有繁复装饰的（我妈在我幼年施加的观念得以存活的部分）。

盘坐我还是离不开沙发，离不开海绵给予我的包容。我妈当年哪有沙发，她就坐在坚硬的火炕上，身后没有靠背，身下没有海绵。我离我妈的距离还很远，但现在，我和我妈的方向是一致的。只要我吃力地盘坐在沙发上，就隔着时空和我妈看齐了。我也想成为岸边坚固的石头，稳稳地坐在那里，不随波逐流。我用了五十年，转了一大圈，最后回到了起点。我和我妈都没有想到，多年后，我们会通过坐姿进行交谈，进行倾诉与和解。我痛悔过去的几十年，没能进入这种状态；不然我的人生将会不同，至少在内心感受上很不同，而内心感受有时就是一切。如果我也从小就盘腿坐着，我的脊柱会更直，会姿态优雅、性格温润、秀外而慧中……

我每天用一定的时间来盘坐，慢慢地我不用后面的依靠了，可以自己坐直了。这样坐下来，内心忽然就安静了下来，就能从一个旁观者的角度省察自己了。我开始检省坐在椅子上的人生：我的两脚平放在地面，膝盖弯曲，只要脚稍一用力，地面就给了我反弹力，我就站立起来了，然后快速迈开脚步。这种坐姿对应着快速行动,不用思考。我是不是行动得太快了？在行动前没有给思考时间。我一秒就站立了起来，再一秒就迈出了我的脚步。我的腿没给我的大脑思考的时间。我的腿很自负，很自信。只要前进就是正确的，而一切缓慢的、迟滞的，都是错误的、反动的。我这么快速的行动，都做了什么呢？我整天、整年、前半生，都忙了什么呢？

那么造成我盲目行动的根源在哪里？我妈去世三十年后，我找到了答案，或者我妈帮我找到了答案——我的坐姿是错误的！坐姿导致我像一台被操控的机器一样转动。我的双脚离地面太近了，离行走太近了——离心脏和大脑太远了。

我要把我的双脚从地面抬高，拉开与地面的距离——拉开与地面纵横的道路、不知所终的道路的距离，让我的双脚与道路保持一个警惕的距离。那些道路都通向哪里？我都知道吗？

我不知道。既然莫测的道路不知所终，那么同道路保持一个警惕的距离，不是最基本的吗？当我把我的双腿抬离地面后，当我不知该把我的双腿怎样安放的时候，我妈的影像就出现在我的面前。那时，她什么都不说，只是稳稳地坐着，收紧自己的双腿双脚。她知道她说什么我们都是不听的。她只能坐在那里，像一尊雕像，只为我们将来某一天向她回头的时候，做好榜样。我妈在几十年前就料到了我今天的困境吗？当我不知道把我的腿放在哪里的时候，我妈一动不动、一言不发就解决了我人生的难题。

我能感到我妈坐在离我很近的地方。她稳稳地端坐在那里，五心聚拢，为我做着榜样。我不断地努力收拢我的双腿、我的双手，还有我的心，我在一点一点向她靠近。我在缓慢地向她移动。我不可抗拒地要和她的身形重合，成为一个人。

像我妈那样盘坐，我感到我和人间拉开了距离。我能面对世界了，并且找到了面对世界的姿势，找到了和世界谈一谈的姿势。我稳稳地坐在那里，心安明净、稳如泰山。我再也不惊慌了。一切都不要急。慢一点，稳稳地，别急匆匆就好。我的腿收回来后，一切都被我的身体推远。我抱成一团，自成宇宙。我要好好看一看，好好想一想了。我再不会不假思索地行动了。这么多年，我已经把自我丧失殆尽，只剩下这疾病缠身的肉体，而我在哪里？肉体端坐迎候，还能召唤我回来吗？

几个月后，我的坐姿进行了升级，从最初的散盘升级到如意盘。标准的如意坐是这样的：右足压左腿，左足压右腿。我勉强坐成了右腿在上，左腿在下，右足压在左腿上，而左足无论如何也无法压到右腿上。我的这个如意坐，只能叫半个如意。也好，人生哪能多如意，万事只求半称心。恍惚记得我妈坐的也是半个如意坐。我发现了这一坐姿的重要意义：我的整个身体，从上看呈顺时针旋转；从下面的那条腿看，我又是呈逆时针的，左腿反对右腿，右腿反对左腿，正逆刚好相抵，左右互相掣肘。我于是静止下来——大静下来。

我的肉体的静止，是为等候我的归来。

（原载《万松浦》2023 年第 5 期）

进入死亡的缓慢过程

王 恺

1

看普里莫·莱维写罗马圣马蒂诺大街上行走的蚂蚁队伍，其实是写“二战”期间的犹太人。“一条长长的蚂蚁的棕色队列，在铁轨上展开，他们相遇时脸部相触，似乎在试探他们的前程和命运。”

然后呢，然后是成群结队的死亡。“我不愿描述这些，我不愿描述这条队列，我不愿意描述任何棕色队列。”

有时候，人和动物的死亡都一样：目击他们离去，让人感伤，无计可施。万物自有他们的归处，任何干涉无用。我花了一个月的时间，目击了我们家收养了十多年的流浪猫的死亡。

收养的这只流浪猫，一养就是十四年，最终离世的时候，事实上它有多大年纪，我们也不清楚——来之时，已不知道流浪了多久。不像现在宠物店里购买的名种猫，各个都有出生名牌，随时随地可以给它过个生日——看主人高兴。

我家在一楼，有一天从外面回家，走廊里有只丑陋的小白猫，留恋不去，跟着进家门也很顺溜，就此收留于家中。活着的生物，每天在脚下盘桓，充斥着房间的热闹、杂乱和臭气，从来不觉得烦恼，尤其是到了它濒临死亡的瞬间，想起它活蹦乱跳的过往，都是惨淡。

今春的时候，和家人去洛阳看牡丹。近年全家人出门，就会自动陷入焦虑。我们家在古旧小区，之所以住久了不想换，还是喜欢一楼有一个偌大的院落，植物动物都在院落里放肆生存。全家人一离开，满院子的花木就无人浇水，除此之外，流浪猫——如今有了名字，跟着主人姓，叫王大咪，就没有人喂食。

它有个性，虽被收养，可拒绝完全在家，需要时不时外出游荡，于是家里和院子里，都给它安置了猫窝。

日间它在家中嬉游，夜间的时候，它会爬出院落，巡视整个小区，甚至更远。这是它的神秘行程，完全不知道它的路线。看美国的动物学者给家猫戴上追踪器，有的家猫，夜间游荡三十公里，并且有电脑根据它们的行进路线绘制的线路图。夜间奔跑的猫几乎是半个城市的主人，可动物学家还是不知道它们那么狂野的奔跑是为了什么。当然也好奇王大咪的行踪，完全不得而知。

它吊梢眼，眼角有长毛，遮掩一半眼睛，有狐狸之姿。被收养后，日常洗澡，干净了不少，但还是阴沉。有时候在窗台上晒太阳，猝不及防被我抱在手里，满眼的不甘，一缕凶光从眼角射出来，我只能和日常喂养它的我妈说，换你来抱。

全家人出门，满院子需要照料的生命，只能让粗手粗脚的钟点工阿姨来喂它。阿姨来我们家多年，王大咪还是不喜欢她，不会彻底躲，像避开别的生人一样：见有外客光临，瞬间就上院墙出门再见，见她进屋不会消失，但也就是冷漠、疏离地看着她。

以至于她每次喂猫都要拍视频给我们，表示自己尽到了责任。最近几年，喂的干猫粮基本已经不太喜欢吃，年高有德，牙齿松烂，吃干猫粮会摇头晃脑，貌似在表演杂技，看着可笑，着实可怜，只能是各种食物都上。钟点工喂的基本是最顺口的猫条，因为馋，它接受了她的饲育。

泰国进口的猫条，听说里面添加有诱猫剂，花花绿绿，分为五色包装，非常廉价的喜庆感，仿佛是过年给孩子的红包。这些年大家养猫如同养后代，各种零食层出不穷，我妈这种老人家也会在网上搜罗各种猫零食满足它，最终它最喜欢的，是此款猫条。疫情防控期间，快递不能进门，猫条的断档也是家中的焦虑源泉。钟点工阿姨喂它吃猫条的时候，王大咪基本上不离开它在院落高处的猫窝，冷淡的，骄矜的，傲慢的，仿佛吃是它给予对方的赏赐，而不是它在接受喂食。这到底是什么猫，会有这样的神态？大概源自多年的脾性，这只猫，实在地说，脾气一点不好呢。

只有在吃东西的时候，它才勉强接受陌生人的接近。这个陌生人，还得是空间位置属于这个家范围里的陌生人，外面的食物，一概不吃。

众人皆知，猫越老越馋，我们家的王大咪，进入老年之后，越发贪馋，本也不太喜欢我的它，自从开始被我投喂猫条，也和我亲热起来，至少比和钟点工亲热。每天早上在我开窗，拿着猫条召唤躺于窗台上的它的瞬间，不会即刻离开，作势要逃走，有时候站起来伸个懒腰，表演要离开的姿态，瞬间又扭身回来，接受猫条的布施。

一定是吃完两根猫条之后，再心满意足地睡觉。疫情这两年，我和父母住得多，喂给它猫条，成了我的清晨责任，也是我妈蓄意添加给我的，为了和我亲近一些。

疫情期间在家极度空虚无事，吃饭成了所有家庭的大事，无论人，还是猫。

对付老去的猫，更是花样百出。早餐是猫干粮和牛奶，有时候它也吃静安面包房的杂粮小面包，饭后点心是猫条，晚餐则是软烂猫罐头——《红楼梦》里薛宝钗说的，“老年只爱软烂之物”，猫也不例外。变着花样，适应它的衰龄。还能自如外出，基本在外面不会贪吃，也是年轻时即拥有的习惯。不少流浪猫是吃了外面的毒老鼠而中毒身亡的，也有厌恶猫的人，投喂各种毒饵，这个我们倒真的不用担心，似乎它拥有一定的智力，也许是幼年流浪的经历让它清醒，知道墙里的世界，意味着舒适和安全。它每天回家定有饱餐安眠，对外面世界的食物，做到了不屑一顾。以至于小区的喂流浪猫阿姨都要跑到家里称赞它的操守，不吃外食，像某些机灵的狗。

我直觉猫很少接受这样的赞美——其实我和母亲都有点心虚，现在流行家养宠物猫，是严格禁止外出的，可我家的一直处于这样的半放养状态。一只并不甘于被圈养的猫，它的进屋乞食和越墙而去，是一气呵成的连贯动作。有机会和一个动物观察学者聊过，意外得知，半放养的猫，实际上比起多数宠物猫幸福许多，既能自由，又有稳定无虞的生活，是好不容易修来的猫生的福报。最终我们还是放弃了彻底圈养它。

想想看，在平房时代，确实也没有被圈养在高楼里的猫。

这种彻底不离开家门的猫，是楼宇时代的产物。

年纪增长，王大咪越来越不愿意外出，如同老人，我们也逐渐不放心它的随意游荡。本来不高的院墙，它都要跳跃数次，顺着窗台、空调外机、高高的院墙，依次跳上，方能出去。这两年我妈在外旅游，每天都能收到阿姨发的王大咪奋力咀嚼猫条的视频，但还是边看边担忧，觉得它吃得少，吃得不好，会不会猝然离开？简直用老人状况代入了猫生，担心它会不会哪天吃不下，就消失了。

按照我妈从小接受的信息，没有猫会老死在家里，到了不行的时刻，家中老猫就会悄然远行，找个旷野里无人的地方，偷偷死去，大概也是猫科动物的独特习性？我姥爷是名中医，我妈的老家在东北，家里有二十多间大大小小的屋子，每间屋子里，都有猫，睁着黑亮的眼睛，窥探着屋子里走动的人。它们会在死亡即将降临的时候离开，从没有人在家里见过猫的遗体。这种不太久远的农耕文明时代的猫的生死习俗，听起来神秘而忧郁，像传说，我不敢完全相信，当然是现代人局限在自己的经验里，只接触过家里宠物猫的离世。

我一边安慰我妈，一边也在想，这一天不知道何时会到来，我们家的王大咪，是不是会就此离家出走？

等待死亡突然出现的时候，其实也无事可做。

都知道死亡的阴影在每个人头顶盘旋，对于老年，无论人还是猫，死是达摩克利斯之剑，可是抬眼向上看的有几人？我还清楚记得最近一次旅行从远方归来的场景，昔日在窗台上等着我们喂食的王大咪，对于突然出现在家里的几个人已经不太习惯，本想逃离，我们惊喜地扑向它，打开窗户，挥舞着手中五彩缤纷的猫条，知道这种掺杂着诱食剂的食物虽然不健康，但是有出众的腥味。它先是一惊，然后转头窥探，见是熟人，有点蹒跚地下来，再次接受我们的贿赂。

我完全不接受猫只有七天记忆的说法。

2

春天的时候，我一直在各地游荡，我妈在家，王大咪的食物肯定有保障，却不见我妈发大咪围着她脚边乞食的视频，我也没在意。终于回家，我妈有点沮丧地说，大咪不吃东西了。

其实之前已经有了迹象，猫条这种可以吸溜的食物，它也是摇头晃脑地吃，尖利的大牙不知道怎么掉得只剩下一颗。知道它咀嚼困难，没想到这么快就已经垂老。找熟悉的兽医询问，也没有办法，只能在食物上尽量想辙。基本上早晚吃软烂的猫罐头，偶尔间歇吃点猫条，眼下，它吃一根都有点困难了，需要尽量诱骗，你会感觉，它是为了不拂我们的面子才勉力吃完。依然冷漠地看着院子，有时候在院墙上看着远方，身体的衰颓清晰可见，我有点悲哀，说不定哪天它会猝然离开？

真的有一天，王大咪艰难地爬上窗台，又晃晃悠悠上了院墙，开始还能在邻居的玻璃屋顶上看到它的耳朵尖，到了该吃饭的时候，它并没有回来，屋顶上也看不见它。我妈那天去小区的绿化丛林里各种寻找呼叫，足足去了五六次，夜间才看到它在窗台安眠，消瘦的骨架都露出来，尤其是脊梁骨，能看出一块块精巧的骨节连接，让人愈加难过。真到了告别的时刻？

有一天灵机一动，是不是口腔溃疡了？找来治疗溃疡的药物，想拌在罐头里给它吃，但是怎么哄骗都无用，只要有异味，它对那盘罐头就不屑一顾。皮毛也越来越脏，毛发蓬松，本来最爱清洁的猫，屁股和尾巴那儿也像毛毡子一般黏而灰黑，家猫混成了野猫。找来特殊的梳子，费力给它清理，拿酒精纸给它擦洗，至少让它体面地离开。

又想了想，还是努力一下，不让它就这么离开。不吃药？那就掰开嘴硬塞，一把抓住在窗台上的它，奋力塞了一颗拜耳出产的猫犬口腔药。它尖锐的爪子伸出来，发出了各种哀鸣，但嘴被我捏住，暂时也吐不出。人猫搏斗长达数分钟，还是咽下去，又是窗台上的睡眠，到了下午，勉强吃了半根猫条——安慰我们自己，吃总比不吃好。

药接着喂，拜耳的药片，十片一盒，吃十天，想着这个总归吃完能见效。还没吃完呢，王大咪又有拉肚子的症状，询问兽医后，加购了专治肠胃炎的药，打开瓶子一看，是早已经淘汰的人类药品红霉素。不管了，硬塞，这次量更大，一天四片，孩子吃都困难，何况一只几斤重的猫？但还是毅然决然地喂了下去，它虽然几天不曾好好吃饭，挣扎起来力气还是甚大，扭身，翻转，抓住的爪子再次挣脱，胳膊差点又被它的利爪挠破。

没有想到，起初不看好的红霉素起了大作用，去外地和朋友谈事，我妈发来视频，许久不认真吃罐头的王大咪，又乖乖吃起猫粮来，吃完了会主动诉说，一声一声的长叹息，仿佛是重生的喜悦。我和朋友聊着天，突然满面喜色，他都问“你怎么了？”觉得这等家庭琐事无从说起，选择回避，只是心里洋洋得意夸赞自己，啊，会给猫看病了。

要每天喂药，终于把大咪禁足于家中，害怕抗拒吃药的它某天就此不回家。这么多年来，第一次彻底不放出门的它四处寻找自己新的睡觉地方，最多的，还是桌旁的沙发。继续脱毛，散乱的，细若游丝的，有时候会飘到饭桌上，但我们也是高兴，把它救回来了。懒散地吃着，喝着，一小块虾肉，一碟浅淡的牛奶，一桶水。拉撒是问题，我们家王大咪喜欢在户外解决自己的生理问题，院子里，花坛下，经常有它的屎尿，都是我们打扫的。它不喜欢用猫砂盆——不知道是不是早年流浪生涯的影响，我们也没有强求。

房间里的屋角放了猫砂盆，看不到它去使用。有点担心它会拉在角落，没想到一大清早，我妈兴高采烈地说，你知道吗？快去看大咪拉在厕所了。原来夜间它摇摇晃晃走进厕所，在马桶边上拉了猫屎尿。大概是对人的模仿？它离开后我还是不明所以——是流浪之前的主人教过它的？这么多年，我们其实没有完成它的厕所教育。

种种迹象表明，小白猫在来我家之前，曾经在人家待过。它会在我们打开冰箱门的时候在旁边等待，可能觉得有美味的食物；我妈吃早餐的时候，喜欢坐在矮凳上，它则在旁边依傍着，吃到它喜欢的杂粮包，会使劲吃两口，吃饱了，迅速神隐；晚上喝酸奶，同是它喜欢的食物，连酸奶盒盖上的残留物都要舔食，显然是人类食物爱好者。曾经有过什么样的主人，不得而知，但确实给了它好的幼猫教育，它不偷食，不奸诈，只是不知道原主为什么离开了它。不过不用多想，现在我们是它的十四年的主人。

每天早上起来，都能看到它在厕所的排泄物。情况还是越来越糟糕，它慢慢地拒绝吃喝，哪怕是一碟牛奶放在眼前，也不屑一顾。最爱吃的酸奶和杂粮面包，如果是我妈去喂，可能还会赏脸吃上几口，我喂的时候，只是顽固地扭过头去。询问兽医也都模糊答应，大概觉得实在是太老，换算成人类的年纪，是八十往上的老人。

我妈回忆起它的战斗经历，最早来我们家，小区院落里的流浪猫基本臣服，连我们家的院墙都不敢上；自从进入老年，隔壁意大利人养的黑猫，有一次居然差点把它脖子咬了个洞，足足养了一个月的伤才恢复，早就不是少年英姿；迟暮之年，基本已经丧失了斗争能力，现在我们家院子里，常有来偷食的野猫，成群结队的野鸽子，咕咕咕，咕咕咕，不停地叫，视它为无物。

强硬地让它张嘴，喂它牛奶，没多久，全部呕吐了出来。大咪在家休养十几天后，我们终于明白，快要失去它了。它开始坐卧不安，一会儿上我妈的床，一会儿上外屋的沙发，基本上躺不住，可能在哪里都不舒服。身体的痛苦让它辗转反侧，最终把它安置在屋角的大猫窝里，侧躺着，勉强平静下来，可也眼见地越来越瘦，逐渐现出“骷髅相”。突然明白去年夏天在四川乡野的一个场景。在炎热的酷暑里，小车一直在颠簸的山道上，我们去看藏在深山里的安岳茗山寺，摇摇晃晃一个多小时，终于看到了茗山寺的北宋佛像。不知道是不是正对山谷风口的缘故，那些直接雕刻在山石之上的硕大的雕像，很多都被风化得只剩下依稀的骨骼，花冠的形状倒还在，就像花冠直接戴于骷髅佛头之上，两个黑洞就是眼睛曾停留处。

触目惊心的一种美感。佛像被风沙蚀刻成了一圈圈的痕迹，倒像骨骼的走向，只觉得比吴哥窟的荒郊野外爬满绿色苔痕的佛像更让人觉悟。时间流逝了，它们也逐渐不在，或者说，稀疏地在。

白天在猫窝侧躺，晚上基本还能去厕所，也不知道不吃不喝怎么还有排泄物。我们陪着它，目击生命的离去，几天睡不好，夜里恨不得默念几百遍菩萨保佑，可也知道是空虚，无尽的空虚。逝去多年的黄家驹的歌，“曾在这空间，跟你相拥抱，只有唏嘘的追忆，无言落寞地落泪”。

终于，某天早晨，大咪一声长叫，默默死在自己的窝里，蜷缩如婴儿。我不忍看，还是我妈叫熟人处理安葬了。最后的几天，我们其实还动过心思，想它是不是要像之前说的一样，死在外面的悄无人迹处？也努力把它安放在院落里，没多久，它就回来了，看来还是认定了这里是自己的家。

没有什么比缠绵的死亡更让人难过的，一想到生命的欢悦，就顿时觉得，为什么还要有死这一关？但大抵有生就有死，上天造人时的玄机：恰恰有死，才能让人更感受到生之可贵。

3

这两年大概人到中年，死亡不再是生命里的稀缺事件，简直是日常的存在，时不时就听到传来的各种消息。我是逃避派，害怕听人说这些，可这种躲避并没有实际效果，他们就在你身边，时不时跳出来暮鼓晨钟地恐吓自己，平庸的自己。远方的死亡和我无关，但身边人的生死之事不得不去面对，甚至接手安排。十多年的同事，是个胖乎乎的姑娘，我在北京的家和她家相距不远，日常会约着喝茶吃饭。有天约着去三里屯吃西班牙菜，就在转角处的那里花园，需要爬上三楼，她一瘸一拐，问怎么了，说是瑜伽扭伤了筋骨。

结果许久还没好，正好我去附近的医院检查身体，人不多，骨科大夫还很负责，我一说腿疼就让我去做核磁共振，结果查了半天没事，至少自己心安，就推荐她也去挂号。没想到简单打发出来，说是骨头没什么事。人都是这样，不查就糊弄过去，一查就收不住。又去了以骨科著名的某医院，下午收到她语气沉重的微信：“可能是骨肉瘤。”

朋友自己认识人多，各种医院折腾起来，很快就确诊了骨癌，两三个顶级医院都已经确定了，基本就没有误诊的可能性。只是奇怪，“多发于十多岁青少年身体的疾病”，怎么到了四十岁的中年人身上发作？还要查癌病源，有可能骨癌是从别处转移来的。开始我们为了安慰她，经常开玩笑说，骨癌也不可怕，大不了就截肢之类的残酷笑话，一下子没有了落点。死亡是全方位无所不在地扑面而来，我们身体，在哪里出现问题，完全不在我们的控制范围。

这时候才被普及了医学知识，查清癌症的原发病灶最重要。转移全身当然可怕，但治疗还是要从原发病灶入手。可越是大医院，各种检查越是拖沓，协和医院说要十多天才能出结果，病到这一步，也就各种怪力乱神都上了，寻求心理安慰。我推荐她去算个命，至少看看自己的健康运程。找到熟悉的善推八字的朋友，看了她八字，很沉重地说，你这个朋友，健康有大问题，尤其是这几年，很可能肾病发作。她命里几乎全是水，水多是聪明，但是水多，健康运会特别糟糕。我悲哀地想象了一下人冻结在冰河里的场景。她是农历正月出生的，按照命书，这时候的水，冷彻心肺，沾一下都冻骨头——说到聪明，也是推演得极准，她是教育发达的浙江沿海小城的高考第三名，是本地探花了。

北京的顶级医院，她都想了办法，好在平时人脉算广泛，可到了癌症这一步，就发现，再多的人脉也都虚无缥缈起来。真有能力的人大概有，但不是我们这种平民百姓可以望其项背的，距离太远。

听另外的朋友说起，大医院资源紧张，就连卸任的老领导，都因手术在走廊上等待太久而得重感冒加重病情的，何况一般的平民百姓。朋友各种求人，也就是想提前知道原发病灶，这个阶段，多耽误一天都是毛焦火辣地烦躁，谁都安慰不了。我想拿算命的朋友批的命书舒缓她的焦虑，上面写着二〇二一年身体健康极差，二〇二四年有所缓解。这个至少说明她能熬过眼前，就拿这个让她参详。几天之后，协和医院的检验结果出来了，病灶是肾脏，极为少见的肾癌——我们都吃惊于算命朋友推演的命书之准确，我更是拿二〇二四年这个所谓的缓解之年当了安慰剂，觉得一定可以延缓生命，死亡至少是三年后的事情。当然这句话我没直说，不过大约她也拿这个当了安慰。

命书中还批到她的姻缘，水太多，情感不顺。她近四十岁还是单身，父母在老家农村，家中情形并不好，父亲前些年也是癌症，刚在当地做过手术，她只能隐瞒着病情，不和家里任何人说。这种惨淡，也只能视而不见，没谁去主动通知她的父母。

很多时候，我们喜欢用“冥冥之中，自有天定”几个字来安慰自己及周围的人，可真有天定吗？我有点凄楚地想。平时和周围友人聊天，也经常说到某个单位的熟人怎么体检出来癌症，仓促离世；某个朋友的朋友，大病一场，做了三四个手术，家里彻底被拖进深渊里，还不仅仅是经济的问题，而是某些致命疾病像尖刀一样，在一家人的心上作祟。我的这位朋友，和我三天两头吃饭聊天，算得上密友，没想到灾难发生在她身上，自和那些“听说”是完全不同的感受。

听她接下来的安排，整体还是平静的，找了协和的好医生，按部就班，吃一种靶向药，还要往血管里注射什么，防止癌细胞顺着血管流动，听起来都觉得痛楚。虽然不能感知她的疼痛，但心里还是战栗。我和她的朋友们也无话可安慰，说来说去，反正就是好好治疗，基本都是空洞的善意，这才觉得，到了某个阶段，语言都是多余。

她很迅速地消瘦，苍白无力，走路还是一瘸一拐，腿骨上的肿瘤应该是转移造成的。全身检查做下来，不仅仅是腿骨，肺部、肝脏都有转移的癌细胞，即使纯粹外行，到了这个阶段，也觉得祝她康复过于虚假。我和她面对面说话，也都是近于喃喃私语般的安慰，会好的吧？毕竟有靶向药，不用直接做放疗化疗。

二〇二一年正好我从北京搬家回上海，临别去看望病中的朋友，她已住在同学家，她的一位离婚的大学同学主动照顾她的日常。病房紧张，她一直没能住进医院，每次的靶向药治疗也是当场治疗后就离开，周围的朋友已经都很感恩，毕竟有靶向药，总不算是无药可救。她的大学同学们组成了一个小团体，有人专门定时送她去医院，有人帮她管理各项支出，还有同学陪她住，时不时看她朋友圈晒出几道菜的晚餐。来自同学的善意，确实是北京这个有着巨大情感空洞的城市里的一丝暖意。

空间距离拉开，自然疏远了一层，微信联系还算密切，似乎她还是很有信心的。经常听到貌似不错的消息，比如又做了检测，某处肿瘤缩小了；最近胃口很好了，可以吃很多了啊；家里人还是不知道，没有人去北京看望她；她自己买了重疾险似乎有点帮助，可及时支付一些高昂的费用；她的公司也还算体面，允许她经常请假，反正那个阶段在家办公也是常态——

其实也是家风雨中飘摇的小创业公司，记得她曾经和我说过，公司负责人有深度抑郁，经常无缘无故消失几天，很多时候无人掌握全局，需要身为小领导的她去鼓励员工。现在她大概也没有这心思了，不过这个阶段，谁还顾得上管公司的事情呢?

偌大的北京也就是这样，每天都有人去世，也都有公司消失，这是常态，甚至是久远不变的常态，本地人、外地人都服从于此。外地漂流在京城的人，死，大约更是轻易，甚至都无人纪念，不比本地居民，好歹还有个家庭墓地。

突然想到古老的张恨水小说《春明外史》，里面的男主人公是名记者杨杏园，张恨水借他混迹于京城的身份来写自己的真实见闻。我最喜欢看他和几个人一起吃的北京小馆，约等于民国北京饮食史，尤其记得里面有个“穆桂英炒饼”，一个蓬头胖大的妇人开了家小餐馆，当时人们称为“穆柯寨”，最擅长的一道点心，就是普通的炒饼。把饼切丝，用切碎的高丽菜、牛肉丝混合炒至微焦，略加花椒油，经典的北京风味，南方完全吃不到。

读书时候馋，就盯着里面的饮食和八卦看，各色北京名流在里面穿梭，走马灯一样。里面有以陆小曼为原型的面白身弱的交际花，娇滴滴在北海公园划船，和丈夫吵架，作势要往水里跳；以张学良为原型的少年督办，在床上抽着大烟，双眼迷离；主角先是和烟花巷的清倌人恋爱，后来又爱上了一位家庭女教师李冬青，后者容颜端丽，冷若冰霜，一直和他兄妹相称，就是发展不成爱情，大概是张恨水虚拟的人物。

开始李冬青冷淡，后面熟悉了，经常请杨杏园去家里吃饭。两人都是客居在京，李冬青带着寡母和弱弟在京城艰难谋生，男主角更是单身一人，平时的餐食都是会馆里对付。李冬青于是变着花样给他做南方菜，一会儿在南货挑子上买点“火肉”，大约是火腿咸肉之类，一会儿买点鲫鱼红烧给他吃，说是北方馆子完全吃不到的“异味”，细水长流地吃下来，简直啰唆——不过我看得津津有味，看来看去兴趣还是离不开吃。

最后几章突然繁弦急管，男主角生了重病，在京城的会馆里孤独辞世，临去世拿着李冬青送他的照片，还写了封遗书给远在家乡的老母。这时候张恨水才写到李冬青身有隐疾，不能和他成婚，最终女主角也是黯然离开北京，令人沮丧的结尾。

看的年代已经久远，真记不住女主角的准确结局了。也明知道张恨水大约写不下去，就匆匆结束了报纸连载的专栏——他的小说都是急就章的连载，但男主角孤身一人客死京华的场面还是让人惊惧。也是古诗里常见的情境描绘，“冠盖满京华，斯人独憔悴”。

朋友的局面，真比杨杏园还要不堪。距离小说里的年代已这么多年，可独自在京城的病人的际遇，依旧是默然等死，没有什么改变。

4

重疾之下，大概除了家人，旁人都只是做表面文章。朋友算是运气好，有同学的照顾，还有朋友的关心。她的一位好友，也是有资源的，将全部诊断资料拿到手，在网络上约了日本著名癌症专家会诊，专家一看之下，直接断言，这个癌症的存活率特别低，能活半年就是奇迹。这话，也没有办法明确和她说，反倒是和我们几个人说了，让周围的人做好准备。

协和的医生按部就班地诊疗，靶向药的治疗效果说是需要等待。朋友的心情似乎向好，和我打听中医治疗能不能一起。幸亏我认识青城山的道士师兄，一向知道他是好中医，赶紧问他能不能治疗，怎么治疗。本来没有把脉和深入接触病人之前，说什么都无用，但师兄碍于我的情面，还是说，癌症在中医里都是能治疗的，看看《黄帝内经》就明白。

普通人哪里有阅读《黄帝内经》的能力？只是赶紧转告，想让她能进入中西医共同治疗的系统。北京有家医院有位传说中专给癌症病人开方的神医，据说疗效显著，也是托人好不容易挂上了号，可神医大概太忙碌了，一周要看几百位病人，并没有提供什么神奇药物，就是一些常规健脾胃药物，增进胃口。协和医院负责主治朋友的医生看了一眼，非常含蓄地说，可吃可不吃，不过为了治疗效果，最好不吃，原因是中草药里不知名的成分太多了。大医院的主治医生，话都说得含蓄，不会给肯定的回答，但也不会一竿子打死。朋友觉得这个医生态度极好，是五十出头的学术中坚力量，可想而知那种日常说话的斩钉截铁感，含蓄已是礼貌。

纠结之中，朋友还是偷偷吃了中药，我们也都表示支持，死马当活马医呗，心里都这么悄悄地想，万一呢？万一在哪个环节，神秘的力量起作用了呢？大概周围的人谈论中医多了，尤其是我总说起青城山的道士师兄，朋友还真是起了意，中秋节的时候，独自上山一次。这时候，病情也算是稳定，肿瘤没有消失，但也没有进一步扩大，有一丝渺茫的希望。

尽管死亡就在不远处，蓄势等待，但至少没有扑上来。

不知道她在山上经历了什么，挺有点高兴的暧昧劲儿。师兄是个蜀地土著，说话诚恳老实，他给朋友把脉，扎针灸，做艾灸，并且说，你的那些肿瘤就是“包块”，在我们的《黄帝内经》里面，包块都是可以化掉的。我能想象出师兄眨巴着小眼睛安慰朋友的场景，不能把话说圆了，否则太过，但是呢，又需要给她一点希望——朋友兴高采烈告诉我师兄的说法："他告诉我没什么癌症，都能化掉。"我们呢，也不忍多说。不过也对，师兄的说法还真不是空穴来风，确实中医界的很多人并不觉得癌症不可治疗。

有了这层鼓励，拿了师兄开的药方，朋友信心十足地回北京了。我有句话想说但是又不敢说：要不你就留在山上好了。可是谁说得出口？一般人不到最后关头，何至于去荒野之地，一个不知名的道观，找一位没有行医执照的道士，来治疗癌症？这是二十一世纪的中国，协和这类的大医院才是一般人心目中的神殿，已经入了殿堂，怎能轻易出来？忍住了自己的话——没想到，最终她还是上了山，不过这是后话。

我没有当过癌症病人家属，不知道病人家属那种煎熬的心态，更不知道被宣判死刑后病人家属的选择。再次见她，已经是三个月后，极冷的北京。这次见面是被她同学召唤来的，事实上，协和的主治医生已经向她的同学们宣判了她的死刑，告诉他们，朋友只能上放疗了，当然效果如何并不能预判，或直接送去临终关怀医院。"那里对病人的照顾，比我们这里更好，再说了，我们这里也没有病床。"

不清楚医生每天要向多少病人家属宣判结局，大概是他们的人生常态。从这个角度来说，医生还真是死神在人间的信使，提前预知了死亡的秘密，然后平静地、坦然地，向无数家属模样的人宣布消息，在他眼中，他们大概都是一样的吧？憔悴的、焦虑的、惊慌的、眼泪夺眶而出的，无一不是平常样貌。癌症医生还真是得修炼成铁石心肠，否则光是自己的心理治疗就需要花大钱。

大概古人早已洞悉了这一奥秘：那些寺院的雕塑，或者壁画中漫天神佛的场景里，总有蓝脸的小鬼、绿脸的妖魔，簇拥着神明，是古老的信使的塑像，平日里向人间凝视着——现代的医生也是神明的打工人，需要实实在在宣判死亡消息。

临终关怀医院对于多数人，是异常恐怖的存在。同学们出于怜悯，没有向她宣布这一事实，而是继续隐瞒，也快隐瞒不住了。病情在冬季显然恶化，腿部肿瘤进一步加大，开始压迫神经。中秋节的时候还能自如上山，到了十二月的时候，已是瘫痪在床。

5

特意从上海回北京看望她，她同学联系我，说她在这种情况下始终念叨着，青城山上的道士师兄可以救命，让我去京一趟商量。几个月不去北京，把十二月底的严寒夸大了，神经质地穿了一件黑白相间的貂裘，雄赳赳气昂昂，进了那幢她租住的回迁楼。电梯间外的墙面显然是为了节约，没有用石材，全部是粉刷的白色墙面，满是鞋印子，黑色的、肮脏的，是不耐烦的居民们的焦虑、烦躁的具象，没人觉得这是自己的家，需要格外爱护。

北京狭长的板楼，一字排开十多间，模模糊糊确认了房门，一个面目凶狠的中年保姆拦在门口，不让我进门，对着里间嚷道，一个男的，说是你朋友，我能让他进来吗？朋友虚弱地在里面应承着，我才能进去。房间狭小，在大门处就能看到顶头的窗户，是一间一览无遗的一室户。这是她之前就租下来的房子，我没来过，没想到第一次来，就是如此局面。

她在床上侧卧，被子盖着腿，说是怕冷。北方冬天的暖气，实际已经很暖，尤其是屋子小，有种被闷在被子里的感觉，带点腥膻之气，她却如此怕寒。不由得想到中医的说法，也许癌症还真是极寒之病？她说到了晚上两三点尤其冷，腿部会巨疼，忍不住就要叫阿姨起来，帮她换热水袋之类。这个拒绝我进门的保姆从前在医院做过护工，照顾过各种病人，算是见惯不惊，有张平静中带点狠劲的脸，北方县城妇女的标准打扮，短发，眼珠有点鼓，也有点憔悴。身体再好，还是经不起这样半夜三更的折腾，拿着这份工资，也不想受这个罪，三番五次和她同学抱怨。

朋友话不多，我碰到这种情况，一向也是不知道怎么开口，只能说，你不是去过道观吗？觉得怎么样？要是放疗的话，是不是直接去道观更好一些？话说得不能太过，又不能不说明白——无论如何也不该由我向她宣布死亡的信息，在临终关怀医院和道观里选一个这种话，我说不出口。正在彷徨，照顾她的同学回来了。原来现在是同学轮流上门，这位同学我多年前也曾见过面，海南人，深而黑的眼睛，看上去像无底洞。我知道她俩关系甚好，甚至她们讨论过在这位同学的老家买块土地共建房子，海边的房子，植物茂密，再荒凉的海滩也会显得生机勃勃，可惜都已成梦，完全不能实现的梦。

和同学一起来的，还有同学的同事，五十多岁的中年妇女，大概稳重一些。是同学怕自己支撑不住，叫来帮忙的？也是陪伴，否则和病人独处一室，内心更烦闷。她们都在一间大学教书，和我简单分析了情况，说不要劝她去做放疗，也不能劝她去临终关怀医院，反正什么都不要过分说，都需要听她自己决定。我们三个挤在窗边的小桌子旁窃窃私语，稳重的同事每每说到让她自己定，就往床边一努嘴，也是习惯性动作。其实这么小的房间，能瞒得住什么。

我也不知道朋友听明白没有，在床上半盖着被子躺着，生命正于体内一点点消失。都依稀知道放疗的可怕，怎么可怕，我们也说不出。医生还是不给建议，放疗效果不在他预判范围，现代医院的制度，一句不肯多说。

结果像是个空洞，悬挂在半空，我们都不敢探头去看。“还是找中医，上山？”我试探性地问。她同学很坚定地说，让她自己决定吧，山上治疗，没有止疼药怎么办？现在她已经半夜三更地开始喊疼，到了山上没有“疼痛治疗”，肯定更糟糕。其实距离青城山不远的成都华西医院也是国内一流医院，止疼药总不至于难找到，我也不反驳。大概一般人听到道观，总觉得有种茫然的恐惧感——还是未知的世界，被一片虚空的白雾笼罩着，可送到临终关怀医院等死就好？能想象出来的气氛，一群半死的躯壳，强作出来的温暖，以及，各怀心事的志愿者。

没有人能帮她做选择。“通知家里人了吗？”“隐隐约约说过了，没说那么明白。也没有什么结果，大概那边也是有病人，忙得不能走开看她。”依然是空洞般的沉默。

还是等待她自己开口，小小的屋子，几位成年人围绕着她，都不能拿主意。话没有说透，她心里应该知道很多了？彻底放弃协和的放疗方案吗？虽然绝望，很多人还是会抓住放疗的机会，就像不少病人家属发的誓，“只要有一丝希望，砸锅卖铁我也要救命”。直接去临终关怀医院吃止疼药，还是真的走一大步路，从北京折腾到四川的道观？说实在的，也确实没法做决定。当然我的到来似乎是一种驱动力，往不可知的中医治疗那边推进了一步，至少听起来，比另外的选择，多一些神秘的力量感。

“我还是去青城山吧，你帮我联系下？”她虚弱地问。大家并没有松了口气的感觉，反而更紧张了。同学一连串地问：“那你疼了怎么办？那里能解决吗？山上什么样子谁知道？”我是完整的沉默，半天用一句话破开：“好，我来联系。”

窄小的一室户，卧室加起居室，并不值得留恋的脏和乱，可真的放弃，估计又有一番折腾。朋友虚弱地笑着，说，“收拾收拾很快”。又说，“我还借了你两本书呢，要还给你”。是很久以前，她去我家喝茶的时候借走的几本书，连名字我都记不住了，依稀记得有本是《廷克巴图》，写非洲一群志愿者怎么抢救当地遗留的经典文物的，多么遥远的世界啊。我赶紧说，“别找了”。也是急着离开这里，场面实在是难堪，不是死别，也充斥了满屋子的烦躁和绝望感。

6

回了上海，替她联系了青城山上的道士师兄，山上也有套收费看病的标准，一年的治疗费，加上药费，外加上连吃带住，也需要几十万，一般的人支付起来，还是有困难。我艰难地讨价还价，帮她把住宿费降低了不少。

最不喜欢做这种谈判，出这种头，可在这个时候，只有我来做——后来才知道，她的同学们都反对她上山治疗，最大理由还是那个：“疼痛起来怎么办？”他们就没想到过止疼片的普及程度？也许只是害怕。目击着一个人走向死亡，总归是害怕的。她自己未必没有犹豫，最后是那个帮她在日本会诊的朋友去看她时，狠心说出了和我一样的话，在山上，总有一丝可能性，在协和做放疗，几乎没有什么可能了。

决定下来，行动也是极快，租来的房子迅速清退，大部分东西都是同学们帮她捐掉扔掉。她从上大学开始就在北京漂泊，算下来，总有二十年的北京经历，没有想到东西并不算多。

多了，处理起来也麻烦，说白了都是身外之物。只留了少量的衣物和书籍，外加同学们集资买了一个八千块的电动轮椅，和她一起上山，说是礼物。此时她已经瘫痪在床，彻底不能行走了。从北京坐飞机到成都，再送她上山的人选，最终还是落到了她弟弟身上。不能通知父母，弟弟总要说一声——我说那我在成都机场接他们吧，之后把她送到道观里，也是逃不掉的责任。

到了这个阶段，不少人反倒觉得有了希望，帮她去日本会诊的朋友开了大车送他们去机场，打电话和我说，我觉得这是个好办法，说不准，她在山上能恢复？反正日本专家已经宣判了死刑，我也斩钉截铁地说，太对了，事到如今就是这样最好——我们俩成了乐天派，将希望寄托于宗教场所，总比不抱希望的好。人类自古以来的“听天由命”，四个字听起来，其实也有种乐观精神。

我的飞机先到，在航站楼空等许久，她弟弟推着她出机场，坐在轮椅上的她倒是比之前精神，说实在的，除了有点憔悴，看不出有多么重病缠身。可能我简单的人生经历中没有见过那么多病人，又有谁见过呢？我们都是尽量对疾病、苦难视而不见的人，一头扎在享乐的世界里，让肉体安乐，以逃离一切的不可知。帮着抬轮椅，才发现，同学们捐助的这个八千块钱的轮椅实在是沉重极了，大约是质量非常好，全钢材料加电

动机，超过一百斤的重量，一个人根本搬不动，

她弟弟总被她提起，是个极壮胖的水电工。我知道他结婚、盖房子、养孩子，包括孩子的教育费用，都是我朋友，也就是他姐姐所资助。社交媒体常常出现的“扶弟魔”，朋友就是确切的原型，可在那环境里，也没有听过她埋怨，觉得都是天经地义。重病之下，都不告诉父母实情，心理过于善良，不想让父母难过——也可见朋友的过于自抑，自抑未必不是病起的一个因缘。

果然上到道观里，轮椅的不实用成了第一个问题。师兄的道观在半山脚,高低错落处全部是石梯,即使是轻便的轮椅，用起来都成问题,何况是一百多斤的轮椅。只能她弟弟背着她，几个人簇拥着往上走,这种情况我一般是袖手旁观的,不是懒，是众人觉得我实在不像干活的人，自动把我排除在外。本来就乱哄哄的一堆人，围着她，找哪个房间合适，安排他们吃饭，讨论接下来的治疗方案，我索性一个人在空阔的大殿闲逛。临近新年，道观里清寂无人，大殿上的神像寂寥地看着我，我只能在心里默念，让神灵拯救我们这些世人的生命吧——对于人来说重大，对于神灵，也许是轻而易举的事情。

第二天一大早，道士师兄在大殿安排了拜师仪式。原来不仅是看病，还要拜师。一定要答应三年不下山，这段时间在道观修身养性，即使几年后身体好了，也要清心寡欲。

原来师兄也是严阵以待，想想也对，一个癌症已经扩散到全身的病人，谁会觉得治疗是件容易对付的事？所以有此仪式。就在神像前，朋友在轮椅上拜了师，对祖师爷发了誓，还象征性包了一个一百块的红包给师兄。我在旁边充当了摄影师，拍了张纪念照。师兄和他身边的几个小丫头站在一起，是

艾灸室的两个姑娘，后面的日子里，就是她们照顾着朋友，也都是朴实的人。朋友上山前就安排妥当的保姆，一周时间不到就出逃下山，觉得山里太清静了。她戴着鲜红的帽子，木讷地坐在对面，应该是心里有期待的——要不是有这个红帽子，我都觉得这张照片是黑白的。深山里的古老道观，走投无路的世间人，仓促之间担了拯救人性命责任的出家人。亘古不变的命题。

之后我就下山了，忙自己的事，将朋友安置于此地，似乎将她寄存于一个世间之外的世界，觉得和我们距离更远起来。尽管青城山是我常去的地方，可心理上就是这么想，联系也少了。道士师兄说了，让她清心寡欲，全盘心思都放在治疗上——偶尔收到道观里艾灸室的姑娘好事发的微信，都是极为稀奇古怪的治疗，比如用麝香磨成碎末，放在肾脏上方艾灸，比如让她去道观的大阳台上晒太阳,尽量吸收阳气。越发觉得，她进入的世界和我们无关。

春节的时候,居住在道观的人们暂时一起过,唱歌,敲钟，也有她。大家坐在炭火盆旁边,灰扑扑的老房子里,生了火盆，可还是能感受到寒气，都是大棉袍的装束。发来的视频也是极为快乐的，大声唱着《兰花草》。显然她胖了一些，精神也好，我心里一动，这条路真走对了。虽我做主将她送进了道观，内心深处也并不确定这件事的正确与否。和朋友们聊天，大家都如同听天书一样看着我，听着故事。都是都市里的普通人，生病只有医院一条路，听我说这样的处理方式，有点茫然，有点看稀奇的意思，尽管最后都说，你做得对，可谁能确定道观就能拯救生命呢？说起来，处处都有奇迹，可又有谁见过发生在身边的奇迹？

没想到，奇迹真的发生了。

也并没有多久，春节后道观里的亲朋好友们就给我发视频，说是朋友康复不少，她抛弃了轮椅，拄着拐杖，一个人在道观里缓慢地行走，身边都是荒野的光。我也惊呆了，都说中医不能让肿瘤缩小，可是不缩小腿部的肿瘤，她是压根不能走路的吧。发给我视频的道观里的朋友，大约也是觉得奇迹诞生，一边念着“太上老君保佑”，一边开心地和我说这个事情。这个阶段，我简直成了中医宣传大使，身边半生不熟的朋友，都因我讲的这个奇迹热情四溢，丧失了理性。

真的没有编故事，四五月份，她的身体日渐好转，不仅拐杖不用了，还能爬山。师兄的道观在青城山半山腰，她爬上爬下，比常人慢，但也并不为难。发来的照片都是各种在山脚下的古镇吃喝玩乐的，赏花，吃醪糟，和我们普通人一模一样。偶然心念一动，不是说不能离开道观，不许下山吗？道士师兄大概也特别得意，在微信里冲着我大声吼，下山玩一次不要紧的。

7

神的存在，大概就是教育我们所有人，不要得意忘形，永远不要。上山五个月后，朋友和师兄他们就组织了一次云南旅行，师兄的解释是，朋友五个月没有离开山上，憋坏了，正好一群山上山下的弟子们都想出门，于是组织了一次自驾游，十多天的行程。

接下来，就是坏消息的发生，乐极生悲的现实体现。没多久，说是朋友刚回到山上，就开始生病。山下旅行之前，她就已经停止吃中药了,旅行中更是不能天天熬中药,索性停药,一停就是一个多月。回到山上的道观里,已经是快六月,人瞬间就肿了起来,师兄不敢和我说,当家的胡师傅和我悄悄说,似乎不太好,我觉得她肚子肿,是不是有腹水排不出来?我一是不相信,觉得怎么会这么快,好不容易恢复的人,又跌入深渊?二是也确实完全不懂中医治疗癌症的玄虚。当时正好上海疫情,我自己也莫名沮丧,本身就对他们出门旅行有股说不出来的怨气,现在听到这么说,也只是追问师兄,到底如何?你要说真话。

能想象得到道士师兄的焦虑,本来即将治愈的病人,断药后复发,还是他许可下的断药,这种煎熬,比他自己生病还要令他焦灼——从高处跌落,真还不如一直在平地上。我甚至觉得,朋友要是没这么快能够行走自如,一直病歪歪在床上休养着,甚至都比当下的结果要好。毕竟她上山之后,只是简单治疗,疼痛就大为减轻,只靠吃草药就能睡得安稳,难怪师兄和我吹牛,"中医治疗疼痛是非常有效果的"——至少不疼是个安慰。

不疼痛不痛苦地死去,更是安慰。我一身冷汗,突然明白,当初一心期待她能治愈,不愿意去仔细想的生死问题,其实是自己在害怕,"必然死去"这个话题被遮蔽,不也是我的妄念?能无痛苦地死,大概是我能帮她做的最大的事情。

想到当初她的同学们一句一句的疼痛治疗,更是中产阶级的妄念,是我们的障碍。

情况急转直下,艾灸室的两个姑娘,还有当家的胡师父,大约觉得通报给我是必需的工作。这几个月以来,也没有亲人上山探望过她,只能找我。这几位都是道观里的女性,日常也多话一些：一会儿她不怎么吃饭，一会儿她偷摸吃零食，又是水肿又是哭，总之一日无事已经是万事大吉。我本来就拒绝听这么详细的汇报，现在更是不想听，但也不能和他们说，你们别说了，大概我怕本能在逃避死亡之影，于是说，等上海解封，我会上山去看望她，看看到底怎么回事。私下也问了师兄好几次，师兄也并不确定人之生死，还是模糊回答。

大概是幸运，一直和死亡距离遥远：我们家的祖辈，在我接触到他们之前都已经去世，我没有经历过家族丧事；从小随父母生活在三线工厂，周围没有亲戚，工厂里的死亡与我无关；最直接的死亡案例，大概是初中同桌，中考前一天学校放假，他是个极黑极瘦的少年，一贯的顽皮，在唯一的一天假期中去长江游泳，也是我们那时候少有的娱乐活动，结果当天淹死——第二天中考，我前面的座位空得触目惊心；当然成年之后，总有各种黯淡的死亡消息传来，但相对比较远，包括同学群里突兀生猛的死者消息，最多也就是感叹几句，真年轻，诸如此类。

一直逃避直面死亡，虽然定好了上山的日期，说实在的，害怕这个场面，总觉得要直接面对曾经亲密的朋友的离开，不知道如何是好。我是个笨拙、简单的人，任何圆滑的场面话，都要挣扎才能说出。事到临头，也不能不去，更何况当家的胡师父一直盯着我，问我要不要通知朋友的家人，至少她总觉得朋友会猝然离世。

刚上山，还没有去看朋友，越近心越怯，先去胡当家那里。她先是绘声绘色和我说她的一个徒弟的死亡故事，是个女徒弟，乳腺癌，也是被医院宣判了死刑，结果下定决心上山治病。治了一年多，身体好得不得了，天天和她们一起打麻将，择菜，大家都说，熬过三年你再下山。“可你们世间人哪里肯听，她也是身体太好了，被调理得脸色红扑扑的，想念自己的儿女啊，觉得自己彻底好了，好透了，非不听，就要下山，哪里留得住。”

下山一个月，癌症复发，不到两个月的时间就离世，死之前，抓着胡师父的手，说山上的日子最快活，悔自己不听话，要求死后埋在山上，结果就埋在厨房后面的林子里。“那你说，我这个朋友是不是不该下山，还搞什么旅游？”我有点懋闷地问胡当家。胡当家点头：“是的是的，说好了不下山嘛。”

胡当家十几岁出家，见惯了风风雨雨，道观里也常处理生老病死的各项事务，可她还是纠缠于我朋友得而复失的健康。“本来好好的，我跟你说啊，我看着她下山，走路那个快啊，我们都和治病的陈师父说，你搞个奇迹出来了。”随即是一连串的抱怨，说是朋友心不静，爱吃零食，道观里各种健康的蔬菜不吃，非要买各种面包、奶酪、火腿罐头，“都是垃圾”，在吃惯了朴素蔬食的胡师父眼里，那些肯定不值得一吃。又说她不爱劳动，“身体好了，天天出来扫地，多好的运动，她不干，觉得那些活是下等的，不该她”。一堆话语之后，我只觉得说的这个朋友我不认识，至少不是我曾经很熟悉的朋友。

“她不是爱干活吗？”我小声询问。“哪里哦——”拖长了声音，四川话里有点婉转的音调，一概否定。

艾灸房的姑娘也着急和我讲故事，大概真的是某种震动在她们几个人之间，看着一个瘫痪的癌症病人好起来，自如行走，脸色也大好，然后转眼之间就衰败，像转瞬即逝的花朵，这种面对面的经验，太让人震惊。“她就是想下山，一天到晚盼着下山，本来说好了待三年，结果病好了都忘了，和我们说她要去上海做股票生意，赚多少钱之类的。还说自己以前工资多高，现在在山上没有收入，怎么办呢？我们一直劝她，不要紧的，命是自己的，先治好病再说，不听啊，好一点就下山去玩了。”

唠叨之中，有点明白朋友的心思。枯寂的山居生活，有限的客人，没有希望的等待，都让她厌恶。厌恶之上，还有恐惧——没有收入的未来，怎么办？治好了，真的留在山上打杂？各种想法犹如噩梦般缠住她，结果身体一恢复就立刻兴高采烈地去游荡，是觉得自己可以回到喧闹人间的前奏——在山上待三年的誓愿，也就轻描淡写地抛在脑后了。

在各种想法里，没有钱的恐惧，大概是最黑暗的：那是无边的黑暗。从北京繁华世界里打滚，突然去到川西的朴素道观里，未来只剩下花钱，还有什么未来？我觉得又明白了她一些，尽管上山的时候，无论我，还是她的同学，都关心过她的经济状况，也明确过，如果没有钱，可以支持，但毕竟，对于她而言，这句话像空中楼阁。

小姑娘东一句西一句地告诉我，山上替道士师兄管理病人的，是另一名来治病的病人冯姐。一个精瘦的女性，瘦得几乎变形，是严重的甲状腺疾病导致的身体崩溃。本来嫁在德国，做着贸易生意，结果被德国医生宣判了死刑，万般无奈之下回到老家，寻医问道很久后，终于碰到了道士师兄，于是一心一意学起中医来。

冯姐傲慢，至少口头上不承认道士师兄能治好自己，说是要学习医术自己给自己治病，和谁都不合群，但精明能干，没多久，师兄就拜托她管理病人。山上常住的病人还有几个，他们的住宿费、餐费，包括每天抓药的费用都是她一手掌握。

道士师兄慈悲，很多山下的普通病人上山把脉治病，经常不收费用，可是冯姐一分都不放过，说是山上穷，要给山上攒钱。

道士师兄屡次说起冯姐，嘴刁心不坏，我和她也是互相早就闻名，终于有天见到，是在上山的石梯上，她正下山，居高临下看我，精瘦得不似人形。我悄悄和师兄说笑，你怎么安排一个螳螂替你打杂。师兄嘴快，传给她听，她反唇相讥，骂我熊猫。我们俩都觉得对方是动画片里的人物。

这时候才知道，冯姐在师兄答应少收我朋友的住宿费后，纠缠了许久，当面去斥责朋友也有几次。在她看来，大约是等于给朋友占了便宜，对别的病人不公。但朋友也是实在没有多余的钱，暗自生闷气，也没有和我说过，可能知道和我说了也没有用处；住宿费之外，就是每天的药费，因为是重症，难免用到一些珍贵的药，麝香、人参，结果就用多少、怎么省着用，又多了许多事情。这种事情，都让朋友吃了苦头，至少在冯姐的手里过一遍药，就受了不少委屈。人生的悲哀无处不在——到生命的最后阶段，还有这么多尴尬，几乎难以逃离，尤其是对于钱财不凑手的人，冷如铁的穷困。山上的这些闲事，说起来都是鸡毛蒜皮，可生死落到了地面，不也就是这些鸡毛蒜皮？哪怕到了川西的山里，哪怕到了极其偏远的道观。

冯姐不在山上，我也不便去对质，听到这些琐事，只觉憋闷极了，委屈极了——替朋友委屈憋闷，到了生死的阶段，居然还有这些繁杂的碎末裹缠于身。可这不就是人生的本质？当然是我不识人间烟火。

终于鼓起勇气去看她，又是一番心事了。道观里都是熟人，都让我好好鼓励她活下去，我还真无话可说。她在二楼阳台之上端坐，艾灸室的小姑娘在照顾她吃饭，坐在高凳上，脸瘦得变了形。从五月旅行回来，只有短短一个多月，身体就腐坏如此，我看着她，没什么话，只能最简单地问候：还好？会好的。不要想家了，暂时把亲人缘分断掉吧。下山大概是你冲动了。以后病好了再下山玩嘛，着什么急。钱你不用担心，我和你同学们都替你准备了一些。所有的话，自己都觉得苍白乏力,几乎没有什么能安慰到人的,可是除了这些还能说什么呢?

她没有生气地看着我，死亡虽未降临，弥漫的气息已经有所感应。当家的胡师父说她腿肿，我也看不到，盛夏里，她盖着厚重的被子，大约是冷极了。对于我的话，也就是一一机械回答，她的世界，我已经进不去了，也不敢进去，那里面是深不可测的黑洞。又想起她的命书，正月里寒冷的水，不敢接触的寒冷。

会好的，会好的，我边说边往外走，仓促地撤退，是我胆小，不敢与死亡面对面。走出她的房间，正碰到那个昂贵的轮椅，落满了灰尘。嘿，我认识你，我和它打了一声招呼。当晚山上暴雨，结果停电一夜，听着山间的暴雨声，水流巨大，无法入睡，也睡不安稳，屡次起床，就没有想到，怎么就来到这里，怎么还把朋友也送到这里，是我们此世的缘分吗？一个没有解释的命题——这是我最后一次见她，没有多久，当家师父就给我发微信，说她走了，没受苦，突然身子往后一倒，死在正在帮她灌药的师兄的怀里。

我依然不想问，任何事情都不想知道。对于她的死亡，我尽力让自己清晰地隔离。那是另一个世界的事情，各种后事怎么办，她的家人怎么残忍，以及她身后留下的不多的财产怎么处理，我都漠不关心，只是让他们尽快和她家人联系。最后知道的消息是，一直没有上山看望过她的家人最后仓促地搬了遗体下山，就在本地火化了，骨灰还是回了老家，按照村里的规矩，没有出嫁的女儿死在外面，还不能进入村里的祖坟，就埋葬在村外的野坟里了。

另一个消息在几个月后传来，刁蛮劲儿十足的冯姐，就在朋友死后不久也去世了。死前身体肿了，不再是精瘦的模样，道观催促着她母亲把她接到成都的医院里。死得仓促，手机密码都不知道，好不容易解开了密码，发现她卡里没有一分钱。她在山上一直说自己有多少存款，平日里也是好酒好茶伺候着自己，还在道观里弄了一间房，专门做自己的小厨房，天天炖各种有机食材的汤，自己享用，也确实是养尊处优的模样。可是她的财富几乎都是吹牛的结果，反倒欠了朋友许多钱。她在山上管理病人的账，有一半是进了她自己的私囊，也没攒下来，死的凄凉程度，和我的朋友几可一拼。

（《上海文学》2023 年第 10 期）

茉莉为远客

龙仁青

1

一个印度男人，名叫拉兹或者沙鲁克·汗，但他不是电影明星或明星扮演的角色，他只是一个普通的农民。他裸露着上身，头发蓬乱，面颊窄长，眼睛大而无神，与面颊一样窄长的鼻子就像是在平缓起伏的山丘正中赫然隆起的一座山峰，带着刀锋一样的气性，把整个面部分切成了两半，而扁平的嘴唇则阻拦了鼻子的这种垂直分切企图，倔强地横在鼻子下方，微微张开着，像是一个固执的山洞。或是因为嘴唇的阻拦，使得上嘴唇上的唇须和下巴上的胡须有了安全感，便有些肆无忌惮，以一种葳蕤之势，如茂密的森林一样围拢住了他的嘴唇。他有些溜肩，两只瘦弱的胳膊慵懒地耷拉在肩膀两边，胳膊下端显得无所事事的两只手却很大，看上去有些不协调。他的胸部干瘦，两边的胳膊夹裹着两排对称排列的肋骨，一如泥石流冲刷出来的沟壑一样凸凹毕现。肋骨所围拢着的，是他微微隆起的肚皮。他刚刚从麦田干完农活回到家里。忙了一天，他十分疲累。这会儿是晚饭时分，他的妻子，名叫丽达或者卡琳娜·卡普尔，当然，她也不是电影明星或明星扮演的角色，她和男子在同一个村里长大，到该结婚的时候就结婚了。他们有一对儿女，都是小学生，这会儿还没放学，所以家里只有他们两个人。妻子正在做饭，简单的咖喱米饭，还有一些青菜，这样的饭食，几乎日复一日，没有什么变化。男人也没有什么食欲，就想着等儿女放学回来了，和他们一起吃完饭，早点上床睡觉。

正是春末夏初的季节，温度很高，太阳即将落山，但依然酷热难耐。男人躲开妻子因为要做饭而生起的火炉，坐在敞开的屋门前的一只木墩上，低着头，他感觉无所不在的热气在他的身边蒸腾，让他心里烦躁不安，他有一种就要发火的冲动。他强忍着内心的焦烧，猛然抬起了头，他的目光扫过他的妻子，又盲目地向前滑去。就在这时，他看到了那一株茉莉。

茉莉开花了，素素白白地缀满了枝头。从那一株茉莉的角度去看，太阳的光线形成了侧逆光，整个儿裹拥住了她，把她身上一朵朵白花和衬托着它们的绿叶打亮，通透的白花和同样通透的绿叶便有着宝石一样的色泽和质地，似是随意堆砌在一起的白水晶和绿翡翠。在那一株茉莉的前方，形成了一片小小的绿荫。

男人的鼻翼忽然动了一下，他深深地吸了一口气，一缕馥郁的花香即刻窜入他的鼻孔，浸入了他的身体。他感到他身上的燥热一下子消减下来，整日劳作的疲累似乎也得到了缓解，那些花费在麦田里的力气正一点点地回到他的身体。他站起身来，走到那一株茉莉的面前，站在那一小片绿荫里，开始凝视那一树的白花，吸吮空气中的花香。白花清净，更加浓烈的花香向他袭来，素洁和芬芳立刻包围了他，好像那一小片树荫就是由颜色和味道构成的。

男人伸手摘了一朵茉莉花，又摘了一朵，接着又摘了几朵。为了不让那素洁的花儿受到哪怕是轻微的伤害，他是有意连带了几片绿叶把花儿摘下的。他把摘在手里的茉莉花凑到他的眼前和鼻子上。顷刻间，一抹白云掠过，更加浓烈的花香直入他的肺腑，他感觉他变成了那片树荫，抑或说，他感觉他变成了洁白和芬芳，变成了白水晶和绿翡翠。

他心中的那一团怒火就这样被这一株茉莉熄灭了。他手捧着摘下来的那几朵茉莉花，回身去看妻子，妻子用有些怯懦的目光回应着——刚才，男人回来的时候，妻子看到他闷闷不乐的样子，便没敢吱声跟男人打招呼。这会儿男人忽然看她，她不知道什么意思。然而，男人忽然笑了，一排白牙忽然从那被黑色胡须围拢着的嘴唇中显露出来，黑白对比，眼睛也因此清亮活泼起来，一脸的灿烂。妻子立刻报以男人一个更加灿烂的微笑。

男人走过来，走到妻子跟前，伸手把胡乱粘连在妻子脸上的一些纷乱的头发整理好了，便把手中的几朵茉莉花小心地插在了妻子的鬓间，然后仔细端详着妻子的脸。“真漂亮！”他说。他的话让妻子的心里涌过一股暖流，她含情脉脉地看着男人，说：“孩子们马上回来了，咱们吃饭吧！”

茉莉花在印度栽植的历史悠久，身上佩戴茉莉花，也逐渐成为印度人的一种习惯，他们相信，茉莉花不但有着消暑安神的作用，在炎热的夏天，它浓郁的花香还能够遮盖人们身上不太好闻的体味。所以，他们不但自己戴茉莉花，也会赠予别人。甚至会把摘下的茉莉花用丝线串成花环，戴在脖子上。特别是尊贵的客人到来，迎迓之时奉上一只茉莉花的花鬘，就有了隆重的仪式感。慢慢地，这也成了一种习俗或礼仪。后来佛教诞生，供奉在神坛上的诸多神灵受到膜拜，宗教与礼仪结合衍变成了佛教的花供仪轨。

对中国来说，茉莉花是一种异域之花，据说它的故乡是古罗马，也曾经在波斯、印度等地遍地开花。大约在汉武帝时期，它通过海上丝绸之路来到了中国，也有人认为，它是伴随着佛教的传入，从佛教的产地印度一并来到了中国。

2

这是北宋年间的中国南方，坐落在南京城郊的一户人家：南方独有的天井庭院，院内栽植着花草，靠窗的花台上摆放着盆景，扶桑花、天竺葵等，花儿灼灼地开着，让略显阴沉的院落有了几分亮色，鲜活了许多。还有几盆多肉植物，肥厚的肉质茎叶紧紧簇拥着，泛着一缕暗绿的光。这是这家的女主人的最爱。女主人叫云莉，与丈夫新婚不久。丈夫在草市上做点小本生意，整日忙碌，每天清晨一早就离家，所以在白日里，总是女主人一个人独守空房。这会儿时至晌午，女主人从里屋搬出来一盆花，放在了花台的顶端。这是一盆尚未开花的绿植：微微有些扁平的茎枝上密布着稀疏的茸毛，对生的叶片从茎枝两侧伸出来，就像是一双要去捧住太阳的绿色小手。叶片上的叶脉纹路清晰，从中轴的主脉上形成对称的弧度，极力向上伸出来，好像是铆足了劲要帮着叶片去捧住阳光。绿植被打理得很干净，每一片叶子都是仔细清洗过的，看上去绿油油的，让人惬意。

这盆绿植是她的丈夫从草市上带回来的。丈夫偶尔认识了一位天竺商人，这位会说汉语的天竺商人便把这样一盆绿植送给了他，并告诉他要好生养护，白天拿出室外让它晒太阳，晚间则要移入屋内，勿要让它受风受冷。待到开出花儿来，花色素白，花香四溢。

丈夫怀着好奇把这盆绿植带回家里，交与了妻子，并把商人对他说的话跟妻子说了一遍，妻子听了也好奇，便问丈夫：这是什么花儿呢？丈夫却回答不上来。

其实，这盆绿植是茉莉。它刚刚来到中国，也许因为初来乍到，有些水土不服，所以才显出楚楚可怜的娇嫩来，需要悉心养护。

茉莉到了中国南方，即刻惊艳了原本就爱花养花的南人。那时，漂洋过海来到中国的茉莉极为稀少，见过它的容颜，闻到它的体香的人更是没有几个，但它就像是一位有着绝世美艳的异域女郎，让见到它的人们一见倾心，一眼难忘。它不张扬，一袭白色的花衣，有一种不屑以浓艳的装束博人眼球的清高，它香气浓淡相宜，却不是涂脂抹粉的脂粉味道，而是来自自身的天然体香，恰好符合国人内敛克制的审美心理。人们纷纷打问它的名字，那位天竺商人便把它的梵语名字说了出来：mallikā。

异域女郎，自然有着异域的名字。人们立刻记住了它的名字，抑或说记住了这个名字的发音，并用汉语方块字，写下了它的名字。起初，人们除了记音，并没有在意用字美不美，寓意好不好。于是，初到中国的茉莉，便有了末利、末丽、没利、抹历、抹利等诸多音同字异的名字。因为急于记住它的名字，有点“慌不择字”，这些名字除了读音，从字义上甚至有了一些令人避讳的意味，诸如没利、抹利等。直至后来到了明朝，集录撰书《本草纲目》的李时珍在提及茉莉花时也有些看不过去，他说：盖末利本胡语，无正字，随人会意而已。

那个时候，伴随着海上丝绸之路的畅顺，茉莉花或是“风韵传天竺，随经入汉京”，与佛教一起传入中国，或是“名字惟因佛书见，根苗应逐贾胡来”，通过商路涌入中国。开始在中国南方的土地上广泛种植。

异域的茉莉，已经逐渐适应了中国的水土，它们野蛮生长，“直把杭州作汴州”，对它们曾经和现今的生境，已经不分彼此了，但它们依然没有一个统一好听的名字，因此它们不论怎样入乡随俗，它们的异域身份依然暴露在它们的名字上，它们因此而感到焦虑。

喜欢它们的人们也为它们焦虑。或许，曾有这样一位正在备考乡贡的书生，笃信佛教，家中庭院里也栽植着茉莉。他对民间和佛经之中把这样一种高洁清香的花木的名字写成没利、抹利等心存芥蒂，他觉得这些名字太过随意，只取其音，而不重其意，配不上茉莉花的精神和气韵。他打算从众多的汉字里，找出两个能够与茉莉相匹配的字来，不但取其音，并赋予它美好的寓意，让茉莉名实相副。揣测这位书生当时的苦苦思索和字字斟酌，想他最先想到的应该是“莉”字，这个字，常用于人名之中，特别是女子的名字之中，上面的“艹”表示四方，下面的“利”代表顺利，意思便是不论走到哪里皆能顺畅。茉莉来到中国，虽然也逐渐适应，但也跌跌撞撞，最初时，稍有不慎，便会夭折——张邦基在他的《墨庄漫录》里提及茉莉时，就有“经霜雪则多死”之句。所以，书生先把一句祝福给予了茉莉。继而他开始苦思冥想第一个字，他的心思从那些念“mo”音的汉字上掠过，但没有一个字是他中意的，于是他大着胆子自创了一个字：茉。有关“茉”字，辞书里的解释是，“茉”为后起字，从“艹”，音“末”。继而又解释，“茉”字不单用，只用在联绵词“茉莉”中。所以在辞书的词条里，也就只有“茉莉”一个词条。在这里，后起字的意思，是指一个字的后起写法，以合体字居多，由此可以判断，“茉”是“末”的后起字。从此，“茉莉”才有了一个无可替代、绝世无双的名字，这也预示着“茉莉”在中国逐渐完成了本土化。

在女主人云莉的悉心照顾下，那一盆茉莉开花了，先是几朵花蕾，接着，是在一个早晨，丈夫起身，没有惊扰女主人的睡眠，匆匆洗漱，简单地吃了一点早点之后就去了草市，就在丈夫轻轻关上房门的那一刻，女主人醒来了。当她就要睁开眼睛时，她的鼻子里立刻充满了馨香的味道。她知道茉莉花开了。她急忙起身，走到那一盆茉莉近旁，几朵素白的花儿，却弥漫出了整个儿屋子都装不下的馨香。她想喊丈夫回来，即刻打开房门时，丈夫已经走远了。

3

茉莉花依然保持着一种高贵的矜持：佛教的供花仪式伴随着佛教传入中国，它们大多时候的角色，是在供花仪式上成为圣洁的供花，它们因此身份特殊，使命神圣。人们怀着崇敬的心情把它们采摘下来，串联成花鬘，虔诚地摆放在佛前的供台上，这隆重的行为，其实也把它们束之高阁，成了“小众”。

然而，中国文化有一种柔韧的宽容度，在注重内在精神提升的同时，也在意世俗生活的丰美，既看重节庆活动的仪式感，也讲究平日衣食住行的烟火气。在这样一种文化态度下，一些原本“养在深闺人不识”的事物，却也“酒香不怕巷子深”，渐次传播开来，普及民间。茉莉从异域进入中国，历经汉唐宋元，到了明朝时，茉莉花也从一种仅供神灵享用的奢侈品，逐渐成为熏制茶叶的“天香”，走入了寻常百姓家。

民间有关茉莉花茶诞生的传说，也意味悠长：一位茶商邀请他的茶友品茶，茶商在精致的茶碗里，放了一撮青绿的香茶，冲入了滚烫的沸水。香茶与沸水相遇，即刻升腾起一缕袅袅热气，带着花香的茶香顿时弥漫满屋。茶商和茶友张开鼻翼，深深呼吸，顷刻间沉醉在香气之中。就在此时，热气幻化成一位婀娜的女子，手捧一束茉莉花，向着茶商和茶友轻轻挥舞，瞬即又化为乌有，消失不见了。二人见状，大为惊讶。茶友急忙向茶商问香茶的来处，茶商这才想起这是江南一位女子所送——女子在危难时刻曾经得到茶商的救助，奈何红颜薄命，茶商再下江南之时，女子已经香消玉殒，临走之时留了一包香茶，托人送给茶商，以感谢曾经相助之恩。茶商把香茶带回来，一直没有启封，今日茶友应邀到访，这才特地打开。茶商便把这段经历讲给茶友听，茶友听了感叹说：呜呼，这江南女子或为茶仙转世也，如今她手捧茉莉，借袅袅热气现身，是在暗示茉莉花也可入茶！此前，以花熏茶的制茶工艺已经在中国南方普及，只是未敢启用佛前供奉的茉莉花，而自此，茶商便用茉莉花制茶，熏制出了茉莉花茶，一时，在中国南方，品饮茉莉花茶渐成风气。

这个故事，似是在为茉莉花从神坛走向民间做铺垫和开脱，其实也应是茉莉花在中国传统文化中的一种必然走向。如此，人间俗世与天上神灵便共享这绝世的素洁与芳香了。

4

一朵花被民间吟唱，足以说明它不但盛开在民间的土地上，也已经盛开在民间的内心深处。而茉莉花被作为美好爱情的象征进入一首脍炙人口的民歌，说明这种异域花朵已经完成了本土化，完全被民间“视如己出”，甚至已经不记得它的来路了。或许，这是茉莉花在中国民间完成的一次“化茧成蝶”，好一朵茉莉花！

《好一朵茉莉花》是一首在吴侬软语中滋长出来的民间歌谣，曲调、旋律、歌词都透着南方的阴柔和温润，有着南人细腻的情感表达方式，且民族特色鲜明：

好一朵茉莉花
好一朵茉莉花，
满园花开香也香不过它。
我有心采一朵戴，
又怕看花的人儿骂……

《好一朵茉莉花》一经诞生便传唱开来，成了中国南方的好声音，甚至借助歌剧《图兰朵》等蜚声中外。这首歌也通过传播登上了高寒的青藏高原。

作家苏南，生活在青海牧区乡镇，高个子、红脸膛、大颧骨，完全北人长相，有着典型的蒙古人种或是藏缅人种特征，但他却是汉族，据说祖上来自南京，在他家的家谱上，有着详细记载：先祖世居南京，明洪武年间迁来西域……传说，青海汉族祖籍南京，原本住在南京朱子巷。明太祖朱元璋推翻元朝刚刚登上皇位的某年元宵灯会上，他们的先祖沿着街巷挂出灯笼，庆贺佳节，其中一只灯笼上画了一个女人，女人长了一双大脚。有好事者见此，便向原本就长着一双大脚的马皇后打小报告，说百姓大胆，竟借灯会之机耻笑当今皇后。马皇后听了大怒，当日晚上便给丈夫朱元璋吹了枕头风。朱元璋为了取悦马皇后，惩治朱子巷居民，把整条街巷的居民发配到了青海。苏南对此深信不疑，偶尔有人问起故乡，他会学着南京话说：我四蓝今人（我是南京人）。或许是因了“寻根问祖”的心理，苏南执着于青海与南京之间文化上蛛丝马迹的关联，从语言、歌谣等方面发现不少可以说道的实据，他甚至在《红楼梦》里找到了大量的“青海方言”，并打算据此写一本书。他还发现，民间传唱的青海小调里，居然也有一首《好一朵茉莉花》。苏南说：先祖被发配，家园财产皆被掠去，两手空空，带不了任何物质的东西，但一首歌谣却可以装在心里，一路带着。如此，这首民歌便从中国南方来到了青海。

然而，当这首歌从“小桥流水”的江南到了“古道西风”的青海，历经强劲西北风的劲吹，原本的阴柔细腻渐渐消失，一种与高原狂野的地理风物相契合的粗犷与直接，却出现在了歌曲中：

好一朵茉莉花，
好一朵茉莉花，
满园的花儿赛也赛不过它。
我也不采它呀，
我也不摘它，
有朝一日连根挖回家！

歌曲也不再是南方的轻吟浅唱，而是一种撕心裂肺的吼叫。苏南还说，据他猜测，这首歌里“有朝一日连根挖回家”的表达，也许是受到北方少数民族抢亲习俗的影响，是对这一习俗的一种反映。

青藏高寒，除了香茶与歌谣中的茉莉花，茉莉花本尊并没有抵达这里。然而，沿着文化的路标，茉莉花的身影也曾闪现在藏文化里，偶尔查阅《御制五体清文鉴》等典籍，赫然发现茉莉花在藏语中的名字，共有两个，一个名字系用梵文直接书写：“mallikā”——藏文是松赞干布时期根据梵文创制，所以在藏文中有许多直接来自梵文的字词，有点像汉文与日文的关系。而另一个名字则为“moli”，显然是汉语“茉莉”的谐音书写。因此也可以判断，茉莉花也曾以文化的方式抵达青藏，而且兵分两路，分别从中原和印度走来，来到了青藏。

其实，高原也不是没有茉莉花，有一种叫喜马拉雅紫茉莉的野生花卉，开放在青藏高原的高处，如果在盛夏季节去可可西里，就会一睹它的芳容。喜马拉雅紫茉莉属于紫茉莉科植物，被毛的茎枝，对生的绿叶，小巧的紫色小花，是一种药用价值极高的本草，藏医用于阳虚水肿等病症的治疗。紫茉莉绽放高原，或许，也可以把它理解为茉莉的精神触角向高原的一种延伸吧。

如今，茉莉的本土化已经完全获得文化认同，人们不再提及它曾经的异域身份，只有宋代诗人张敏叔依然站在历史的某个路口，以一句“茉莉为远客”提醒着它曲折苍茫的来路。

（《十月》2023 年第 2 期）

朝　圣

李晓君

1

我从不安中醒来，听到门外窃窃私语。我的意识稍微恢复，但身体受制于漫长旅途的疲惫和对黑夜的习惯性沉浸，仍处于深度睡眠中。也许门外的窃窃私语是我的幻觉。是我之前几个小时，从火车站到达这个村庄，在旅社登记入宿第一眼直观印象的强化和叠加。我为什么会出现在这里？在几天前都是毫无预兆的。那时我在南方中部省份一个县城度暑假，手中摇着蒲扇，脚上穿着蓝色拖鞋，周围的人和我一样，脸上是唉声叹气的表情——显然，炎热的夏天虽司空见惯，但仍不能使人适应。白茫茫的蒸汽般的空气里，热浪无处不在，足以烤化一切。人在这种季节里是最没有耐性的。突然地，洋出现在我面前，他的黑色身影遮挡了部分阳光，使身体轮廓周围的光亮更加刺眼。他像一个自带光环的天外来客，突然出现在我家厅堂。奇怪地，他身上还背了一个竹躺椅。洋脸微黑，几近于僧侣的短平头，方唇、高颧骨、眼窝深陷，沉默讷言是他给人的强烈印象（事实上也是如此）。他穿一件黄绿色的被汗水浸透的短袖衬衣，下身是条深蓝色宽松短裤，脚上的凉鞋穿出了点草鞋的味道。简言之,他给我的感觉就像历史书上的玄奘法师画像。

第二天，我就被洋带上了北上的列车。他仿佛是来拯救我脱离火海的高僧。但火车上的闷热比之室外更甚。我不知道为什么在暑假，那么多人涌向北京。仿佛是去布达拉宫朝圣的虔诚信众。（后来我看到）北京西站周围到处是挥舞着小旗子的旅行社工作人员，他们接待一拨拨来自全国各地的人们（他们怀着异样兴奋的心情来到祖国的心脏）。不停地有人提醒秩序：车站工作人员、公交车售票员、站台戴黄帽子吹口哨的大妈……在那个年代，人们乱哄哄的看起来像是盲流。宽阔的长安街上，谁是北京人，谁是外地人，是一眼就能看出来的。

——这一切，是我日后的观感。事实上我随洋到达北京西站是深夜。我们在车上站了三十多个小时。这样说，也许不尽准确，我们分别在两节车厢之间的衔接处，在座位间的过道上坐过若干个小时。当人迷迷糊糊坐在拥挤的过道上，有人经过提醒你小心迎面而来的脚时，是极不舒服的。起初我们还骄矜地背靠座椅站着，装作鄙视和同情地望着车厢里席地而坐的农民和务工者，降温设备全靠头上的电扇，以及被人粗暴地抬起窗框从窗外灌入的滚烫的风。人们前胸贴着后背密密麻麻地挤在这“蠕虫”的空间里，被高速运行在铺着枕木、铁轨的大地上。有那么一段时刻，我似乎还寻得了座位下一个空位，挤进去，短暂地、结实地趴在那里睡了几个小时，以对抗疲劳带来的困顿和无力感。洋始终小心地保护着他的竹躺椅，他找到合适的空间把它塞进去了，而没有利用它本身应有的价值。我也许记错了，他也可能为它办了托运。时日太遥远了，已经无法确切地去核实。总而言之，洋出身在一个长满竹子的山乡——这种南方的植物，根本就不需要人栽种，它们自己会在丘陵和山地之间拔节生长。一个春天，便长成一副成年人的模样。那些老旧的，偶尔遭遇雪害的竹子倒在地上，腐烂在那里，却无人疼惜。

绿皮火车像一根倒伏的巨大竹子，它空洞的竹节内人们像米粒般塞得满满当当，已经快要煮熟了。在灿烂夏夜的星空下，半寐半醒的人们，偶尔会有片刻阴凉的幻想——那是虚脱的身体麻木后的迟钝反应。我第一次坐这么远的车。出远门的兴奋感渐次消失，逃离南方火海的热望也在身体的极度虚弱中被浇灭。顿感前景不那么美妙。一种外省青年的焦灼开始在体内蔓延。这种感觉在到达北京郊外的村庄时更加强烈。

因为到站是深夜，我们没能迎来第一眼见到的雄伟、壮丽的北京城，而在漆黑一片中上了一辆黄色面的。洋指挥着面的师傅去往给定的地址。不知是出于不信还是什么原因，总之，洋的语气和神态显得比较焦躁。到达西八里庄又一村时，我们下了车，拖着行李走进寂静的充满西瓜腐烂味和公共厕所腥臊味儿的胡同。洋并没有带我去往他的出租房，显然出于怕深更半夜打扰房东的心理。我稀里糊涂跟着他在村里兜转。他也不想解释什么。终于寻到一家旅社，叫醒了昏睡中的服务员。住宿价格显然超出我们心里预期。现在是暑假，京城一铺难求，到处是来京旅游和务工的人们。从下火车后，到旅社登记住宿的过程中，一直是洋在主导。他在我面前扮演着一个有经验的先行者角色。而这过程中，看得出来，他思绪的混乱和盲目。我充分信任他，像跟随玄奘去往西天取经的猴子，但忘记了，我们其实是同龄人（他仅长我两岁而已）。我们是同学。这层关系是几年前在本省一个中部师范学校缔结的。某种意义上来说，我们都是初涉社会的年轻人，没有多少经验可言。之所以感觉混乱，是因为洋无意中显示出一种“大哥”意识而实际上肩膀孱弱所致。甚至，在登记入住时，他曾用眼神暗示我。我虽迟钝，但还是领会了他的意思。只是服务员报出那个高得离谱的价格让我吓了一跳。在来不及表达疑惑的时候，她凶横地瞪了我一下——那针蜇般的感受，永难忘记。

2

洋将竹躺椅作为礼物送给了房东。他用这种淳朴的热情争取她的好感。确实，竹子是种过了长江便难以生长的植物。用上一张来自南方的纯手工做的竹躺椅，有种不一般的新鲜感受。显然这是在房子租赁费用之外的附加（而它也出乎房东的计划之外）。我当时觉得，洋这种万里送竹躺椅的行为，足以让人感动，但其实不具有必要性。

房东是个女胖子，齐耳短发，肤色偏黑，说话的声音像唱歌（我的意思是情绪会反映在她的声调里），眼神空洞却也犀利。她从工厂下岗在家，成为纯粹的家庭主妇。丈夫是个瘦高个（一星期后周末我才遇到），长脸，锅盖头，见人一副讨好的表情——显然是家庭地位形成的条件反射。他在天津一个工厂上班，只在周末回家。他们有两个女儿，大的（好像叫王琨）在首都一个大学读二本，小的（王珉）正在读高中。后者我们几乎没有机会见到。与我们打交道的都是女房东本人。她始终有种对外地人的防备和警惕。洋的竹躺椅是为了化解她防备的弹药——一开始是奏效的，她发出半是客气半是真诚的惊讶，喜滋滋地收下了这份礼物，说：

“小谢，你太客气了！有什么需要尽管对大姐说就是。”

我暂时看不出有什么需要她出面的。这是我不懂世事。实际上办理暂住证啊什么的，还真的是需要。警察会时不时地到出租屋来检查，对于未办理暂住证者会毫不客气地驱赶。我老家有不少来自西南某省的农民，他们承包山区的稻田，在砖瓦厂务工。从未听说他们要办暂住证。但这里是北京。我年轻时总是少见多怪。

女房东短暂的热情过后，便重新架回了冷冰冰的设防的面具。这是一个小四合院的前间，有扇门通往院子（常日关闭着）。房子约二十平方米，除了一张床，一个冬天取暖的炉子，便无其他。我到来后和洋一起合租。我们的关系，在同学时便被人称道。我们是属于那种被认为学习用功，成绩出色的人。我情愿这种说法用在洋身上，而自己则会觉得害臊。我其实是个内心不安定的人，没什么追求，一切顺其自然。唯一有点模糊的想法，就是想从事与艺术有关的精神活动。这也是我痛快地答应洋，与他一起来北京的原因。

洋与我一样，起初是个乡村中学老师。他在《美术》杂志上看到北京卡玛美术公司招聘画师，成功应聘了。半年后，利用请假回来处理私务的机会，弯道前来邀我携手“创业”。是的，他用的“创业”这个词。这个含糊其词的表达足以掩饰内心的真实想法：成为一个出色的职业画家（那时他的偶像是靳尚谊、杨飞云）；若不济，利用才智发点小财，使父母摆脱贫困的境地。当然，他的期望值一直寄托在前面这个选项上。

卡玛美术公司租用北京外文印刷厂大楼某层。足有上千平方米。楼上楼下都是大型油印设备喧响的印刷车间，新鲜的油墨气息无处不在。这层楼原先也是印制车间,出于某种原因，成了卡玛公司——它的总部在韩国，因为劳动力价格优势、美术人才的丰裕以及北京作为国际大都市的天然影响力，取代了原先设在韩国首尔的公司，而成为在京注册的外资文化企业。某天，我出于好事者的无聊，在百度上查找，发现这家公司还在。显示公司现在地址位于：通州区宋庄镇小堡村佰富苑工业区 × 号院内。同时看到的，是一则北京通州区人民法院民事判决书，它与一家艺术品有限公司有一桩租赁合同纠纷。在另一则相似的信息里，原告撤回诉讼，他们之间和解了。

应聘环节，就是给定一张油画照片，在规定时间内画出来。大概半天时间不到，我完成了“考试”。过程很顺利。起初已经淡忘的面孔在作此文时，清晰地浮现出来：一个圆脸、小眼、平头、说一口流利朝鲜话、三十岁不到个子中等的男人（长得有些像年轻时的陈佩斯），以主管身份出现，穿一件横条红蓝相间 T 恤，牛仔裤，尖头皮鞋。他姓崔，来自延边朝鲜族自治州，在韩国的李先生不在时，监督日常工作。李先生每月来一次，一次待几天，负责验收画师完成的作品，逐件过目，入库或者打回重画——对后者，他总会装作愠怒似的举起翻画的手杖去打那位不合格者，周围的人则在紧张中报以轻松的笑声。小平头作为我的主考官，对我进行了测试。他看了看我的画，又看了我一眼，嘴角露出半是满意半是讥讽的微笑算是对测试合格的回答。

当我走进画室，一种艺术工业气氛扑面而来。目测之下，足有二百多位画师，在一排排大木板隔成的位置上，热火朝天地干活。广播里放着单田芳的评书《隋唐演义》。在这声音灌溉下，来自四面八方的人，专注得仿佛石像般沉浸在某种特定空间和情境塑造的形式感里。

3

我又回到了集体生活中。尽管事先有所想象，但眼前的一幕还是让我有些意外。首先，是空中挂满了晾干的画布，因为涂着鲜艳的油彩而有些像万国旗：古老的中世纪欧洲贵族狩猎游戏、宫廷浮华虚伪的生活、质朴的田园风光、宗教意味浓烈的圣经故事、印象派风格的风景画、玻璃器皿闪闪发光的静物（总有无辜死亡的野雉倒在一旁）、袒露雪白胸脯手拿折扇丰腴的贵妇人、丘比特以及在秋千上缠绵的年轻恋人……此景，又让人想起张艺谋电影中习惯运用的色彩刺激的高高挂起的染布、帷幔。

洋告诉我，画师中，不少毕业于美术学院，有些还是大学老师。似乎想刻意忽略商品绘画这一事实，而有种走向艺术理想的虚幻感受。

两百多个画师中的大佬，是一个据说来自吉林艺术学院的老师。与主管一样姓崔。这个满脸络腮胡子的家伙，自始至终，不发一言。他所有的激情，似乎只在面前的画布上。画作在欧美市场很受欢迎。他作画方式传统、古典：从起稿、铺色、塑造、收拾，都一丝不苟。他的冷漠和专注让人产生一种是在为艺术献身的敬畏感。

“他是个真正的画家，”洋以不容置疑的口吻说，“他很了不起。”

我表达了忧虑：“他虽手上功夫好，但这与真正的创作好像不是一回事……”

洋擅长临摹以光影著称的伦勃朗。他笔下的伦勃朗自画像及夜巡之类的作品，临得惟妙惟肖，几可乱真。也获得李先生的激赏。每次验画时，李先生边用铝制手杖小心地翻着一张张一模一样的伦勃朗忧虑的酱油色头像，边发出“呵呵”的笑声。像是一个成年人不小心在地下室翻出童年时的宝贝一样开心。李先生长相比较富态，但不像那种脑满肠肥的商人，而有几分儒雅和幽默。他长着一张典型的韩国人的脸。

洋临摹伦勃朗的情景是这样：将十来张四开的画布一字儿排开，采用流水线作画的方式，同时完成十件制品。又快又好。这种作画方式在我们公司是仅有的，别人想学学不来。有个自称四百年才出一个的口出狂言的家伙，相貌堂堂，在国画界有很大的名气，据说也用这种方式画画。洋在他面前算是小巫见大巫了。

其实从第一天开始，我就认清眼下的工作，与自己想从事的某种精神化的职业相去太远。我的想法有些虚无缥缈，不着边际。其时已经发表不少诗歌，一直在为从事绘画还是写作而摇摆。北京，也许是可以实现梦想的理想之地，但我从来不是一个很有主见的人，甚至对那种看起来信心满满、志向笃定的人稍有反感。我是个相对主义者，对未来缺乏规划。甚至内心深处向往那种把自己置于一种不安定的、摇摆不定的情境中，仿佛一切皆有可能。几个月以后，我大致在心里有了选择：更倾向要成为一个诗人。

这个志向，其实在教书的乡间完全可以实现，不必跑到北京来。北京也许更适合流浪画家、音乐人和纪录片导演之类：需要更多景观性刺激和表演（展览）机会，以及国际人士的欣赏和推介。而做一个写诗的人，孤独和远离都市的喧嚣反而更加有利。当然，洋以为我的想法和他一样，还在为成为一个职业画家而努力。他大概是这样想的：先扎下根来，等到合适的机会再去深造，或者考研。总之，在这里只是一个过渡。

我隔壁是个来自河南商丘的小伙子，个子瘦长，肤色枯黄，头发潦草，看起来像是农民工。嘴里总是念念有词，有时不小心曝出几句来（戴着耳机听崔健摇滚乐）。他摇头晃脑，身体似乎要随着音乐蹦跳起来。我忍受不了他的画风：貌似用油画颜料绘制工笔画。他对色彩缺乏基本的敏感，与其肤色相仿佛：枯黄、黯淡，就像一块烧焦的干渴的土地。其实，公司的颜料全部来自进口，色彩艳丽、纯净、饱和度高、品种多样。有专门的工人推着四轮车，给画师加颜料。车上的颜料如一罐罐美食，被侍者分到你的“餐盘”中。掌握这个推车似乎就握有某种权力。当她熟练地将一勺勺艳丽的颜料搁到你调色盘上，仿佛对你是种恩赐，是种褒奖。这项工作的微妙之处在于，要掌握画师的脾性、作画进度，颜料要分得恰恰好，既够用，又不造成浪费。

从事这项工作的，是个子娇小、纤瘦、俏丽的裴姐。她是大佬崔的妻子。包括一个六七岁活泼的男孩，一家三口举家来到北京。小男孩不时跟在妈妈后面，与画师们打得火热。这样的组合在公司也是仅见的。裴姐看起来严肃、不苟言笑，但她白净、明丽的脸庞仿佛冰层裹着火焰，有种微妙但锐利的激情在荡漾。危机似乎在他们身上隐现：这从裴姐的表情可以看得出来。她年轻、漂亮、有知识，原以为随丈夫来到北京，开启的是个朝向浪漫、充满前途的旅程，谁料想是在京郊一家国有企业喧嚣的厂房内部，日复一日从事一种枯燥的、需要耗费大量体力并且丝毫未有改善可能的工作。这份工作随便一个女工便可胜任。那份屈才的不满在裴姐愤怒的眼神中喷射。况且，他们唯一的孩子已到学龄，假使是在延边，大可以上一所很好的学校。现在，仿佛失学儿童，混迹在一个被“囚禁”的成人的世界。因此，我理解崔的沉默不语。那一定是来自下班后出租屋里的埋怨、争吵甚或冷战。

我注意到一个来自长沙的女孩，个头挺高，涂着鲜艳的口红，年轻但有一种意大利演员莫妮卡·贝鲁奇般成熟、艳丽的美感。午休时，以她为中心，几个画师玩踢毽子游戏。这个总是喜欢穿牛仔装的姑娘，有种吁请浇灌、渴求般的热烈眼神，和情欲过度或未曾满足的苍色脸色，因而使她的红唇显得更加醒目。午休是一天工作难得的闲暇，不少画师靠着椅背打盹，那几个总是固定的玩伴则开始一成不变的游戏。

我身后是个毕业于新疆师范大学的帅小伙阿里木。这是个充满激情的乐天派，画风介于俞晓夫与何多苓之间。

就他的画，我和洋展开过讨论。

“提香说，没有脏颜色，只有摆错位置的颜色，阿里木就是明证。”

“阿里木也许不错。但他的风格过于奔放，不够精微细腻。”

洋是唯美主义信徒，在他的精神谱系里，永远供奉着诸如：弗雷德里克·莱顿、康拉德·基塞尔、沃特豪斯等诸神（都以精细的写实著称）。他的趣味停留于甜腻的视觉愉悦和照相写实。

至于我，在我们这个可怜的小地方，在一个师范学校受到的浅表艺术熏陶，还不能完全欣赏“野兽派”“立体主义”“波普”等现代艺术，我的审美在印象派、后印象派之间，那些表达主观情绪的绘画，如梵高、高更、塞尚的作品我很喜欢。

中午偶尔会在印刷厂周围转悠，但不会走太远。午休只有个把小时，必须踩到点打卡，以避免迟到带来的经济处罚。

印刷厂外是灰漠的大街，几个快餐摊我们经常光顾，偶尔见到一辆马车停在树荫下，赶车人脸上盖着草帽靠着车辕休息，手中的鞭子被风轻轻吹动，连同秋天的叶子，在轻微的瑟瑟抖动中，有种无言的悲怆之感。

4

我很高兴在北京又生活在一个村庄。它已岌岌可危。周围是正在作业的推土机和矗立起的高楼。一些墙垣上写着大大的“拆”字。四合院门上残留着粉笔写的“有房出租”字样。

一个行将消逝的村庄，就像一个自暴自弃的妇人：头发乱了不梳、身上脏了不洗、任由指甲无限地长长（里面积着黑黑的污垢）……我熟悉南方丘陵和平地上的村落。但对于总是风沙很大，到处是尘土，污水横流，单调的白杨和枣树叶晴日里无缘无故颤抖的北方村庄我也很喜欢。没有什么是绝对该有的样子。

我和洋总是同进同出。我的到来，给他的生活增添了欢乐。房间不知什么时候多出了一张床，他开始心情平静地躺在靠窗的位置，听古典音乐。要么坐在床上大量地写信。我无法想象，每日一成不变的生活，如何成就三、两天一封信的内容。他喜欢阅读，但并不太购买书籍。他喜欢自己总是保持着阅读（或思考）的习惯。在文学上，他没有特别的天分。他不太关心我阅读的书，唯一让他眼神发亮的，就是我们从旧书店、废品店淘来的西方美术家的作品集。

屋子墙上挂满了洋的作品。没有一张出自原创。这个习惯，大概在读师范的时候就已开始了。后来他分在一个乡村中学做美术老师，有一次我去看他，也在宿舍墙上看到：伦勃朗、乔尔乔丹、布格罗、安格尔、莱顿、拉斐尔和杨飞云油画的临本。它们，仿佛穿越了时空的限制，齐刷刷地挂上了北京西八里庄又一村的墙上——仿佛从一开始就像在为画商品画做准备。

我床铺上方也有一个朝向后院的窗子。在洋入住之前，已被钉上木板糊上报纸封死了。窗台上渐渐堆起一些阅读物：诗歌杂志、文学作品集和《体坛周报》。在书刊报纸之外多余的地方则积压了很厚的灰尘。对于我如何成为一个足球迷，洋似乎不太理解。除对美术共同的兴趣之外，我们的关注点交集很少。

洋说，“我不喜欢摇滚乐，”他脸上有着玄奘法师的安静与迷茫，“或许，包括宋庄那些美术垃圾……”

“而你喜欢足球是什么原因呢？”他转而问我。

“我喜欢真实。一场比赛，包含着计划与变化，攻与守，胜利与失败……它们会产生一种张力,而每个人全力以赴……”

我知道，我无法说清楚。

我每周购买《体坛周报》。于我而言，一是兴趣，二是习惯，三也可能出自无聊……比如那一年是中国足球甲A联赛元年，比如郝海东吐口水，或者后来齐达内在世界杯决赛用头撞人结束球员生涯……与我有什么关系？我觉得有关系。它们，已成为我身体里的一部分。记忆的一部分。

又一村有两个公厕，里面的脏污程度对来自南方的我们来说，无法忍受。洗澡也是个问题，出租房没有这些设施。我刚来村子时，看到村口有条笔直的人工河，心生欢喜。后来真的一次，下到河里游泳。这条河，天然地将两个村子隔开了。桥头有理发店、小酒馆、小百货店，沿着与人工河同向的土路，通向隔壁村；沿水泥桥对着走，便是又一村。无论隔壁村还是又一村，待迁的城乡接合部屋主和租户各占一半。其中租户，有来自卡玛公司的员工，流浪艺人，也有小生意者和其他务工人员。我踩着枯黄的杨树叶、砂砾、纸屑，下到河里。下河之前我兴致勃勃，下去之后又索然无味。河里弥漫着呛人的泥污味，水不干净，恐怕像我这样突发奇想下到河里的人，很难再找出第二个。

洋像个若有所思的人，站在河边，抱着手臂，看我游泳。他不参与但也不阻止我体验这份乐趣。虽然懊悔，我还是坚持在水里游了十几分钟才上岸。

5

有两位同学，在十月最后一个星期加入了我们。麇集一起，那间出租屋就显得拥挤了，但带着集体宿舍的记忆余温，我们并不觉得特别不适。相反，欢声笑语将原本沉寂的屋子塞满了。每个人拥有了一辆旧自行车，这是代步去公司的交通工具。公司虽与村庄同在一个片区，其实步行还是挺远的。城与年，分别是这两位同学的名字。我们四个人中，洋的性格相对孤僻，不合群。我们仨，则喜欢热闹。这无疑给洋带来了压力。洋曾经拥有一辆摩托车，后来丢失了。他虽安静、沉默，甚至有些“土”，但其实是我们当中最具有冒险精神的。城性格、爱好与我有几分相似，在各方面我们比较默契。年，在嬉笑的外表下有一种犹疑、忧伤的东西，他比较有女人缘。无疑，洋依然是我们的老大。他独自睡在靠窗的行军床上，另一张大床，我们仨挤在一起。天气渐冷，架在煤球炉上通往户外的取暖管派上了用场。

城与年师范毕业后分别改行做了其他职业。城在靠近江边一个县城做电影院美工（一度是我年少时的梦想）。后来还安了个副经理之类的职务。年则在一个博物馆里负责展陈。他们出于对自身处境的不满，和对实现才华的某种期待（洋和我在北京的故事，也许以传奇性质在同学中添油加醋地传开了。他们都愿意相信我们正走在正确的道路上，那路途的风沙、妖魔鬼怪，都成了去往西天谈笑间的素材）。城与年首先作出了反应，他们兴冲冲相邀而来与我们聚义在北京西八里庄。

伴随他们到来的短暂秋天和温度骤降的冬天，改变了这里的一切。清早出门，我看到卖菜的邻居穿着厚厚的棉大衣，头上裹着毛巾，满脸通红，嘴里呵着雾气，推着板车在窄小的胡同里与摇摇晃晃的大白菜走在风像刀子刮擦的晨光里。村子外面有条我现在叫不出名的马路，仿佛一夜之间，多了很多卖衣服的摊位。我们在那里胡乱买了几件厚衣服，穿在身上。经过几个月停留，我的头发长得老长，起初因为不适宜炸酱面、小米粥、馒头以及其他饮食而变得消瘦之后，又开始长胖了。

我们骑自行车呼啸而出，像竞赛似的。又像一个小小的雁队方阵，洋打头，城与年分居左右，我断后。我们从首都师范大学南门进去，北门出来（为了抄近路的缘故），听到校园广播里总是不厌其烦地播放民谣：“我离开的时候 / 也像现在

一般落叶萧瑟 / 也像现在 / 有漂亮的女生 / 白发的先生……”在某个情境中，我突然产生了重返校园坐在教室里的冲动——这个念头来不及细细咀嚼，便鱼贯而出——带着操场上男生们争抢篮球的叫喊声，球落在地上的“嘭嘭”声，风吹着树上、地上枯叶子的声音，一两句女生隔着校园马路呼喊对面同学声音的记忆残余。

这里方方正正的房子：七八层高的机关、单位、学校、厂房、宿舍，甚至与房子、街道构成和谐图景的槐树，都与又一村那低矮的青灰色平房、枣树、院墙的情景不一样。有的房子窗台还摆放着鲜花、植物，窗帘在玻璃窗后面晃动……让人想见昏暗的室内往外注视的眼睛。我们骑行在中关村，看见骡子拉车低头往前走，仿佛我们顶风骑车吃力的样子。远处中央台电视塔、军事博物馆的尖顶上，鸽群在蓝天下发出尖利的哨音。破自行车与旧房子一样，总有诸多坏处：刹车失灵、掉链子、轮胎干瘪、变形锈蚀踩起来费劲的脚踏……总之，我老疑心我那辆车不如洋的好使。他骑起来显得轻盈——读书时他就拥有一辆自行车，仿佛是对即将成年的奖赏，和脱离家庭荫蔽的一种自由的象征。他骑着它在校园里、沿江路阳明路上呼啸来去。我甚至怀疑我那辆自行车不及城与年的，他们看起来都骑得比我轻松自若。我甚至在整个青春期都在幻想有一辆好使的、称心如意的自行车（这简直成了我的一个心病）。但始终未能如愿。

城总是在固定的时间骑车陪我到中国人民大学报刊亭买新到的诗歌杂志。他仿佛在用这种默默的方式支持我写作。他有一张英俊的脸，头发钢针般竖立，浓眉大眼，鼻子高挺，仿佛米开朗琪罗雕塑的大卫优美的唇形。惜乎个头矮了些，一米六五不到。城并不怎么懂文学，但买书是他的癖好。他的想法里有一种比我更消极的、随遇而安的东西。有一次，他与我探讨起对一个姑娘的看法：

“你不觉得她踢毽子的样子是种诱惑吗？看起来一本正经，说话很少，其实是在等待。我不能说她一定是在等待爱情或其他什么。总之，她是想实现某种人生意图。”

我不知道城指的这种人生意图是什么。是获得成功？某种荣誉？还是某个可靠的优渥的男子？

城与我还说了其他：长得像陈佩斯的崔主管和未曾提起的另一个女主管英（一副霸道总裁的模样，走起路来小蛮腰显出一种风情，这个总是着职业装的女性有一种臆想狂的焦虑和对权力的崇拜）。与我一样，城很快就认清在卡玛公司是不可能为我们共同拥有的画家梦铺平道路的——实际相反，我们走在一条歧路亡羊之途。它将我们心中原有的一点对艺术单纯的热爱给损耗了。当艺术变成一种降格以求的通俗商品，变成对真正艺术的复制、可怜的陪衬和模仿。从事这项“事业”的人便走在艺术的反面。

6

在一个晚霞像金色锦缎盖在美术馆金色琉璃瓦顶的黄昏，暮鸦在五四大街槐树上呱啼，忙乱而有序地寻找落脚之处，却从不会相互碰撞。我们从美术馆出来，又满足，又疲惫，同时感到头昏脑胀。去美术馆是我们休息日固定的节目。对图像和色彩的兴趣，基于人类的本能。而绘画艺术经过数千年的发展，已成为一门系统庞大、理论丰富、影响广泛的学科。登入堂奥探骊得珠者可称为艺术家。这正是我们来京之前所梦想的。现在，这个愿望在一点点地远去，丝毫看不到有任何作为的可能性。

离美术馆不远的琉璃厂，我们也常去。作为一个艺术品交易市场，这里鱼龙混杂。不少画廊出售商品画——这种中国风，比如说模仿陈逸飞、艾轩、杨飞云的油画，比较受老外喜欢。我和洋就这么干过。刚来京时，临摹过不少这样的画作。洋是这方面行家，我虽暂时还不太放得下面子（其实也没什么好放不下的），但也销出去几张。我们经常一人骑一辆自行车，左手握着车把，右手提着油画（它总被风吹得让身体失去平衡），脚拼命蹬踩，从又一村去往琉璃厂，毫不顾忌路人的眼神，目不斜视，长发飘飘，被一种虚妄的激情所驱策。

现在，我们从美术馆出来，坐在大门口的石阶上，默不作声，没有交流，用手抚摩行走了一天酸痛的脚，茫然地看着展览海报、来往的汽车行人。看展览是个情绪复杂的过程。每次购票进来，都显得异样兴奋，看到心仪之作还会驻足停留，久久凝视，不时凑到近处观看细节，或退远整体观看，如是再三，才心满意足地离去。但不是每张作品都使我们兴奋。作品是作者的心声和肖像，他们的气质、趣味、才华、格调、情绪，都会在每一张作品中得到反映。就像一部混声的交响乐，彼此激荡、回应、激发。有些卖弄才情的作品一眼就可以看出，充满炫技的浅薄和媚俗心理；阴沉、灰暗的画面是作者苦闷心情的反映；明媚花丛、斑驳阳光下的庭院，是作者年轻、单纯、清新内心的写照；有些下了很大功夫，却是笨拙和机械的，是作者不自信和缺乏才情的表现。而以凸显地域特色来吸引观众，比如描画江南水乡的拱桥、瓦房、河流和乌篷船，表现西部荒凉的高原、窑洞、无尽的黄土和远天，或无垠的草地、散落的羊群、一两顶帐篷……诸如此类的作品，并不让我激动。我不喜欢那种一眼可以看透、缺乏嚼劲的风景画，而倾心于带有神秘色彩和表现人的内在精神的油画。比如，受弗洛伊德影响的刘晓东的画作，以及部分八五新潮美术运动的作品。其中一些虽还稚嫩，但却有一种打动人的勃勃生机在里面。

洋恰恰相反。那些画面中的美丽女性：提琴演奏者、芭蕾舞者、服饰鲜艳的新娘、捧读女子、脚边趴着小猫的休闲主妇……诸如此类，往往是精雕细刻，颇为写实的，洋会瞪大眼睛，张开嘴巴表示称许和赞叹。手不自觉地摩擦着裤腿，反映出内心的兴奋甚至紧张。他脸变得通红、瞳孔张大、呼吸急促，像是情绪难抑，散发出一种不安的气息。

城对这两者都不置可否，他更关注神情清冷、画风萧瑟的那类——它们摆在那里，仿佛不是为了接受欣赏而是躲避观瞻。显得极难为情，一副犹抱琵琶半遮面的样子。这样的作品：既有骨相嶙峋的肖像、人体，也有模模糊糊看得出轮廓的静物，以及像是从倪云林笔下走来的风景。城从包里掏出一部相机来拍照，忙个不停。此前，我没注意到他居然有部相机——其实他爱好于此已经好久了。我甚至发现，洋也从口袋里掏出了一部相机来（虽不如城那部先进），将那一帧帧丽人图收藏殆尽。

只有年似乎无所事事，你看不出他究竟喜欢哪一种风格。他有些忧郁、犹疑地从一幅幅画前走过，仿佛不是在欣赏画，而是观看一件件与己无关的物品——就像一个被迫拿起画笔的人，最后发现，自己能够确定的是：画画不是那么美妙的一件事。

记得读书时，在《中国美术报》上看到一个可载入艺术史的事件：一个叫肖鲁的艺术家，在美术馆“中国现代艺术大展”上，对着自己的装置作品《对话》打了两枪。这个被肖鲁解释为因个人情感问题受挫、出于激动作出的骇人之举——被理论家们阐释为：“把一个回顾性质的、陈旧的展览变成了一个真正的前卫艺术展”（栗宪庭）。这个二十六岁的美院油画系学生，从一个默默无闻的艺术家，一夜之间被推上先锋艺术的顶峰。她的两枪，也让其他参展艺术家泄了气。此前，他们在美术馆上演各种行为艺术：现场孵蛋，现场洗脚，现场卖对虾……在肖鲁对着自己的装置打了两枪后，他们便偃旗息鼓了。

装置艺术——不知所云的录像、混乱怪异的声响、似是而非的玄言断句……呈现出一种非理性的谵妄的面相。我们目瞪口呆。

洋很气愤，觉得是对艺术的亵渎和嘲弄。我、城与年三个则陷入沉默。艺术的难度远超出了我们理解的边界。来北京之前，我们怀着某种模糊的、莫名的向往，现在，这份冲动，已降到足以让人沮丧的地步。

7

某一天，洋兴奋地告诉我：我们的老师 K 也来北京了。在洋大量从又一村发出的信中，有不少是写给 K 的。成为一个艺术家，始终是 K 的理想。我们是他大学毕业后教的第一届学生。他把我们当做未来的艺术家而不是老师来培养。K 鼓舞我们追求艺术道路——我们太年轻，轻易地相信了艺术是可实现的梦想，而低估了其难度。K 是那种有才华，但性格难以合群、较为敏感也较为偏执的人——一定意义上，正是成为艺术家所需要的。我们信赖并崇拜他。当然，对 K 身上的局限，也随时日增长而看得更加清楚了：他虽自负但脆弱，基本功扎实但创造力和想象力偏弱，孤僻因而在一些关键节点上易掉链子。我们在校后两年，他在精心准备考研，始终欠缺一点临门一脚的运气（可能也包括实力）。那时，他最担忧的就是英语不过关，天天手持英语书在念“a flash in the pan”“creative expression”之类的短语。深夜，我们去他宿舍拜访，见他坐在灯光昏暗的角落，依然在做习题。他宿舍墙上贴着不少角度各异、大小不一的自画像（一段时间后，又换了一批）。我们就像在自己寝室一样自然——这样说也许不尽准确，K 是个严肃、不苟言笑的人，我们在他面前始终有种紧张感。是宿舍里大量书籍、美术习作、古希腊石膏头像，以及个子高大、面相清癯英俊、头发老长的青年艺术家形象，共同营造出的让少年们向往的气氛——释放了这份紧张感。

K 租住在东城区某个四合院中。他此行是来中国艺术研究院进修。考研的失利，让他另辟蹊径。我们从西八里庄出发，经过公主坟、木樨地，也经过中央电视塔、军博，穿过长安街、天安门广场,以及大半个北京城去看他。好奇心比兴奋感更多。我们在头脑里设想见到 K 的情形，但恐怕谁也没有捕捉到那个画面：K 正在院子中间生火，仿佛特别怕冷似的，手持蒲扇，脸上、鼻子上都是黑黑的煤灰（像一个生活经验匮乏的人；在学校时他吃食堂，不曾做过一餐饭）。几根劈柴躺在地上，像是捉弄他，露出挤眉弄眼的表情。胖墩墩的煤球炉仿佛顽皮的孩子，故意调皮捣蛋，弄得浑身冒烟，整个院子弥漫着一股呛人的煤烟味……K 像是意外地看着我们推门进来（辨认门号，花去我们不少时间）。见到老师我们异常兴奋，像与亲人久别重逢。

K 的反应没我们这么大：还像学校时一样严肃、冷静、淡然……一方面出自为师者尊的矜持（他很看重这点），另一方面这样的遭逢很难说是成功的会合，有点天涯沦落的意思……不管怎样，我们身边又多出一个人来，摇摇晃晃的内心就像抓住一根稻草。K 居住的小院，与我们出租屋没有太大差异，他房间也与我们那间，大小差不多。他也许已经来了一段时间，墙上也挂满了油画。与我们墙上都是洋临摹的世界名画不同，这里挂的全是 K 的原作。我们迫不及待地欣赏，寻找与以前画风的差异。发现，还是那个我们熟悉的老师。只是基本功更扎实了，画面更浑厚、粗粝了，多少受了点京城画风的影响——这正是他想追求的。毕业以后，他依然工作在那个偏僻的小城，在一个缺乏艺术氛围，极少有知音的环境中，在自习和摸索——有一个阶段他极喜欢塞尚，对他笔下圣维克多山的刀削斧劈、水果静物的滚圆丰硕，近乎盲目地追崇，却始终无法再往前迈一步，抵达弗洛伊德或其他现代派画家那里。在古典主义与印象派之间，小心翼翼而步履艰难地探索。

周末去美术馆看展览的队伍在扩大。甚至我们可以在街上的小酒馆里坐一会儿，有时还到三联书店看会儿书（我去得更多更频繁了）。我的诗歌写作似乎进入高产期，曾以北京乌鸦为题，与另外几首诗，发表在一份诗歌杂志上。这份杂志前一期，还在重点栏目发了我阐释米勒油画的组诗。

K 依然是独身。他已过而立之年。事实上，他在这之后的很多年里依然独来独往。他身边缺乏异性的抚慰，有时让我们疑心是否对异性排斥。但突然地，有一天她和一个护士结了婚。

那时，他已离开那个小城，调到上海一所学校去了。在艺术上他没有达到自己的预期，多少是他觉得遗憾的事。但他现在变得比以前宽容、随和，也看淡了很多。在全民都用微信的时代，他也终于成为一个“晒娃狂魔”。

8

二〇一六年五月一个周末，我出差到北京，和洋约好在美术馆见面。将碰面的还有学弟冷。每年有那么一两次，我会利用来京的机会与洋见面。起初十年，他变化很少。与上一年见到的情形差不多：画着画，偶尔在某个学校兼职，与画廊保持不太紧密的联系，一年能够卖出去几张，如果运气好，价位能够达到五位数。基本还能生存下去。但差不多算是个漂泊的、潦倒的艺术家状态。后来到杭州中国美术学院进修了一段时间：就是那个朝自己作品打了两枪的肖鲁的母校。洋一直没有放弃要成为一个艺术家。我们三个则早已败走京城：城回来做美术老师，年换了个城市继续做博物馆展陈，我变化最大，在机关里从事文秘工作。

在二〇一〇年以前，他缓慢的变化中，始终在固守着一种东西：一个贫困艺术家的坚持、不稳定和不确定。甚至可以说，这是一种稀缺的让人着迷的东西。我早已成婚，在整日操心养家糊口的琐碎中，变得渐渐对很多事情失去耐心和好奇。而洋还像蚕蛾一样，待在那个狭小、昏暗、卑微的壳里，拒绝变化。曾经租住的又一村早已荡平，那个城乡接合部，现在已是海淀区的黄金地段。他在北京很多个陈旧小区、村落，比如宋庄、某个改制企业的集体宿舍、民办学校的单元房等，都住过——但这种变动，毋宁说是在坚持一种不变。就像去往西天的唐朝和尚，柔弱的脸庞深藏着坚毅和固执。每次，我都会与他待上一下午或一晚上，仿佛重温旧梦。他依然是个做梦者，而我是个局外人。

有一次，我们从出租房出来，他在院子一个小店取熨好的衬衫。这个细节给我留下强烈印象。以往的记忆中，他对待穿着比较马虎。每次，我在他的房间里，并未感受到女人的痕迹。但并不表明，他与女性毫无交集。

洋以一个写实肖像画家生活在京城——后来，生活圈子离京城越来越远。二〇一〇年以后，他在望京安了家，娶妻生子，也过上了正常的家庭生活。夫妇两人的职业，是自由艺术工作者：他画画，妻子教钢琴。后来，他们处理了望京的房子，住到离长城很近的河北地界了。

我、洋和冷在美术馆“心迹刻痕——闻立鹏油画艺术展”大厅接上头。洋还是小平头，一脸朴实，身着军绿色长袖衬衣，宽松卫裤，脚穿骆驼牌棕色皮靴。这是我离开北京二十二年后第一次见到冷：他变化很大，原来很瘦，病弱的样子，现在发福了，头发也开始谢顶。当初我离开北京回学校教书，冷刚刚过来——他是最后一个来与我们会合的人。在学校他比我们低两级，是学弟，但我们很熟悉。毕业时他得了一场重病，来不及分担经济压力，反而给家里欠下一屁股债。他抱着赚钱还债的想法而来，从一开始就没打算做一个纯粹艺术家。他很早就从卡玛公司出来，自己创业——这正是当初洋对我用的词。他从教孩子画画起步，到后来做艺术培训，越做越大了。十年前在大兴买下一栋别墅，开办了“秋水画室”。我这次来，是考察画室为女儿三年后艺考做准备。冷的艺考培训像是做得不错，之前我们已加微信，他一再邀请我去北京到他那儿坐坐。

洋成家以后，我不再方便在他那儿过夜。我又无限怀念起，他那一个个虽贫寒但还算整洁的临时住处。我们聊着各自近况，像他一样，用冷水沐浴，好像又回到了单身。他房间有一种让我熟悉但也开始变得陌生的东西（其实一直没变，变的是我）：石膏像、油画架、美术书籍、墙上地上挂着堆着许多画——真正原创作品：藏女、蒙古女、江南女子、知识女性等等——他将女性肖像题材作为主攻方向，已有画廊与他合作，也参加了一些展览。他抽出时间带我去宋庄和798熟悉的艺术家那里喝茶，看展览，与陌生朋友吃饭。他依然不善于应酬和交际。也似乎不是很适应家庭生活，而在外面弄了个小间，独处和画画。

冷以他的务实和聪敏，正一步步实现理想，以我的判断，大大超出了当初的预想。参观完别墅——封闭的建筑内，数十个孩子在做考前训练，一楼大厅，几个家长，正与工作人员聊天。冷不经意又仿佛是刻意告诉我：几位当红影视明星（都耳熟能详），生活在该小区。在一家田园风光酒店吃饭时，他又兴致勃勃谈起新的规划：正与区政府合作，以技术和师资的方式进入几个学校，共同打造艺术培训的新天地。他说这些时，洋显得心不在焉、神思恍惚。冷的每一句话都切中我忧思：作为一个三年后艺考的孩子家长，我在留意适合她的培训学校。我知道，这样的机构在北京，没有几百个，也有百来个，而冷的学校并不算是最大和最有影响的。我欣然受邀“考察”，部分原因他是我学弟。显然冷也希望我目睹他今日的成功。

冷最初到北京落脚，洋提供了很大帮助。虽只比冷高两级，但洋年龄大四岁。在学校，冷对洋不以师兄而以老师相称。

如果不是洋的提醒，我可能忘了当初江边校园里，那个怯弱、瘦小但对美术爱好的乡村少年。冷说，当初对我和洋就很崇拜。我们在校园里，颇引起一些人的关注。而我却似乎并没有感受到，或者说我的记忆选择了删除。当初，随着冷的到来，我们四人合租的屋子本就显得拥挤，后来又因为性格的原因——我、城与年，和洋之间，发生了微妙的变化，我们三个在学校时便被戏称为“三剑客”，在异乡则更加牢固地黏合在一起。这对洋是不公平的。冷的到来，正好为我们分开租住提供了机会与台阶。

9

我和年差不多同时离开北京。我已看清自己不是搞美术这块料。年的想法大概与我差不多，稍不同的是，他正在恋爱，对象是博物馆的女同事（我们一直对这位女性充满好奇。在年的描述中，她给我们一种干练、开朗、积极向上的印象，这正好与年的忧郁、内向、偏软的性格形成互补）。年终于抵挡不住两地相思之苦，在春天尚未到来之时，便踩着京城厚厚的积雪回去了。

我们三个挤在一张床上入睡前的无数个夜晚，常在又一村外面的马路散步。看着周围工地的脚手架，河岸枯萎的柳树，萧瑟中即将消逝的村落，心里一阵唏嘘。

年说：“艺术是什么，我现在还搞不懂。”

城说：“你搞得懂，就不是艺术了……”

我原以为我搞得懂，发现其实不是。

我对足球愈发热爱——实际上，我并不去现场看球，只是《体坛周报》《足球报》的读者，一期不落。我只关注与足球有关的新闻，以及足球常识，比如阵型、流派、世界杯举办地及各队成绩、球员名字等等。但我从来不曾踢过一脚球：对球在脚上的触感、力量，毫无感知。也许这正是我能持久热爱它的原因吧。

回南方以后，我很快与一个乡村教师坠入爱河，并且辗转着进入机关做秘书。这一切，并非出自我的意愿，我知道，文秘远不是我理想的职业。但梦碎之后的现实，似乎让我变得清醒起来。

城还在京城待了几年。以前每个月他会陪我到中国人大报刊亭买新到的诗歌杂志，现在依然会独自去那里，买好给我邮寄过来。几年下来不曾中断，直到终于也离开了北京。城寡言少语，对虚无和逍遥有着顽固的偏好，他以消极的方式坚持着骨子里相信的一些东西。这也是一九九四年夏天北上，留下的珍贵遗产之一。

（《当代》2023 年第 3 期）